Eleonora Hummel
Die Venus im Fenster

Eleonora Hummel

Die Venus im Fenster

Roman

Steidl

Die Autorin dankt der Kulturstiftung des Freistaates Sachsen und der Robert Bosch Stiftung für die Unterstützung der Arbeit an diesem Buch.

1. Auflage 2009
© Steidl Verlag, Göttingen 2009
Alle Rechte vorbehalten
Umschlaggestaltung: Sarah Winter unter Verwendung
einer Fotografie von Marc Volk/Getty Images
Satz, Druck, Bindung:
Steidl, Düstere Str. 4, 37073 Göttingen
www.steidl.de
Printed in Germany
ISBN 978-3-86521-878-0

Keine Minute hatte ich damit gerechnet, dass der Zug Verspätung haben könnte. Ich war vor der verabredeten Zeit gekommen, und nun stand ich auf einem leeren Bahnsteig am ehemaligen Ostbahnhof Berlin mit *voraussichtlich* sechzig Minuten Zeit, die nirgendwo eingeplant waren; zu wenig, um zu gehen, zu viel, um zu bleiben.

Die Nachricht meiner Schwester, dass sie diesen Zug nehmen würde, hatte mich erst am Vorabend erreicht. Irma schien noch immer gern ihre Pläne über Nacht zu ändern. Statt für die Direktverbindung Moskau–Berlin hatte sie sich fürs Umsteigen in Warschau entschieden. Das war ihre einzige Möglichkeit, tagsüber anzukommen, und das wollte sie aus Rücksicht auf ihre Tochter. Und auf mich. Wir sollten uns frisch und erholt begegnen. Dieser Wunsch hatte mich gerührt. Heute Morgen hatte ich im Büro angerufen und die Sekretärin gebeten, mich beim Chef zu entschuldigen. Eine Magenverstimmung, die ich mit bewährten Kräutertropfen kurieren wolle. Man wünschte mir gute Besserung. Ich hatte nun den ganzen Tag Zeit, um Irma vom Bahnhof abzuholen.

Den Vormittag hatte ich damit verbracht, Willkommenssätze zurechtzulegen und wieder zu verwerfen. Nach langer Trennung stand uns fast ein neues Kennenlernen bevor, eine Art Blinddate unter Schwestern. Hin- und hergerissen zwischen dem Wunsch, Irma zu gefallen, und der Furcht, sie zu enttäuschen, spürte ich seit Stunden eine ungewohnte Rastlosigkeit in mir.

Neben der inneren Unruhe und der Auswahl passender Grußworte beschäftigte mich ein leichtes Kratzen im Hals, von dem ich hoffte, dass es sich nicht verschlimmerte. Nun fühlte ich einen rasch zunehmenden Druck im Kopf. Ich suchte meine Taschen ab, fand aber nichts, was als Taschentuch hätte dienen können, und wischte mir unauffällig mit der Hand einen Tropfen von der Nase. Wie es aussah, war es nicht einmal gelogen gewesen, mich krankgemeldet zu haben. Niemand zwang mich, sechzig Minuten auf dem zugigen Bahnsteig auszuharren. Ich hatte die Wahl zwischen Zeitung kaufen, Kaffee trinken oder Schmerztabletten besorgen.

Gleichzeitig hielt mich die Sorge zurück, die Bahnmitarbeiterin könnte sich geirrt haben. Sie hatte keinen Grund für die Verspätung genannt. Vielleicht würde Irmas Zug einfahren, sobald ich dem Bahnsteig den Rücken gekehrt hätte? Es war ja nie Verlass auf diese Durchsagen. Dann stünde Irma da, mit Kind und Koffer, verwirrt und orientierungslos, wie jeder, der zum ersten Mal aus der Provinz in die Hauptstadt kommt.

Nein, ich wollte sie diesem Gefühl der Hilflosigkeit nicht überlassen. Ich würde bleiben, frieren und mich weiterhin fragen, ob sie mich auf Anhieb erkennen würde. Damals war ich ein Kind, ich hatte ihr schon lange keine Fotos mehr geschickt. Jetzt wollte ich Frau sein.

Die Briefe, die wir uns zu selten geschrieben hatten, waren inhaltslos geblieben. Ich hatte mich immer kurzgefasst aus Angst, die große Schwester zu langweilen, deren Leben mit Sicherheit weit interessanter war als meines. Inzwischen war sie jenseits der dreißig, und ich wollte ihr auf Augenhöhe begegnen, nicht als die kleine unwissende Alina Schmidt von früher, deren Neugier auf das Erwachsensein sie, Irma, stets mit einem geheimnisvollen Lächeln und den Worten »bist noch zu klein dafür«

abgeschmettert hatte. Diese Zeit war vorbei; jetzt wollte ich von ihr Erklärungen haben. Natürlich würde Irma zuerst fragen: »Wie geht es dir?« Alle Leute fragten »Wie geht es dir?«, wenn sie sich mehr als zehn Jahre nicht gesehen hatten. Sie fragten »Wie geht es dir?« und meinten doch »Was ist aus dir geworden? Ist überhaupt etwas aus dir geworden, auf welcher Seite des Lebens bist du gelandet?« Und das begleiteten sie mit freundlich-misstrauischen Blicken, die mir Unbehagen verursachten. Was wollten sie damit anderes sagen als: »So wie du aussiehst, kann nicht viel aus dir geworden sein.«

Aber gut möglich, dass ich mich irrte. Vielleicht würde Irma eine so banale Frage gar nicht stellen, weil sie im Gegenzug diese auch nicht beantworten wollte. Ich konnte mich nicht erinnern, dass Irma jemals das getan hatte, was man von ihr erwartete. Als alle meinten, sie habe sich der Liebe wegen gegen die Ausreise – und damit gegen ihre Familie, also auch gegen mich – entschieden, hatte sie als Einzige kein Wort darüber verloren. Sie hatte auch geschwiegen, als man anfing, sie aufgrund dieser Liebe zu bedauern. Nie hatte ich aus Irmas Mund etwas gehört, woraus man auf ihre Gefühle hätte schließen können.

Meinen Schwager hatte ich klein und schmächtig in Erinnerung, wir waren uns nicht oft begegnet. Vater behauptete, Irma habe Sergej nur geheiratet, weil Posdnjakowa in ihren Ohren besser klang als Schmidt. Nach der Scheidung hatte sie den russischen Namen nicht mehr haben wollen. Plötzlich war es schick, Schmidt zu heißen. Irma hatte durchgesetzt, dass auch ihre Tochter Marina diesen Namen trug, den Namen, den sie jahrelang versucht hatte aus allen Urkunden zu tilgen. Jetzt hätte sie am liebsten den anderen, der Sergej gehörte, ausradiert, nicht nur aus den Urkunden, sondern aus ihrem Leben.

In den wenigen Telefonaten, die wir seit 1989 geführt hatten, drehte sich alles um Irmas Kind, das ich nicht kannte. Für das ich die fremde Tante in Deutschland war, von der man sich zweimal im Jahr etwas wünschen konnte, zu Weihnachten und zum Geburtstag. Die Tochter meiner Schwester wünschte sich nach langer Bedenkzeit stets eine Überraschung. Ratlos stand ich dann in den Spielzeugabteilungen großer Warenhäuser und ließ mich über die Träume kleiner Mädchen aufklären. Unabhängig von der Beratung kaufte ich jedes Mal eine Barbie. Ich schätze, über die Jahre habe ich eine ganze Schulklasse mit Barbies versorgt. Seit Marina im Schulalter war, schickte sie mir regelmäßig artige Dankschreiben, die ich in einem Schuhkarton neben Liebesbriefen aufbewahrte. Der Stapel mit Marinas Absender wuchs schneller.

Eine Taube, ermutigt von meiner Bewegungslosigkeit, pickte einen Krümel neben meinem Fuß weg. Die Bremsgeräusche eines nebenan einfahrenden Zuges ließen mich den Kopf heben. Die Taube trippelte ohne Eile weg. Mir wurde etwas schwindlig; ich steckte die Hände in die Manteltaschen, das gab mir Wärme und Halt. Reisende hatten für gewöhnlich Gepäck dabei, sie konnten sich auf ihren Koffer stützen oder sich an einen prall gefüllten Rucksack lehnen. Aber ich war keine Reisende, ich war nur eine *Wartende*. Das war gefährlich. Der Zustand des Wartens weckte Erinnerungen. Auch solche, die ich am liebsten in einem Bankschließfach verwahrt gewusst hätte. Alte Geschichten, vor denen ich davongelaufen war.

Ich schüttelte den Kopf, um auf andere Gedanken zu kommen, und fragte mich wie schon oft zuvor, warum ich allein hier stand, obwohl sich in der Zwischenzeit an der Antwort nichts geändert hatte. Die kleine Schwester als Familiendelegierte… Weil Mutter den Weg in die Hauptstadt zu weit fand und Willi zu beschäftigt war, um mitten in der Woche einfach so mal vorbeizukommen – ja, sie hatten alle ihre guten Gründe und Entschuldigungen, aber die beste von allen hatte Vater. Vaters Weg war der längste, darum würde er nicht hier sein können, nicht heute und nicht morgen...

Ein Mann in meinem Blickfeld wartete mit einem Bund Rosen auf jemanden. Mir fiel auf, dass ich mit leeren Händen gekommen war. Vielleicht sollte ich die Zeit nutzen und Blumen kaufen gehen, natürlich keine Rosen, Irma liebte Tulpen und Narzissen. Frühlingsblumen hatten Saison, obwohl es draußen keine Spur frühlingshaft war. Dunkel erinnerte ich mich, dass der Blumenladen am anderen Ende des Bahnhofs lag. Der Gedanke an den Weg dahin ließ mich frösteln. Manchmal genügte ein sommerlicher Windzug, um mich für eine Woche aus dem Verkehr zu ziehen. Unabhängig von der Jahreszeit war ich Dauergast in Arztpraxen, die Diagnosen wechselten von simpler Erkältung über Bronchitis bis zur Mandel- oder Stirnhöhlenentzündung. Inzwischen war ich recht gut im Erkennen der jeweiligen Symptome. Ich ging nur noch wegen eines Rezepts zum Arzt und sagte der Schwester schon vorab, welches Breitbandantibiotikum ich verschrieben haben wollte. Wenn sie oder der Arzt anfing, sich stur zu stellen (»Fräulein Schmidt, das sind schließlich keine Vitaminpillen!«), wechselte ich die Praxis.

Mutter predigte mir seit Jahren, ich müsse mich wärmer anziehen.

Großmutter meinte, das Beste sei bei offenem Fenster zu schlafen, außer man wohne im Erdgeschoss, denn da sei das Risiko von Einbrechern höher als der gesundheitliche Nutzen.

Die feuchtkalten deutschen Winter, schrieb mir Vater, hätten ihn geradezu in den Wahnsinn getrieben, ihn, der ordentliche russische Winter gewöhnt war. Falls ich mich nicht mehr daran erinnern könne – nun, er jedenfalls wisse, wovon er rede. Minus 30 Grad Celsius und trocken, dass es kracht – das sei ein ordentlicher Winter, nicht diese matschige Zwischenjahreszeit, wie sie in Mitteleuropa herrsche. Er empfahl mir die Anwendung echter russischer Schröpfköpfe zur Vorbeugung von Erkältungen und schickte mir gleich ein Dutzend im Paket zu. Ich hatte sie nie benutzt. Sie lagen im Keller zwischen Kartons mit Senfpflastern und Moorpackungen, die alle denselben Absender trugen.

Ich sollte nicht hier stehen bleiben. Niemand blieb hier stehen, sobald klar war, dass der Zug eine Stunde Verspätung hatte. Ich spürte das Verlangen nach einer Aspirintablette und einem Kaffee, in welcher Reihenfolge, war mir egal. Wenn ich mich nur irgendwo hinsetzen und den Kopf mit einer Hand abstützen konnte.

Vor Jahren gab es hier eine Apotheke, ich sollte sie finden, ich kannte doch diesen Bahnhof, Irma würde ihn zum ersten Mal sehen.

Widerstrebend entschloss ich mich, meinen Warteplatz zu verlassen, für ein paar Minuten nur. In der Bahnhofshalle ging ich in einen Bäckerladen hinein, kaufte mir einen Kaffee im Pappbecher und fragte nach der Apotheke. Die sei wegen Bauarbeiten vorübergehend geschlossen. Ich müsse schon ein Stück laufen bis zur nächsten. Nein danke, ich wollte nicht laufen. Beim Bäcker gab es nur Stehplätze. Ich versuchte, mich an einen der Bistrotische zu lehnen, und hätte dabei fast meinen vollen Becher umgeworfen. Der Kaffee schmeckte widerlich bitter, aber er war gut zum Händewärmen. Wie viel wir zu bereden haben würden, meine Schwester und ich, all das, was wir in mehr als zehn Jahren versäumt hatten, das war eine Menge. Wenn ich nur diese Müdigkeit abschütteln könnte…

Ich sah nach draußen. Der Bahnhof hatte sich verändert. Hinter einem Bauzaun entstand Neues, für mich noch nicht als Schönes erkennbar, ich sollte es mir später einmal anschauen, in einem Jahr, vielleicht gemeinsam mit Irma. Sie würde doch hier bleiben. Bei mir in Berlin. Obwohl ich selbst die Stadt bisher kaum kennen gelernt hatte. Wenn Irma einen Reiseleiter für das aufregende Berliner Nachtleben suchte, würde ich sie enttäuschen müssen. Ich kannte keine Bar, die gerade als angesagt galt, wusste nicht, welcher Club samstags garantiert voll war. Abends saß ich über Kunstcollagen und Kohlezeichnungen und träumte von einer eigenen Ausstellung. Alles andere wollte ich hinter mir lassen.

Ein älteres Paar stellte auf einem der Nachbartische Kaffeetassen und Kuchenteller ab. Ich schnappte Wortfetzen aus ihrem Gespräch auf. Offenbar erwarteten sie auch jemanden mit dem Zug aus Warschau. Der Mann erregte sich über die seiner Meinung nach zu diffuse Auskunft einer Bahnangestellten, dass die fragliche Bahnstrecke gesperrt sei und das aus Sicherheitsgründen auch noch für eine gewisse Zeit so bleiben müsse. Mehr habe die Dame auch nicht gewusst. Und: Man solle auf die Durchsagen achten. »Als ob wir das nicht schon die ganze Zeit tun!«, polterte der Mann mit der Kuchengabel in der Hand.

Ein Blick auf die Uhr sagte mir, dass kaum fünfzehn Minuten vergangen waren, seit ich den Bäckerladen betreten hatte. Mir blieb immer noch genügend Zeit, um mich auf das Wiedersehen mit Irma zu freuen. Es war doch Freude, oder nicht? Was konnte es anderes sein, wenn man nach jahrelanger Trennung die Ankunft seiner Schwester erwartete? Diese Freude war nur überdeckt von dem leisen Pochen des Kopfschmerzes hinter meinen Schläfen. Und vielleicht vermischt mit einem anderen Gefühl, für das mir gerade kein Name einfiel.

Ohne es zu wollen, musste ich plötzlich an einen anderen Tag denken.

2

Das erste, was mir beim Einsteigen in den Zug auffiel, war der rote Teppich im Gang. Wie eine Diva schritt ich darüber zu unserem Abteil. Vor Jahren mochte er dick und flauschig gewesen sein, aber als ich ihn unter meine Füße bekam, war er ausgetreten und verblasst. Trotzdem hatte er etwas Märchenhaftes, dieser Teppich, von dem ich glaubte, er sei Zügen auf internationalen Strecken vorbehalten. Mir war, als spürte ich den Geruch der weiten Welt, obwohl mir nur die Ausdünstungen von Maschinenöl in die Nase stachen. Wie selbstverständlich standen die Namen großer Metropolen auf den Wagenschildern: Moskwa–Warszawa–Berlin.

Das war wie ein Zeichen. Der Weg in unser neues Leben – ausgelegt mit einem roten Teppich. Was machte es schon, dass dessen Farbe an manchen Stellen kaum noch zu erkennen war? Ich war noch nie in einen Zug mit solchem Luxus gestiegen.

Der Gang war voller Menschen, die sich in beide Richtungen bewegten. Manche blieben am Fenster stehen, rauchten und schwatzten oder warteten vor der Toilette. Wenn es der Schaffnerin zu eng wurde, rief sie in harschem Ton zur Ordnung, während sie ein Tablett mit Teegläsern in verzierten Metalluntersetzern balancierte. Ich starrte sie an wie die Herrscherin eines fremden Reiches.

»Platz da! Heißer Tee! Wer will heißen Tee!«

Ihre ganze Erscheinung duldete keinen Widerspruch. Die umstehenden Passagiere rückten zur Seite, auch aus

Respekt vor dem kochendheißen Gebräu auf ihrem Tablett. Aus dem Schaffnerabteil hörte man ununterbrochen das Blubbern von Teewasser.

Ich sicherte mir die obere Schlafliege und versuchte, sie mit der vom Zugpersonal bereitgestellten Bettwäsche zu beziehen, was sich als mühsam erwies. Auf dem gestärkten Laken entdeckte ich halbverwaschene Zeichen, die ich als Inventarnummern entzifferte. Im Nachbarabteil spielte eine Familie bis tief in die Nacht lautstark Durak. Ihre Flüche drangen bis in meine Träume.

Am Bahnhof in Brest hieß es, wer jetzt den Zug verlasse, dürfe ihn die nächsten zwei Stunden nicht wieder betreten, weil er in dieser Zeit in der Umspurhalle auf die schmaleren europäischen Gleise umgestellt werde. Wir blieben sitzen. Zwei Stunden Besichtigungszeit für den Bahnhof von Brest waren nach Meinung meiner Eltern eindeutig zu viel.

Ich merkte kaum, wie der Zug angehoben wurde. Willi nutzte die Gelegenheit, um wichtig zu tun und mir die technischen Details der Umspurung zu erklären, aber ich hörte nur halbherzig hin. Es ruckelte ein paar Mal. Niemand sagte uns, dass der Speisewagen nur bis zur polnischen Grenze mitfahren und in Brest ersatzlos abgehängt werden würde.

In der Morgendämmerung kamen die Zollbeamten. Sie hielten sich lange mit dem Gepäck unserer kartenspielenden Mitreisenden auf, prüften jede Naht in der Unterwäsche, schauten unter den Zwiebeln im Weidenkorb nach, suchten etwas zwischen vergilbten Handtüchern. Ich hatte zuvor noch mit Mutter herumgealbert, ob sie nicht etwa Diamanten in ihren Kleidersaum eingenäht hätte wie einst die revolutionsflüchtigen Fürstentöchter auf ihrem Weg nach Paris. Warum ausgerechnet Paris, wir fahren nicht nach Paris, hatte Mutter gesagt und überhaupt nicht gelacht.

»Aber ist das nicht der berühmte Ost-West-Express«, fragte ich verwirrt, »der Zug, der nach Paris fährt? Das hat mir unsere Lehrerin gesagt!«

»Du hast doch keine Ahnung!«, sagte Willi. »Und deine Lehrerin auch nicht! Aber du musst ja gleich alles glauben, was du hörst. Dieser Zug fährt ganz bestimmt nicht nach Paris, da fährt höchstens ein Kurswagen hin mit ein paar Diplomaten, verstehst du! Kurswagen, weil er einen anderen Kurs hat als der Rest des Zuges. Weißt du überhaupt, was ein Diplomat ist?«

»Mir doch egal«, murmelte ich abweisend und versuchte, meine Enttäuschung zu verbergen. Ob Paris oder Berlin, es blieb eine internationale Strecke, Tausende Kilometer von Ost nach West auf einem roten Teppich – war das nicht aufregend genug?

Auf unsere drei Koffer warfen die Zöllner nur einen Blick und gingen weiter. Fast fühlte ich mich ein wenig gekränkt wegen ihres mangelnden Interesses, hatte ich doch eine Musikkassette mit verbotenen Liedern in einer Innenfalte des Bettbezugs versteckt. Niemand wusste davon; das war meine persönliche Angelegenheit. Ich hatte mir längere Zeit den Kopf über den Ort des Verstecks zerbrochen, zweifelte immer wieder daran, den idealen Platz gefunden zu haben, hatte mir für den Fall der Entdeckung eine kaum glaubwürdige Ausrede zurecht gelegt – nur um festzustellen, dass all mein Herzklopfen umsonst gewesen war.

Mutter verteilte an uns Butterbrote aus ihrem Vorratsbehälter. Ich sah im Fenster Felder, Wiesen und Kühe vorbeiziehen und ahnte mit vollem Mund noch nichts von der Größe Polens.

Um die Mittagszeit legte Vater seine Festtagskrawatte an, die schwarze mit den roten Pünktchen, die überhaupt nicht zum braunen Sakko passte, und sagte feierlich, er wolle uns zum Essen ausführen. Wir sollten uns an die erste Mahlzeit auf dem Weg in unser neues Leben noch lange erinnern können. Einer hinter dem anderen trotteten wir durch den Zug, der an den Wagenübergängen gefährlich wackelte und wo die Fahrgeräusche sich mit dem Wind zu einem tosenden Lärm vermischten.

»So eine Zugfahrt hat doch etwas Abenteuerliches«, sagte Vater, und noch abenteuerlicher erschien sie uns, als wir den Speisewagen nicht fanden und hungrig in unser Abteil zurückkehren mussten.

Vater setzte sich und lockerte seine Krawatte. Er machte nicht den Eindruck, als hätte er seine Freude an abenteuerlichen Zugfahrten. »Hm, wer hätte das gedacht, dass die einfach so den Speisewagen abhängen! Aber wir haben sicher genug zu essen dabei, nicht wahr, Hilda?«, fragte er unsere Mutter hoffnungsfroh.

»Nein, haben wir nicht. Du hast doch selbst gesagt, ich soll wegen der Hitze nicht zuviel einpacken, und es gäbe hier ohnehin einen Speisewagen!«

»So, habe ich das?«, Vater rieb sich am Kinn, als fiele es ihm schwer sich zu erinnern. »Es gab ja auch einen Speisewagen als wir losfuhren. Na gut, wir werden schon nicht verhungern. Lasst uns erst mal Tee trinken, bald sind wir in Warschau. Da wird's schon was geben. Geduld, Kinder!«

Wir tranken viel. Die Schaffnerin kam nicht hinterher, frischen Tee anzusetzen. Sie musste den Grund unseres Durstes durchschaut haben, denn es kam mir vor, als rümpfe sie über uns innerlich die Nase. Unter die Zuggeräusche mischte sich bald unser Magenknurren. Am lautesten knurrte der Magen von Vater, aber er sagte, es sei der von Mutter. Meiner knurrte nur ein bisschen. Ich hatte in meiner Tasche noch ein paar verklebte Lutschbonbons gefunden und teilte sie mir ein – pro Stunde eins.

Vater begann Vermutungen über das gastronomische Angebot in Warschau anzustellen. Sobald unser Zug am unterirdischen Bahnhof Warszawa Centralna hielt, schritt er entschlossen zum Ausgang, machte aber plötzlich kehrt, die rechte Hand auf seiner Gesäßtasche, wo er die Geldbörse aufbewahrte.

»Hilda, mir fällt gerade ein, hier zahlt man ja mit Złoty. Haben wir Złoty?«

Mutters Gesicht drückte aus, dass es sich um eine völlig ungehörige Frage handelte. »Natürlich nicht! Woher sollten wir Złoty haben, Albert Schmidt?« Wenn Mutter sich über Vater ärgerte, nannte sie ihn bei seinem vollen Namen. »Aber hast du schon mal was von Wechselstuben gehört? Ich wette, du würdest gleich um die Ecke eine finden.«

»Wechselstube? Wie soll ich das schaffen, erst eine Wechselstube zu suchen! Außerdem wird man beim Geldwechseln als Tourist immer übers Ohr gehauen.«

»Es würde vielleicht helfen, wenn du die Schaffnerin fragst, wie lange wir hier stehen bleiben!«

Während meine Eltern über die Entfernung zur nächsten Wechselstube stritten und darüber, wer wohl von den Kindern die schnelleren Beine hat und ob man einen von uns überhaupt mit einer so verantwortungsvollen Aufgabe wie Geldumtausch betrauen dürfe, schlich ich mich zur Wagentür. Sie war verschlossen. Im Glauben, niemand beachte mich, zog ich vorsichtig am Griff.

»Hände weg! Hier steigt mir keiner aus!«, blaffte die Schaffnerin, die plötzlich hinter mir aufgetaucht war. Sie machte offenbar eine Kontrollrunde, nachdem sie die Zugtoilette abgeschlossen hatte, deren Gebrauch auf

Bahnhöfen nicht gestattet war. »Wie oft soll ich es noch sagen: Transitreisenden ist es verboten, den Zug zu verlassen!«

Sie sah furchterregend aus mit ihrem vor Wut verzerrten rotgeschminkten Mund. Ich ließ den Türgriff los und senkte den Kopf in Erwartung einer weiteren Attacke aus Wortsilben und Speicheltröpfchen. Die Schaffnerin lieferte mich jedoch ohne zusätzlichen Tadel in unserem Abteil ab, wo Vater und Mutter immer noch darüber stritten, wer eigentlich schuld daran sei, dass wir keine Złoty umgetauscht hatten und ohne Essen geblieben waren. Andere Mitreisende hatten über das Zugfenster, das sich im Gang einen Spalt breit öffnen ließ, Proviant von fliegenden Händlern erstanden.

»Ja, die anderen, die wissen immer alles besser«, sagte Mutter und holte sich noch eine Tasse Tee.

Die Nase an die Glasscheibe gepresst, sah ich hinaus auf das Treiben am Bahnsteig. Ich versuchte mir bewusst zu werden, dass ich zum ersten Mal in einem anderen Land war. Ich hatte Grenzen überquert. Zumindest eine. Aber den roten Teppich, auf dem ich stand, durfte ich nicht verlassen. Es war nur eine Durchfahrt – ohne die Erlaubnis, fremden Boden zu betreten. Irgendwie zählte das für mich nicht richtig. Ich könnte später nicht einmal behaupten, dass ich in Polen gewesen war, hatte ich doch von Polen nur kurz Bahnhofsluft durch einen Spalt im Zugfenster geatmet.

Als unsere Schaffnerin zur Abfahrt pfiff, war mein Vater immer noch der Meinung, dass es gut war, nicht zur Wechselstube gegangen zu sein. Er glaubte tatsächlich, dass er eine Entscheidung getroffen hatte.

»Wäre ich gegangen, hätte ich den Zug verpassen können, und dann wärt ihr jetzt ohne Geld und Pässe«, sagte er.

»Papa, dich, Geld und Pässe haben wir, aber immer noch nichts zu beißen!« Willi sprach aus, was keiner hören wollte, und erntete böse Blicke.

»Aber den Zug durfte doch niemand verlassen!«, sagte ich.

»Ach, Albert«, sagte Mutter. »Ach, Kinder. So wird das doch nie was.«

Eine Zeit lang saßen wir uns schweigend gegenüber.

»Wir könnten noch einen Tee trinken«, schlug Vater vor. »Auch Wasser ist ein Nahrungsmittel, ein sehr wertvolles sogar. Und schwarzer Tee … hat noch viele andere gute Eigenschaften … Zum Beispiel Vitamine und Mineralien …«

Niemand antwortete ihm. Willi kletterte nach oben und löste auf dem Bauch liegend Kreuzworträtsel, und ich zählte unten aus dem Fenster die vorbeiziehenden Kühe und Schafe.

Am späten Nachmittag half das alles nicht mehr gegen das Hungergefühl. Es machte sich in der Magengegend mit einem heftigen Ziehen bemerkbar. In meinem Kopf begannen bunte Bilder meiner Lieblingsspeisen umher zu schwirren. Ich sah bereits die Soße vom Tellerrand tropfen, brauchte nur die Hand auszustrecken und eine Gabel hineinzuspießen …

Um mich abzulenken, streckte ich mich und gähnte ein paar Mal mit vorgehaltener Hand, dann verließ ich das Abteil und zählte auf dem Gang die Schritte vom einen bis zum anderen Ende des Wagens. Aus einem der Abteile roch es nach Hackbraten. Als ich daran vorbeiging, sah ich drinnen auf einem weißen Tuch essbare Dinge ausgebreitet, die mir noch nie so verlockend vorgekommen waren. Ich blieb eine Weile draußen stehen, aber niemand hinter der Glastür kam auf die Idee, mir etwas anzubieten. Sie schauten nicht ein einziges Mal zu mir herüber, so beschäftigt waren sie mit dem Kauen ihrer watteweichen Weißbrotscheiben.

Mutter schaute aus dem Abteil heraus. »Wo bleibst du denn, Alina? Steh doch nicht ewig im Weg herum!«

»Ich will mir nur die Beine vertreten«, verteidigte ich mich. Hinter dem Fenster zog eine immergleiche Landschaft vorbei. Meine Nase nahm von überall her Gerüche wahr, die Ohren hörten jedes Rascheln von Zeitungspapier, aus dem die Passagiere ihre Butterbrote auspackten. Es schien, als hätten alle außer uns die Weitsicht besessen, sich mit ausreichend Nahrungsmitteln einzudecken. Wie seltsam, dachte ich, dass meine Erinnerung an die größte Reise meines Lebens mit einem leeren Magen zusammenhängen würde…

Ich ging zur Toilette. Es kam mir vor, als ob es mir schwerer fiel, das Gleichgewicht zu halten, als ob die vom Hunger verursachte Übelkeit mich bereits so geschwächt hätte, dass ich mich mit einer Hand an der Fensterfront abstützen musste. Oder war dieser schwankende Gang nur dem Schaukeln des Zuges geschuldet?

Im Boden der Zugtoilette klaffte ein Loch von einigen Zentimetern Durchmesser, die Abdeckung war wohl schon vor langer Zeit verlorengegangen, wenn es denn überhaupt eine gegeben hatte. Ich bückte mich, um durch die Öffnung hindurch zu sehen, und wäre fast auf dem schmierigen Grund ausgerutscht. Unter mir sausten die Holzschwellen im Gleisbett vorbei. Ich nahm eine Münze aus meiner Jackentasche, die ein bisschen verklebt war von den Lutschbonbons, und ließ sie in das Loch fallen. Vom langen Starren auf die rasenden Balken wurde mir schwindlig. Ich kniff die Augen zusammen und schüttelte den Kopf.

Draußen fragte ich mich, in welcher Richtung wohl der Kurswagen nach Paris zu finden war. Ob es möglich wäre, dort einen Blick hineinzuwerfen, vielleicht sogar einfach reinzumarschieren, oder wachte bereits am Eingang eine pflichtbewusste Schaffnerin darüber, dass nur Berechtigte mit Diplomatenpass Zutritt erhielten? Ich stellte mir den Teppich im Kurswagen nach Paris nagelneu und von sattem Rot vor.

»Was stehst du schon wieder hier rum?«, sprach mich jemand von hinten an. Erschrocken drehte ich mich um. Nach ihrem bemühten Lächeln zu urteilen schien unsere Schaffnerin milde gestimmt zu sein, mein erster Anflug von Furcht legte sich. »Du siehst so verhungert aus, Kleine! Komm mit, ich hab was für dich.«

Ich folgte ihrem breiten, gebieterisch schwingenden Hintern in das Dienstabteil. Sie griff in eine Schachtel und reichte mir ein weiches Brötchen. »Da, nimm.«

Der Duft des frischen Hefegebäcks stieg mir in die Nase. Statt der Frage nach dem Kurswagen Moskwa–Paris kam mir nur ein kaum hörbares »Spasibo« über die Lippen. Am Fenster stehend aß ich die Semmel auf, achtete darauf, dass sich auf meiner Kleidung keine Krümel festsetzten und verwünschte mich für meine Feigheit. Wie sprach man eine Schaffnerin überhaupt an: mit »Genossin«, »verehrte Dame« oder »Majestät«? Ein falsches Wort und ich hätte mir für den Rest der Reise eine mächtige Feindin geschaffen, soviel ahnte ich. Also trat ich weiterhin unentschlossen von einem Bein auf das andere, ohne mich von der Stelle zu rühren.

»Na, noch Hunger?« Die Herrscherin erschien mir in ihrer bereits erwiesenen Gnade weniger schrecklich, und so platzte ich mit meiner Frage heraus.

»Ach Kindchen, werd' du erst mal groß, bevor du von Paris träumst! Hast wohl zu viele Romane gelesen!«

Sie kehrte mir den Rücken zu und ließ mich mit der Deutung ihrer Worte allein. Die Audienz war beendet, die Königin darauf bedacht, rätselhaft zu bleiben.

Vor unserem Abteil traf ich Willi, der mir vom anderen Ende des Waggons entgegenkam. Er verzog sein Gesicht zu merkwürdigen Grimassen. Jetzt merkte ich es auch. »Hier riecht es irgendwie nach Erbsensuppe, findest du nicht?«, fragte ich. Willi sah mich verächtlich an. »Erbsensuppe? Dass ich nicht lache. Hier hat jemand Dünnschiss!«

Er betrat nach mir unser Abteil und knallte die Schiebetür mit Schwung zu. Drinnen war die Luft etwas besser, der jäh aufgestiegene Brechreiz ließ nach. Vater hatte eine Beschäftigung darin gefunden, dass er mit den Fingern einen Rhythmus auf die Tischplatte trommelte, den Willi erraten sollte. Für mich war kein Rhythmus erkennbar, aber das Geräusch wirkte wohltuend einschläfernd …

Ich wachte erst bei der Passkontrolle in Frankfurt an der Oder auf. Selbst halbverschlafen entging mir nicht, dass etwas meinen Vater in freudige Aufregung versetzte. An der polnisch-deutschen Grenze hatte unser Zug einen Mitropa-Speisewagen bekommen.

»Seht her, das ist jetzt Deutschland«, sagte Vater und holte mit der Hand aus, um uns Deutschland zu zeigen, aber draußen dämmerte es bereits, und ich erkannte nichts außer ein paar Lichtern in der Ferne.

3

Der Kaffee im Pappbecher war kalt geworden. Ich stellte den Rest zurück auf die Theke. Ich trank Kaffee aus Gewohnheit und weil ihn alle um mich herum tranken, nicht weil er mir schmeckte. Oben auf dem Bahnsteig war sicher eine Bank frei, aber nichts zog mich hinaus in die Kälte. Früher hat es hier irgendwo einen Warteraum gegeben, den ich als schlecht belüftet und wenig einladend in Erinnerung hatte. Ich sah wieder auf meine Uhr, deren Zeigerstand sich seit der letzten Kontrolle kaum verändert haben dürfte, und beschloss, noch einige Minuten hier zu bleiben. Ich fand eine besser erträgliche Haltung, indem ich die Ellbogen auf den Bistrotisch abstützte.

Von meinem veränderten Posten aus fiel mir an einer dieser Hochglanzsäulen, die den Laden schmückten, mein Spiegelbild auf. Es war nicht besonders vorteilhaft. In meiner Charlottenburger Wohnung hatte ich mir aus Angst, zu spät zu kommen, in aller Eile einen Mantel übergeworfen, der zwei Nummern zu groß und von einer unmöglichen Farbkombination war: türkis-rosa. Ein Fehlkauf, in dem ich mich unwohl fühlte, und viel zu dünn für dieses Wetter. Ich hätte ihn umtauschen sollen, aber wie immer hatte ich die Quittung verlegt und konnte sie nicht wiederfinden.

Ich gehörte zu der Sorte Menschen, die nach den ersten zehn Minuten Bekanntschaft von wildfremden Leuten gefragt wurden: »Sie sehen so traurig aus. Stimmt etwas nicht?«

Und ich glaubte nicht, dass es allein an meinem Mantel lag. Immer wieder brachten mich Unbekannte dazu, dass ich die nächstgelegene Damentoilette aufsuchte, um im Spiegel über dem Waschbecken das Traurige in meinem Gesicht auszumachen. Ich wurde nicht fündig. Ich fand, ich sah ganz normal aus, durchschnittlich, keinesfalls interessant genug, um solch theatralische Fragen herauszufordern. Aber irgendetwas für mich Unsichtbares schien mich auf die Rolle der traurigen Figur festzulegen.

Eines jedoch stand für mich fest: Traurig auszusehen war kein persönliches Verdienst. Ich hatte nichts dafür getan. Eigentlich träumte ich davon, dass eines Tages jemand etwas ganz anderes zu mir sagte. Für den Anfang hätte mich auch schlicht etwas Netteres zufriedengestellt. Zum Beispiel: »Sie haben so etwas Melancholisches im Blick.« *Melancholisch* klang doch schon viel besser als *traurig*. Oder warum sagte niemand: »Sie sehen so sexy aus. Bitte geben Sie mir Ihre Telefonnummer?«

Natürlich sagte das niemand, weil ich in meinem formlosen, viel zu großen türkis-rosa Mantel alles andere als sexy aussah. Um realistisch zu bleiben: Die Spiegelsäule im Bäckerladen zeigte eine etwas aus der Bahn geworfene Person, die nicht wusste, was sie plötzlich mit sechzig geschenkten Minuten anfangen sollte, und dementsprechend verloren wirkte... Ich kam nicht umhin, die Heldinnen von Tragödien (zumindest die in Hollywood!) um ihre Stylisten zu beneiden.

Ob Irma mich erkennen würde? Ich versuchte, mir den Anblick der Alina in Erinnerung zu rufen, die ich mit zwölf Jahren gewesen war, aber es wollte mir kein scharfes Bild gelingen.

Und was war mit mir: Würde *ich* meine Schwester erkennen? Ich hatte die ganzen Jahre oft an sie gedacht.

Irma war mir immer die ferne ältere Schwester gewesen, nie die beste Freundin. Sie hätte es vielleicht werden können, wenn sie hier gewesen wäre – während der Jahre, in denen ich es irgendwie geschafft hatte, erwachsen zu werden. Selbst wenn ich mich weigerte, an sie zu denken – weil sie doch diejenige war, die uns verlassen hatte –, erinnerte mich irgendetwas an sie … Dann tauchte es wieder auf, das letzte Bild, das ich von Irma im Kopf trug. Wie sie mich umarmt hatte, bevor ich in den Zug mit dem roten Teppich gestiegen war. Wie wir sie auf dem Bahnsteig in der kleinen nordkaukasischen Stadt Nartkala am Ende der Welt zurückgelassen hatten. Und wie sie dabei gar nicht traurig aussah, weil sie es ja nicht anders gewollt hatte. Für einen Augenblick hatte ihr Haar meine Wange gestreift, ich roch ihr neues Parfüm, das sie verschwenderisch um ihren Hals verteilt hatte. Ein viel zu schwerer Duft, der mich fast trunken machte. Opium von Yves Saint Laurent, dafür musste man auf dem Basar ein kleines Vermögen hinblättern. Irma hatte mir die Verpackung geschenkt, damit auch ich etwas aus Paris besaß. Made in France stand auf dem Hochglanzkarton, der mir lange Zeit als Schatztruhe diente.

Irma gab mir zum Abschied einen Kuss auf die Stirn, noch immer war sie ein Stück größer als ich, dann trat sie wieder zurück. Ihr Parfümgeruch blieb noch stundenlang an mir haften.

Selbst wenn meine Schwester eine gewisse Trauer über unsere Trennung verspürt haben sollte, so verrieten es ihre Züge nicht. Der Ausdruck auf ihrem Gesicht war unergründlich. Vielleicht überwog Irmas Freude, dass ihr Mann Sergej bald aus dem Krieg in Afghanistan auf Heimaturlaub kommen sollte, das Gefühl, allein zurückzubleiben? War es nicht so, dass sich eine Frau, sobald sie heiratete, für immer und endgültig von ihrer Familie loslöste? Seit dem Tag ihrer Hochzeit hatten wir kein Recht mehr auf sie. *Er* hatte es.

Daran änderte auch nichts, dass Vater Irma – vor uns, aber in ihrer Abwesenheit – als »Soldatenwitwe« bezeichnete. Vom Schwiegersohn sprachen unsere Eltern niemals anders als von *diesem* Sergej. Wie sollte das gut gehen, wenn die beiden sich kaum gekannt und so überstürzt geheiratet hatten, um gleich darauf durch das zuständige sowjetische Wehrkommando getrennt zu werden. Und es war nicht einmal ein Kind unterwegs gewesen, was die Eile gerechtfertigt hätte. Ihre Älteste hätte nur Flausen im Kopf, die mit dem Alter leider nicht abnähmen, sagten die Eltern, und nun gingen diese Flausen soweit, dass *dieser* Sergej Irma mehr bedeutete als wir, ihre Familie!

Das Wort »Soldatenwitwe« klang in meinen Ohren nach, blieb irgendwo haften und verband sich für viele Jahre mit Bildern von schwarzgekleideten alten Frauen, die mir ab und zu auf der Straße begegneten. Manchmal saßen sie auf den Bänken vor ihren Häusern. Ich versuchte immer, schnell an ihnen vorbeizukommen, ohne in ihre Gesichter zu schauen. Etwas ließ mich die Augen abwenden, sobald mir nur ein schwarzes Kopftuch in den Blickwinkel geriet, noch bevor ich die dazugehörigen Beine in schwarzen Strümpfen, die in klobigen schwarzen Schuhen steckten, wahrnahm. Manchmal, wenn ich den Kopf nicht schnell genug wegdrehte, fiel mir an der schwarzen Gestalt irgendein Detail auf, das mir dann tagelang nicht aus dem Kopf ging, eine Laufmasche im Strumpf etwa, ein schief gelaufener Absatz oder ein ausgefranster Rocksaum.

Mehr wusste ich mit zwölf nicht von Witwen. Von Soldaten auch nicht. Zurück blieb die Frage, was das alles mit meiner Schwester zu tun haben sollte. Der Krieg meines Schwagers in Afghanistan war so weit weg, dass er schon fast unwirklich anmutete, und der, für den die alten schwarzgekleideten Frauen als Zeugen standen, war längst vorbei.

Damals auf dem Bahnsteig, nachdem Irma mich mit einem flüchtigen parfümierten Kuss abgespeist hatte, blieb sie neben ihrer besten Freundin stehen und hob ab und an die Hand, um uns zuzuwinken, bis der Zug losfuhr. Dazwischen alberten die beiden miteinander herum. Ich kannte Alla, unsere damalige Nachbarin von gegenüber, nur als melancholische Person, die bei Regen aus dem ungeputzten Fenster in ihren verwilderten Garten starrte. Es hieß, ihre Schwermütigkeit rühre daher, dass sie keine Kinder bekommen könne. Es hieß, weil sie keine eigenen Kinder haben könne, mache sie den Kindern anderer gerne Geschenke. Auch mich hatte sie einmal beschenkt, aber nicht weil ich ein Kind war, das man sich als Ersatz hätte wünschen können – denn ich war bereits eine schlaksige Zwölfjährige und gar nicht süß –, sondern einfach weil ich Irmas kleine Schwester war. Ich habe Allas Geschenk – eine Kette aus bunten Plastikperlen – aufbewahrt, aber nie getragen.

Als Alla neben Irma stand, wirkte sie alles andere als schwermütig. Die Leute redeten viel, Alla war erst Anfang zwanzig, ein hübsches Ding mit weizenblonden Zöpfen, vielleicht wollte sie gar keine Kinder, und wenn doch, hatte sie noch alle Zeit der Welt, um sie zu bekommen. Vielleicht lag es gar nicht an ihr, soviel wusste ich schon, obwohl Allas Vater behauptete, an Kinderlosigkeit seien immer die Frauen schuld.

Ich sah Alla und Irma Arm in Arm vor dem Fenster unseres Abteils stehen und über Dinge lachen, deren Witz ihnen allein verständlich war. In mir regte sich ein Gefühl, aus dem Neid entsteht. Es war nicht das Bild, das ich von anderen Bahnhofsabschieden in Erinnerung

hatte. Es wollte bei uns niemand weinen. Die Taschen-
tücher blieben unbenutzt in den Taschen.

Vielleicht waren die meisten meiner Briefe an Irma
ungeschrieben geblieben, weil sie damals nicht geweint
hatte. Und ich glaubte aus der Sicht meiner zwölf Jahre,
noch unendlich viel Zeit zu haben, um irgendwann das
aus dem Weg räumen zu können, was uns zu trennen
schien. Später. Wenn das Gefühl, das ich für Neid hielt,
sich in etwas anderes verwandelt haben würde.

In Bedauern vielleicht.

Oder sogar Verstehen.

4

Vor dem Betreten des Mitropa-Speisewagens hatte Vater aus Zeitgründen darauf verzichtet, seine Krawatte wieder anzulegen. Unsere knurrenden Mägen hatten diesem historischen Moment ohnehin viel von seiner Feierlichkeit genommen. Mutter fand den Speisewagen zu ungemütlich, um dort länger zu verweilen. Es roch nach abgestandenem Öl. Die Speisekarte war knapp gehalten, und ich verstand sie nicht. Wir ließen uns Würstchen mit einem schmierigen Kartoffelsalat empfehlen, den ich zur Hälfte übrig ließ. Willi machte sich darüber her. Er hatte einen ungeheuren Energiebedarf.

Als wir in Berlin ankamen, wartete niemand auf uns. Vater hievte unsere drei Koffer von der Gepäckablage herunter und ließ uns nach dem Aussteigen auf dem Bahnsteig zurück. Willi fühlte sich plötzlich schlecht. Mutter ging mit ihm nach einer Toilette suchen. Ich blieb verschlafen und ratlos auf unseren Koffern sitzen. Sollte uns nicht jemand abholen? Warum erklärte mir niemand etwas?

»Wir haben den letzten Zug verpasst. Der nächste fährt erst morgen«, sagte Vater mit einem besorgten Blick auf die Uhr. Er wiederholte es, als Mutter und Willi wieder zurück waren. Ich sah ihn verwirrt an. Hatte ich wieder etwas überhört oder vergessen? Es war doch nie von einem anderen Ziel als Berlin die Rede gewesen. Und das hier war Berlin! Es stand in großen Buchstaben auf dem Schild vor meinen Augen! B-E-R-L-I-N O-S-T-

B-A-H-N-H-O-F, soviel konnte ich schon in dieser fremden Schrift lesen. Vater musste etwas verwechseln.

Mein Protest blieb unbeachtet. »Was für Strapazen für die armen Kinder!«, sagte Mutter seufzend. »Dem einen ist übel, die andere fängt an zu fantasieren!«

Für einen Moment erschienen mir meine Eltern völlig fremd. Wovon redeten sie? Aus Angst vor der Antwort fragte ich nichts mehr.

Die Nacht verbrachten wir auf einer Bank, ich im Halbschlaf an Mutters Schulter gelehnt. Im Morgengrauen weckte sie mich, wir stiegen in einen anderen Zug ein und fuhren weiter.

»Wir sind bald da«, versprach Mutter jede halbe Stunde. Ich hielt die Augen geschlossen und tat, als höre ich nichts. Aber ich hörte alles. Wie die Menschen um uns herum in einem Dialekt redeten, der kaum etwas mit dem Deutsch zu tun hatte, dessen Tonfall mir von zu Hause vertraut war. Sogar das Rattern der Zugräder auf den schmaleren europäischen Gleisen klang anders als zuvor. Ich lauschte den Geräuschen und fragte mich, ob auch bei uns beim nächsten Blick in den Spiegel schon irgendeine Veränderung in den Gesichtern sichtbar werden würde.

Wieder standen wir neben unseren Koffern auf dem Bahnsteig, der mit Taubendreck grauweiß gesprenkelt war, und warteten auf etwas. Den Namen der Stadt kannte ich. Er stand auf den Ansichtskarten, die Großmutter geschickt hatte; sie zeigten ein Kronentor, dessen Krone nicht golden, sondern von einem schmutzigen Grün war.

Vater sah sich nach allen Seiten um. Ich hoffte, er wusste, wonach er suchte.

»Familie Schmidt?«, fragte jemand hinter uns. »Mein Name ist Grafstetter. Ich komme vom Rathaus der Stadt

Dresden und heiße Sie herzlich willkommen in der Deutschen Demokratischen Republik!«

Eine Frau streckte meinem Vater die Hand entgegen. Er war es nicht gewohnt, dass fremde Frauen ihm die Hand drücken wollten, und zuckte unwillkürlich zurück. Die Frau hatte strohiges blondiertes Haar und roch nach Zigarettenrauch. Ihr früh gealtertes Gesicht wirkte irgendwie überrascht, während sie half, unser Gepäck zum Ausgang zu bringen. Sie war es wohl nicht gewohnt, dass Männer vor ihrer Hand zurückschreckten.

»Schön, dass Sie da sind. Für heute stellt Ihnen die Stadtverwaltung ein Hotelzimmer zur Verfügung. Aber erst ab vierzehn Uhr. Bis dahin müssen Sie sich gedulden.« Die Frau kaute auf ihrer schmalen Unterlippe herum und schien über etwas nachzudenken. Vielleicht darüber, ob es mit ihren Dienstanweisungen vereinbar war, Einwanderer aus einem Bruderstaat einen halben Tag lang ohne Aufsicht auf dem Bahnhof stehen zu lassen. Dann übergab sie meinem Vater einen Briefumschlag. »Hier ist alles drin. Die Unterlagen fürs Hotel, Adresse und Schlüssel für die Übergangswohnung. Morgen können Sie einziehen. Brauchen Sie sonst noch etwas?«

Vater schüttelte verneinend den Kopf. Die kommunale Abgesandte hielt ihm nochmals – leicht verunsichert – die Hand hin, die er immerhin kurz berührte. Frau Grafstetter war bereits am Gehen, als sie sich noch einmal zu uns umdrehte und mit langsamen und deutlichen Mundbewegungen sagte: »Sie-können-Ihr-Gepäck-in-der-Gepäckaufbewahrung-abgeben-und-sich-in-der-Zwischenzeit-die-Stadt-anschauen.« Sie nickte uns zu, wies mit der Hand zum Bahnhofsausgang und verschwand.

»Seht ihr, das ist Deutschland!«, sagte Vater. »Hier kümmert man sich um die Menschen.«

»Sie redet mit uns wie mit Touristen«, sagte Mutter.

Vater hielt Ausschau nach seiner Mutter, meine Mutter flüsterte mir ins Ohr, dass ich ja nett zu Oma sein solle, die so lange auf ein Wiedersehen mit uns habe warten müssen, und ich fragte mich, warum ausgerechnet diese Stadt. Nichts verband mich mit ihr, niemand hatte mir Geschichten über sie erzählt. Sie war mir völlig fremd, eine Stadt aus dem Reiseführer, ein Abbild auf Postkarten, die nichts Persönliches hatten, weil Großmutter sie auf der Rückseite nie beschrieb. Sie schickte sie blanko, als sprächen sie für sich selbst. Vielleicht taten sie das auch – in einer Art Allerweltstouristensprache.

Irma hatte ein innigeres Verhältnis zu Vaters Mutter als ich. Sie war stets die Lieblingsenkelin gewesen, und ich hatte es durch mein späteres Dazukommen nicht geschafft, etwas daran zu ändern, auch fehlte mir der Antrieb dazu. Vater hatte sich große Sorgen gemacht, wie seine Mutter in der Ferne die Nachricht aufnehmen würde, dass Irma uns nicht begleitete. Großmutter war bereits sechs Monate zuvor nach Deutschland vorausgefahren, um ihren bettlägerigen Bruder Heinrich in Dresden zu pflegen, meinen Großonkel, dem ich nie begegnet war. Wir wussten kaum etwas über ihn. Außer, dass ihm wenig Zeit geblieben war. Vor vielen Jahrzehnten hatte sich Großmutter mit ihm wegen einer Sache zerstritten, über die sie nicht reden wollte. Wenn ich sie überhaupt von ihrem Bruder sprechen hörte, so hieß es immer, sie werde nie wieder einen Fuß in sein Haus setzen.

Nun, im Alter, hatte sie es sich offenbar anders überlegt. Vielleicht fühlte sie die Zeit für eine Versöhnung gekommen. Inzwischen war der Bruder gestorben.

Erika Schmidt, geboren als Sara Hönle in der Familie eines Sattlermeisters in einer deutschen Siedlung am

Schwarzen Meer, hatte ein tragisches Schicksal, wie meine Mutter es nannte. Väterlicherseits war sie die Nachfahrin von Pietisten aus Baden-Württemberg und mütterlicherseits von Mennoniten aus dem Niederdeutschen, die hundert Jahre zuvor ihre jeweilige Heimat verlassen hatten auf der ewigen Suche nach dem, was man Glück nennt. 1912 in einem kleinen Grenzort zwischen Bessarabien und der Ukraine geboren, geriet sie bald zwischen die Mahlsteine kommender Kriege. Dort, auf bessarabischer Seite im Kreis Akkerman, stand ihr Elternhaus samt Sattlerwerkstatt. Der Vater hatte von seinen Reisen als fahrender Geselle aus einem der mennonitischen Dörfer um Chortitza eine Frau mitgebracht. Hübsch sah sie aus, war fleißig und grüßte jeden, aber sie hatte einen Fehler: Sie war »koi Schwäbin«. Im Dorf sah man Erwin Hönles Ehe mit dieser Fremden unter keinem guten Stern stehen. Den erstgeborenen Sohn hatte sie Isaac und die ein Jahr später geborene Tochter Sara genannt. Das seien doch gute Namen, erklärte Erwin Hönle auf erstaunte Nachfragen der pietistischen Verwandtschaft, alttestamentarische Namen, an denen es für gute Christen nichts auszusetzen gäbe. Zwei Monate nach Saras Geburt war ihre Mutter an einer winzigen Wunde verstorben. Frau Hönle hatte morgens eine Ladung Lederhäute für ihren Mann entgegengenommen, tagsüber in der Werkstatt ausgeholfen, abends sich schlecht gefühlt. In der Nacht kam Fieber hinzu.

Der herbeigerufene Dorfarzt hatte eine Blutvergiftung diagnostiziert und bedauernd mit den Schultern gezuckt. Da könne er nichts tun. Drei Tage später war Martha Hönle tot.

Zum Trauern blieb dem jungen Witwer keine Zeit. Neuerdings kamen viele Sattelbestellungen aus Odessa. Um die Ware anzufertigen und auszuliefern, war er von früh bis spät auf den Beinen. Und dann musste er sich noch um ein Kleinkind kümmern und um das mutterlose Baby dazu. Schnell nahm sich Erwin Hönle eine neue Frau, dieses Mal wie es sich gehörte keine »Auswärtige«, sondern eine aus dem eigenen Dorf, und zeugte mit ihr eine weitere Tochter, Saras Halbschwester. Die neue Frau Hönle teilte die Vorliebe ihrer Vorgängerin für biblische Namen nicht und bestand darauf, das Kind Florentine zu nennen.

Sara hatte keine Erinnerungen an ihren Vater. Alles, was sie über ihn und ihre leibliche Mutter wusste, beruhte auf Hörensagen. Sie war zwei Jahre alt und ihre kleine Schwester Florentine kaum auf der Welt, als der Vater 1914 als Soldat in den Weltkrieg ziehen musste. Ein paar Mal kam noch Feldpost von ihm, dann die Mitteilung, dass er gefallen sei.

Saras Stiefmutter blieb mit dem Säugling, zwei Klein-kindern, dem Haus und der Werkstatt zurück. Es gab so viel zu tun. Die Schwiegereltern boten an zu helfen. Die junge Witwe schickte Isaac und Sara zu den Hönles, die in einem nahe gelegenen Dorf im Kreis Owidiopol als Weinbauern ansässig waren. Vorübergehend, nur für einen Sommer oder zwei. Die Großeltern kamen mit einem Pferdewagen, um die Enkel abzuholen, und erzähl-ten später, dass die fast dreijährige Sara sich nicht von ihrer Schwester trennen wollte, die in eine Decke ge-wickelt und wie ein Paket verschnürt in ihrer Wiege schlief. Sie zogen das Kind fort und sagten, du Dumm-chen, weine nicht, das sind doch nur ein paar Kilometer, du kannst Florentine ganz oft besuchen kommen und sie dich, wenn sie erst laufen gelernt hat!

Sara freute sich, dass Florentines Beine bei jedem Tref-fen schneller waren. Doch 1918 gehörte Bessarabien plötzlich zu Rumänien, und die Grenze wurde von heute auf morgen dicht gemacht. Sara blieb bei ihren Großeltern in der Ukraine, und die wenigen Kilometer bis zu ihrer Schwester wurden unüberwindbar. Die alten Hönles sagten, das sei sicher nicht für lange. Bald darauf kam die Sowjetmacht in die seit über hundert Jahren von deutschen Kolonisten besiedelten Dörfer und machte auch Sara und Isaac zu Untertanen eines neuen Landes: der Ukrainischen Sowjetrepublik; während Florentine in greifbarer Nähe, jedoch unerreichbar, zu einer rumänischen Staatsbürgerin heranwuchs und ihre Geschwister erst Jahrzehnte später wiedersehen sollte.

Als Sara zusammen mit ihrem Bruder Isaac im März 1944 von der Wehrmacht in einem der letzten Flüchtlingstrecks *heim ins Reich* evakuiert wurde, fanden die Behörden, dass Sara und Isaac keine guten Namen für Bürger des Deutschen Reiches seien. Der Beamte in der Einwandererzentrale Litzmannstadt pflegte in solchen Fällen den Namen seiner Frau einzusetzen: Erika. Aus Isaac machte er einen Heinrich.

So trug meine Großmutter einen Namen, auf den sie nicht getauft war, und das war ja schon Unglück genug.

Wenn ich diesen Geschichten über ein fremdes Leben aus dem Mund meiner Mutter lauschte, sah ich mich hinten auf einem Pferdewagen sitzen und zurückblicken auf eine Frau mit einem Bündel auf dem Arm. Ihr Gesicht blieb verschwommen, weil ich es nicht kannte. Vielleicht stand sie auch im Schatten der Rebstöcke, die den Innenhof umrankten und ein knorriges grünes Dach über ihrem Kopf webten. Ich winkte ihr zu, selbst noch, als die Frau ins Haus ging, weil das Bündel zu schreien anfing, und wir hinter einer Kurve verschwanden. Ich glaubte, aus der Entfernung sogar noch den zu einem Dutt hochgesteckten dunkelblonden Zopf der Frau erkennen zu können, weil Mutter diese Frisur als damals in Mode beschrieben hatte.

Als ich kleiner war, fürchtete ich, so ein tragisches Schicksal wie das von Oma Erika sei etwas Vererbliches. Diese Vorstellung ging soweit, dass ich vor lauter Angst nachts im Bett weinte und Mutter nicht erklären konnte, warum. Mutter war dann auch traurig. Sie strich mir über das Haar und versprach mir, dass ich es einmal besser haben würde. Für kurze Zeit beruhigten mich ihre Worte und wiegten mich in den Schlaf. Dann träumte ich von diesem besseren Leben, das schon ganz nah sein musste.

Oma Erika war am Bahnsteig nicht zu sehen. Sie hatte mir in ihren Briefen einen dicken Schmatzer angedroht, den ich fast schon als feuchten Fleck auf meiner Wange spürte. Aber sie war nicht da, und mein Vater runzelte die Stirn.

»Na ja, wozu eine alte Frau in dieser Frühe aus dem Bett treiben«, sagte er mehr zu sich selbst und reihte sich ein in die Schlange vor dem Taxistand. Während wir warteten, schaute ich mich um. *Interhotel Newa* leuchtete es rot aus dem grauen Nebel heraus, dort, wo ich hinter den Straßenbahnschienen die Stadt vermutete. Vielleicht das Hotel, in dem wir heute Nacht in richtigen Betten schlafen würden. So aufregend die Fahrt im Zug mit dem roten Teppich auch gewesen war, ich vermisste inzwischen eine gute Matratze.

Der Taxifahrer ließ uns nach zwanzigminütiger Fahrt vor einem Hochhaus mit der Nummer 24 aussteigen. Ich fühlte mich ganz klein, so wie ich unten stand und hinaufsah. Ich hatte keine Zeit, die Etagen zu zählen. Im Hauseingang gab es so viele Briefkästen, dass ich den Überblick verlor. Vater klingelte neben einem Schild, das den Namen »Schmidt« trug. Es war nicht das einzige Schmidt-Schild, doch er schien auf Anhieb das richtige getroffen zu haben.

Nach wenigen Minuten ging die Tür auf, und ich fühlte mich von zwei Armen umfangen. Die Berührung welker Lippen neben meinem Ohr hinterließ einen feuchten Film auf der Haut.

»Na so ebbes! Was für eine Überraschung!«, sagte Oma Erika und rückte von mir ab, um mich zu betrachten. »Ich moin, aus der Alina wird noch ein hübsches Mädle werden!«, urteilte sie spontan, und mir war, als spräche sie von einer Fremden. Ein Mädchen war ich wohl, aber nicht hübsch, sollte das heißen, und die Aussicht, das eines Tages vielleicht noch zu werden, versöhnte mich in diesem Moment nicht wirklich mit der Situation. Vielleicht aber hatte Oma Erika einfach nur schlechte Augen.

Wenn Großmutter jemals hübsch gewesen war, so sah man ihr das nicht mehr an. Ihre Beine, die unter dem Hauskittel hervorschauten, waren dick und blaugeädert, die Schritte schwerfällig und langsam. Ihr Haar hatte sie in der Mitte gescheitelt und hinten zu einem Knoten hochgesteckt. Sie trug es seit ihrer Jugend so, hatte mir Mutter erzählt, wie alle Frauen zu jener Zeit, nur weiß war es inzwischen geworden.

Es war Frühstückszeit, wir saßen in Großmutters Einzimmerwohnung, nicht in der sechzehnten, sondern nur in der zweiten Etage, die keine bessere Aussicht bot als den Anblick eines benachbarten Fabrikgeländes, von dem Erika auf Nachfrage nicht wusste, was dort produziert wurde. Sie klagte, dass die Fabrik viel Krach mache, die erste Schicht beginne schon um fünf Uhr morgens.

Sie klagte weiter, dass ihre Vorräte zu wünschen übrig ließen, weil wir uns nicht zu dieser frühen Stunde angekündigt hätten. Sonst wäre sie schon gestern einkaufen gegangen, denn die Kaufhalle sei doch gleich gegenüber, so weit käme sie noch, auch wenn ihr die Beine zeitweise zu schaffen machten …

Das Schwäbische ihres ukrainischen Heimatdorfes war mir seit Kindertagen nicht mehr geläufig. Viele Jahre hatte ich es nicht mehr gehört und schien es vergessen zu haben. Was Erika sagte, erriet ich mehr, als dass ich es verstand. Ihr Tonfall hatte sich verändert, die Worte fügten sich in einen abenteuerlichen Satzbau ein. Dennoch klangen ihre Sätze in meinen Ohren seltsam vertraut.

Erika seufzte, dass außer Milch nichts da sei, womit wir auf unser Wiedersehen anstoßen könnten, aber Vater winkte ab; das mache doch nichts, wir seien doch keine Gäste, die es zu bewirten gelte. Man sei doch unter sich. Er war nun auch in das Schwäbische seiner Mutter verfallen, das er sonst nicht mit uns sprach, und ich prägte mir aus ihrem Dialog ein aussagekräftiges »woiß net« für den Notfall ein.

Wir tranken Milch aus Sektgläsern zur Begrüßung, damit es ein wenig feierlich aussah, und dann deckte Erika den Tisch mit allem, was ihre Küche hergab. Wir waren überrascht, wie viele Dinge aus ihrem leeren Kühlschrank ins Wohnzimmer wanderten. Unbeirrt fuhr sie fort, sich dafür zu entschuldigen, dass sie nichts vorbereitet habe, aber wenn wir in aller Herrgottsfrühe bei ihr einfielen, bräuchten wir uns auch nicht zu wundern, trocken Brot vorgesetzt zu bekommen. »Wenn ich des bloß ehnder gwissd hedd«, sagte sie vorwurfsvoll mit jedem vollen Topf, den sie auftischte.

»Mach dir bloß koi Umständ«, beschwichtigte Vater weiterhin. Er erklärte, dass wir noch vom Vortag bestens versorgt seien und fragte seine Mutter, ob sie sich denn in der DDR gut eingelebt habe.

»Weischt, Albert, ich denk, besser als der Heinrich allemol«, sagte Erika und fügte hinzu, dass ihr Bruder immerhin fast vierzig Jahre hier gelebt, es aber zu nichts gebracht habe. In einem Altbau mit Kohlenheizung habe er

gehaust, wie nach dem Krieg, ohne Bad und der »Abtritt«
eine Treppe tiefer, und dabei sei er doch ohne Rollstuhl
nicht mehr aus dem Haus gekommen. Zwar habe er vor
Jahren einen Antrag auf Wohnraumzuweisung gestellt,
sei dann aber zu stolz gewesen, um »uff des Amt« zu
gehen und dort »amol nachzufragen«.

Aber so sei er halt gewesen, Alberts Onkel… Ein
»schdarrkebfiches Mannsbild« wie eh und je… Am Ende
musste Erika für ihn die Kohlen schleppen. Er hätte es ja
selber schon lange nicht gekonnt und auch keinen mehr
gehabt, der ihm geholfen hätte. Bis sie, Erika, sich seiner
angenommen habe. Und zum Dank habe sie tagein tagaus seine Belehrungen ertragen müssen, was sie ihr
Leben lang alles falsch gemacht hätte. Dabei hätte er es
doch als großer Bruder »koi bissle« besser gemacht! Und
als er gestorben war, sei sie, eine »alte Widdfrau«, allein
aufs Amt gegangen und siehe, man habe ihr dieses schöne
ferngeheizte Zimmer gegeben! Davon hätte der Heinrich
nur träumen können. Er habe ja immer alles besser
machen wollen, aber »am End auch nix net« besser
gekonnt.

Ich sah mich in Großmutters Wohnung um. Ein
Schrank, ein Bett, ein Tisch und vier Stühle. An der
Wand ein gerahmtes Aquarell des goldgrünen Kronen-
tors. Das erinnerte mich an Vaters Bildband über die
Alten Meister in der Dresdner Gemäldegalerie, den er
vor Jahren im »Haus des internationalen Buches« erstanden hatte. Wegen der Sixtinischen Madonna, wie er stolz
erklärte. Das sei die Mona Lisa des Ostens. Und bei weitem nicht so unerreichbar wie die echte. Nicht ausge-
schlossen, dass wir noch in diesem Leben vor dem Origi-
nal stehen könnten, hänge es doch in der Deutschen
Demokratischen Republik, unserem sozialistischen Bruderstaat. Ich war damals von den Kunstdrucken wenig

beeindruckt. Die Madonna überblätterte ich, aber dann fand ich sie: die schlummernde Venus von Giorgione. Auch nicht besonders schön, aber weit interessanter, weil nackt.

Das war meine erste Begegnung mit Venus. Die Vorstellung, dass ich schon morgen in die Ausstellung marschieren und vor ihr stehen könnte, wenn ich nur wollte, erfüllte mich mit einem unerwarteten Glücksgefühl.

Noch etwas fiel mir ein. Ich suchte mit den Augen nach einer Kiste und fand keine. Oma Erikas und Onkel Heinrichs Halbschwester, Florentine Hönle, hatte nach ihrer Rückkehr ins »Reich« einen Tankstellenpächter namens Walter Ackermann geheiratet. Ihr neuer Name sollte sie zeitlebens an ihre Heimat erinnern, den Flecken Akkerman in Bessarabien, den sie als junge Frau noch vor Ausbruch des Krieges verlassen musste. Tante Tine lebte seitdem im Westen und war demnach eine Kapitalistin. Sie konnte es nicht erwarten, dass auch wir »rüberkämen«. Lange Jahre war die Rede davon gewesen, dass Oma Erika aus der kasachischen Steppe zu ihrer Schwester nach Hannover umsiedeln wolle, zwecks Familienzusammenführung und so. Dieses Anliegen war bei den sowjetischen Behörden stets daran gescheitert, dass Erika und Tine verschiedene Mütter hatten. Seit wann seien Halbgeschwister Verwandte ersten Grades? Und Onkel Heinrich sei ja ein furchtbarer Sturkopf gewesen, »a reachdr schdärricher Bogg«, da waren sich die Schwestern einig. Solange er konnte, habe er sich von seiner Frau (einer Atheistin!) daran hindern lassen, zu Tine in den Westen zu gehen, und als er endlich Witwer war, da konnte er nicht mehr, und es war ihm sowieso schon egal, ob er im Westen oder im Osten unter die Erde kommt. Aber nun, da Erika und Tine die einzigen überlebenden Hönles seien, würden sie sich nicht mehr von einer blöden

Grenze, die zufällig mitten durch Deutschland verlief, trennen lassen! Als Rentnerin sollte Oma Erika endlich die Reisefreiheit genießen, endlich etwas von ihrem Leben haben. Das hatte Tante Tine jedenfalls so beschlossen, als sie zu Heinrichs Beerdigung in die Stadt mit dem Kronentor gekommen war, obwohl sie ja fand, er sei ein furchtbarer Sturkopf gewesen, mit dem man nicht habe reden können, aber immerhin war er ihr einziger Bruder und der von Erika auch. Und trotz dieses traurigen Anlasses hatte Tante Tine nicht vergessen, für mich, ihre unbekannte Großnichte, bei der Abreise ein paar Deutsche Mark zu hinterlassen, damit ich mir im Intershop etwas Hübsches kaufen könnte. Westsachen, konkretisierte Großmutter in einem ihrer Briefe, ein Begriff, der meine Phantasie erst beflügelte und bald darauf in einer Sackgasse erlahmen ließ. Meine Vorstellung reichte nicht weiter als bis zu einer hübschen Verpackung, die nach Kaugummi riechen musste. Wie diese bunten Kugeln, die Erika uns ab und zu geschickt hatte und die für mich den Geruch des Westens ausmachten.

Außerdem, schrieb Erika, habe sie von Heinrichs ehemaligen Nachbarn eine ganze Kiste mit Mädchenbekleidung geerbt, aus der deren Tochter herausgewachsen war. Daraus könne ich mich komplett neu einkleiden und ein paar Westsachen seien auch dabei. Es warte alles nur auf unsere Ankunft.

»Nun lasst euch endlich mal anschauen, 's isch schon so viel Zeit vergangen. Wie schnell die Kinder doch wachsen! Der Willi isch mir ein richtiger großer Bub gwordn!«

Wenn Willi mehr verstand als ich, dann wusste er das gut zu verbergen. Oma Erika bekam von ihm keine Antwort, sie verlagerte ihren Blick auf mich, empfahl mir, nicht so verschüchtert dreinzuschauen, und mutmaßte, das würde sich schon geben, wenn ich erst »ebbes zu tun hedd«. Zumindest war es das, was ich herauszuhören glaubte.

»Alina, du bekommst gleich Arbeit. Ich woiß doch, an was du gerade denkst.«

Oma Erika fing an, etwas zu suchen, unterbrach sich aber, indem sie nach Irma fragte. Das Wort Soldatenwitwe fiel. Wie schlecht es sei, als frisch verheiratetes Paar getrennt zu werden, davon könne sie, Erika, auch ein Lied singen, denn ihr waren nur wenige Jahre mit ihrem Oskar vergönnt… Ich wartete darauf, dass sie das Gesuchte fand, aber Erika fuhr fort, sich zu wundern, warum denn Irma ein Jahr nach der Hochzeit immer noch nicht schwanger sei. Und Vater sagte, ihn wundere das überhaupt nicht, denn Irmas Mann sei ja ständig im Krieg, und überhaupt sei sie so gut wie Witwe, das sei nicht nur so eine Floskel. Die stürben doch wie die Fliegen da unten in Afghanistan, vor allem die unerfahrenen Rekruten, solche wie ihr Sergej. Das ungewohnte Klima, die unwegsamen Berge, so gut wie tödlich für einen, der den Elbrus nur als Hügel am Horizont gesehen hat.

Während ich Vater zuhörte, erinnerte ich mich daran, dass es Sergej gewesen war, der Irma vor seiner Abreise das französische Parfüm »Opium« geschenkt hatte, und plötzlich war ich froh, nicht zu wissen, wie sie sich dabei gefühlt haben musste.

Endlich holte Erika einen alten Koffer unter dem Bett hervor und öffnete ihn vor mir. »Biddschee: deine neuen Sachen! Des wird dich eine Weile beschäftigen!« Sie stand lächelnd dabei, während ich auspacken durfte. Abgelegte Kleidungsstücke der Kinder fremder Nachbarn ohne Kaugummigeruch.

»Gefällt's dir?«, fragte Großmutter. »Des Mäntele täte dir wunderbar stehen, moinscht net?« Sie hielt eine

Kunstlederjacke in die Luft, die von den Ellbogen der unbekannten Vorbesitzerin an den Ärmeln durchgescheuert war. Mutter bemerkte meinen Blick. »Ist doch nicht so schlimm, Alina! Ich mache dir farbige Flicken drauf! Das ist jetzt der letzte Modeschrei.«

Großmutter nahm mir die Jacke wieder aus der Hand und ließ uns wissen, dass sie von solchem »neumodischen Gfräs« nichts hielt. »So a Gfligg lassen wir bleiben!« Flicken seien was für arme Leute in Notzeiten. Sie knallte den Koffer zu und schob ihn zurück unters Bett. Ich kam nicht dazu, etwas zu sagen. Niemand sagte etwas, nur Vater hüstelte verlegen und bemerkte, dass noch kein Heiligabend sei und niemand jetzt schon mit Geschenken anfangen müsse. Um das Thema zu wechseln, fragte er nach Tante Tine. Wie die beiden nun verblieben seien.

Bevor sie antwortete, hielt Erika eine angemessene Pause ein, um ihr Missfallen deutlich zu machen.

»Ich kann kommen, wann ich will. Sie hat schon die Gästezimmer für uns herrichten lassen. Seit ihre Kinder aus dem Haus sind, hat sie mit ihrem Ackermann Walter die ganze obere Etage leer stehen. Aber an fremde Leit wollen sie ja net vermieten.«

»Ja-ja. Dann kannst du ja bald fahren. Hat sie net im Sommer Geburtstag? Wäre doch ein guter Anlass. Wir wollen uns hier net für ewige Zeiten einrichten. Sobald du mit Tine alles geregelt hast, kommen wir nach.« Vaters Rede klang, als hätte er alles schon tausendmal mit seiner Mutter besprochen, als gäbe es einen geheimen Plan, der nur noch auf den Tag X wartete, um ausgeführt zu werden.

»Weischt, Albert, du tuschd grad so als wär alles ganz oifach«, sagte Oma Erika skeptisch.

»'s isch oifach, Mutter, wenn du bloß auf mich hören würdest!«

»Du verlangscht Dinge von mir, die net erlaubt sind.«
Erika hatte aus unerfindlichen Gründen die Stimme gesenkt.

»Mutter, wir haben das schon tausendmal besprochen!
Alle Leit machen des so! Und nun fang net schon wieder
damit an!«, sagte Vater um so lauter.

»Alle Leit?«, fragte Oma Erika, und es klang irgendwie
schnippisch, so wie Irma sich anhörte, wenn ihre Meinung mit der unserer Eltern auseinanderging und das tat
sie oft. »Also ich kenn koin! Wen meinscht denn? Na?
Fällt's dir net ein?«

Vater schwieg, und mir wurde mulmig bei diesem Gespräch. Hieß es doch, dass unsere Reise noch lange nicht
zu Ende war. Aber ich wünschte mir, irgendwann anzukommen und zu schlafen. Und wenn es in einem Hotelbett wäre.

5

Als Irma vor ihrer Ausreise den Wunsch äußerte, in einer deutschen Großstadt zu leben, hatte ich ihr angeboten, die erste Zeit bei mir zu wohnen. Auf keinen Fall wollte sie nach den Aufnahmeformalitäten in ein Aussiedlerheim ziehen. Ich stimmte ihr darin zu. Meine Zweiraumwohnung in einem Charlottenburger Hinterhaus war mir oft zu still, trotz Radio und Nachbarn, die jeden Abend etwas zu feiern hatten.

Ich war vor wenigen Monaten eingezogen und hatte schon festgestellt, dass ich nicht gern allein lebte. Ich hatte keinen Hund und keinen Kanarienvogel. Mit der Trennung von Rudi hatte ich unsere Stammkneipe aufgegeben und mir in Berlin auch kein Ersatzlokal gesucht. Im Grunde vermisste ich es nicht, mir in verräucherten Räumen die Nächte um die Ohren zu schlagen. Es war mir einige Wochen lang gar nicht aufgefallen, dass sich aus unserem ehemals gemeinsamen Freundeskreis kaum noch jemand meldete. Fünf Tage hatte ich mit einem Fieberinfekt im Bett verbracht, und außer Mutter hatte niemand angerufen.

Jede Zeit hat etwas Gutes, sagte mir Mutter am Telefon, auch eine Zeit der Orientierungslosigkeit hat ihren Sinn, wenn sie vermag, uns neue Wege zu eröffnen. Wer ist hier orientierungslos, hatte ich zurückgefragt, also ich nicht. Ob sie von sich selbst rede? Und sie klagte, dass sie es ja nur gut meine und ich wie immer nichts Gutgemeintes annehmen könne.

Und wie immer hatte ich bei diesem Gespräch den Wunsch verspürt, ihr endlich beweisen zu können, dass aus mir etwas geworden war. Dass ich es zu etwas gebracht hatte, obwohl ich gegen ihren Rat in eine große fremde Stadt gezogen war. Obwohl ich es in meinem Alter nicht geschafft hatte, eine feste Bindung einzugehen, verheiratet zu sein, Kinder bekommen zu haben und mir *alle* Männer davonliefen… Als ob Rudi *alle* wäre…

Überhaupt Rudi. Er war mir 1991 in einer Diskothek aufgefallen, weil er der einzige auf der Tanzfläche war, der meine Begeisterung für »James Brown is dead« teilte. Das und ein paar gegenseitig anerkennende Blicke für den Tanzstil des anderen hatten sofort ein verbindendes Gefühl geschaffen. Wie selbstverständlich setzten wir uns gemeinsam an die Bar, und ich fragte ihn, wer denn eigentlich dieser James Brown sei. Rudi sagte, er wisse es auch nicht. Wir werteten dies als weitere Gemeinsamkeit. Das änderte nichts daran, dass Rudi überhaupt nicht mein Typ war, aber es blieb mir schon damals an der Bar nicht verborgen, dass er viele Frauenblicke auf sich zog. Es reizte mich, etwas zu besitzen, an dem andere Gefallen fanden. Also gingen wir an jenem Abend zu ihm. Der Terminkalender, den ich einst mit den Namen meiner Liebhaber hatte füllen wollen, stand seit Monaten leer.

Wir hatten uns beim Abschiedskuss nicht wieder verabredet. Aber schon einen Tag später stand Rudi vor meiner Tür. Dabei war ich mir sicher, ihm weder Telefonnummer noch Adresse genannt zu haben. Er gab zu, dass er meine Freundin Bianca nach mir ausgefragt hatte, mit der ich am Abend zuvor ausgegangen war. Dass Bianca ihm die gewünschte Auskunft gegeben hatte, beeindruckte mich mehr als sein öffentlich bekundetes Interesse. Und als jemand Rudi zum ersten Mal meinen Lebensgefährten nannte, fanden wir uns plötzlich mitten in so etwas wie einer Beziehung wieder. Es schien uns beide nicht zu stören. Mutter fragte »Wie geht es deinem Freund?«, und Oma Erika fragte, wann denn die Hochzeit sei.

Jetzt fragten sie nicht mehr. Mutter vermied es überhaupt, den Namen Rudi zu erwähnen. Das Thema wurde in Seufzer verpackt. Was war das Unglück der Welt gegen ihr eigenes. Aus beiden Töchtern nichts geworden. Die eine geschieden mit Kind, die andere nicht einmal das.

Die Wahrheit war, dass ich keine Stammkneipe mehr hatte, von einem Aushilfsjob in einem Architekturbüro (der immerhin etwas mit meinem erlernten Beruf einer Technischen Zeichnerin zu tun hatte) lebte und davon träumte, Künstlerin zu werden. Ungefähr so wie zehntausend andere in Berlin. Der Maler, bei dem ich Privatstunden nahm, machte mir auch nicht viel Hoffnung. Kein ausgeprägtes Talent in diesem Bereich, bescheinigte er mir. Mein Geld nahm er trotzdem.

»Fräulein Schmidt, wie soll ich es sagen… Ihr Stil ist durchaus interessant, aber er hat für mich etwas … nun ja … *technisches*? Verstehen Sie? Ihre Werke erinnern mich an technische Zeichnungen. Zu korrekt, zu perfekt, ja, ein perfekter, beinahe fotografischer Abzug der Wirklichkeit! Das aber ist die Arbeit eines Fotografen, nicht die eines Künstlers! Können Sie mir folgen?«

Der Kloß in meinem Hals, der nicht allein einem aufkeimenden Schleimhusten geschuldet war, hinderte mich an einer Antwort. Ich konnte lediglich mit zusammengebissenen Zähnen nicken.

»Na aber, Fräulein Schmidt, wer wird denn ein bisschen Kritik gleich so persönlich nehmen!«, sagte mein Mallehrer, als ich in den folgenden Unterrichtsstunden kaum den Pinsel halten konnte und wegen des tränenverschmierten Blicks nicht die Leinwand traf. Immerhin klang er leicht besorgt. Künstler und solche, die es werden wollen, sind ja eine empfindliche Spezies, man weiß nie, wie sie gut gemeinte Verbesserungsvorschläge aufnehmen. »Hören Sie nicht auf mich! Wenn es Ihnen wichtig ist, malen Sie einfach weiter! Es haben sich schon bedeutendere Leute als ich geirrt. Ja, was ist schon Kunst? Alles und nichts. Und wer bin ich schon? Jedenfalls kein Orakel, also warum sollte sich nicht auch für Ihre Werke ein Liebhaber finden lassen? Sie glauben nicht, wofür manche Leute bereit sind, ihr Geld auszugeben!«

Hätte ich an jenem Abend das Wasser der Spree nicht noch kälter und schmutziger als sonst vermutet – wer weiß, von welcher Brücke ich gesprungen wäre. Auf dem Rückweg vom Haus meines Meisters fiel mir keine ein, die hoch genug gewesen wäre, um das Gefühl des tiefen Sturzes zu übertreffen, das sich in meinem Kopf breit machte.

Zu Hause angekommen nahm ich zwei Aspirin, legte mich ins Bett und begann zu überlegen, ob ich den Lehrer wechseln sollte. Aber erstens hatte ich ihn sechs Monate im Voraus bezahlt und zweitens mir fest vorgenommen, bis Ende des Jahres ein Bild zu verkaufen. Das war das Ziel, dem ich alles andere unterzuordnen bereit war. Ob ich mit einem verkauften Bild bereits Künstlerin wäre oder immer noch technische Zeichnerin, darüber wollte ich mir später Gedanken machen. Einige meiner Werke durfte ich im Architekturbüro aufhängen, sogar mit Preisschild. Sie warteten jetzt auf einen Liebhaber, und da ich wusste, was das für eine vertrackte Sache mit der Liebe war, wappnete ich mich mit Geduld. Ein Architekturbüro war nicht der schlechteste Ort dafür. Kunden, die ein neues Haus bestellten, konnten doch gleich ein paar Bilder dazu erwerben.

Mit Hilfe des Aspirins kam ich zu dem tröstlichen Schluss, dass Herr Czekalla einfach eine seltsame Art hatte, seine Schüler zu motivieren. Er wollte mich auf die Probe stellen und gleichzeitig vor einer Enttäuschung bewahren. Mich dazu bringen aufzugeben oder aber den unbezwingbaren Drang eines »Jetzt erst recht!« herausfordern, ohne den kein wahrer Künstler denkbar ist.

Letztendlich überließ der alte Fuchs die Entscheidung mir und schlich sich aus der Verantwortung. Ich konnte ihn sogar ein bisschen verstehen. Wer ist schon gerne dafür verantwortlich, dass sich jemand von einer Brücke stürzt.

Ja, das Künstlerleben war nicht frei von Risiken, über die ich mich hinreichend informiert zu haben glaubte. In Vaters Bücherschrank standen viele tragische Biographien von Malern und Schriftstellern, die ich mir heimlich ausgeliehen hatte. Wie gut, dass sie Mutter nie in die Hände gefallen waren!

In solchen Stunden zwischen Niederlage und Aufbruch (aber innerlich doch noch mehr der Niederlage zugewandt) entwarf ich mit Blick auf die Zimmerdecke imaginäre Lebensläufe und kam stets zum gleichen Ergebnis. Um wie viel edler und würdevoller hörte sich das Scheitern »aus politischen Gründen« als das »aus Mangel an Talent« an!

Aus politischen Gründen.

Das klang nach Standhaftigkeit, nach Widerstand, kurzum: nach Heldentum; und es machte immer noch Eindruck auf mich. Doch nun, vorbei – zum Freispruch taugten die Worte nicht mehr.

War es tatsächlich schon so lange her, dass ich im Russischunterricht Bulgakows »Meister und Margarita« als mein Lieblingsbuch vorgestellt und über dessen Gesellschaftskritik einen Vortrag gehalten hatte? Nur um unsere Lehrerin in Verlegenheit zu bringen, die gleichzeitig Staatsbürgerkunde unterrichtete? Dem Buch haftete immer noch der Ruch des Verbotenen an, obwohl Vater eines der ersten unzensierten Exemplare besaß. Im Vorwort der sowjetischen Ausgabe stand, dass »Der Meister und Margarita« immer noch nicht vollständig enträtselt sei. Vielleicht hätte ich ohne dieses Vorwort das Buch wieder zur Seite gelegt. So aber las ich jeden Satz zweimal und versuchte die Dinge zu entschlüsseln, die selbst Erwachsene nicht zu deuten wussten. Wie viele Nachmittage hatte ich über dem Roman gesessen und gestaunt, weniger über die Gesellschaftskritik, die jeder anders las, als über das Motiv der Ewigen Liebe, die mächtiger ist als der Tod. Und über die Mütze des Meisters, auf die Margarita ein rotes M gestickt hatte. Margarita war mir unheimlich wie die schwarzgekleideten Witwen meiner Kindheit und was sie am unscheinbaren Meister gefunden hatte, erschien mir unerklärlich wie das Wesen der Liebe selbst. Hätte Stalin Bulgakows Manuskript je zu lesen bekommen, in welcher Romanfigur hätte er sich lieber erkannt: in Pontius Pilatus, der seine Hände am Ende in Unschuld wusch, obwohl Blut an ihnen klebte, oder in Satan, der Menschen im Moskau der dreißiger Jahre nach Belieben verschwinden ließ? Ich kam nicht umhin, den Autor zu bewundern, der ein so gefährliches Buch geschrieben hatte, dass es zu seinen Lebzeiten nie gedruckt werden durfte.

Trotzdem glaubte ich nicht ernsthaft daran, dass es wegen Bulgakow war. Auch nicht wegen der Packung Buntstifte, die mir Tante Tine aus Hannover geschickt hatte, auf der in goldfarbenen Buchstaben »Faber-Castell« aufgedruckt war. Mein künstlerischer Beitrag zur Plakataktion »No Star Wars – Stop SDI« war von der Schulleitung immerhin für eine öffentliche Ausstellung ausgewählt worden. Und das kleine Stars-and-Stripes-Fähnchen, mit dem ich meine langweilige DDR-Jeans aufgepeppt hatte, war doch kaum sichtbar gewesen.

Die Klassenleiterin, gleichzeitig unsere Staatsbürgerkundelehrerin, hatte mich am letzten Schultag vor der Übergabe der Abschlusszeugnisse zur Seite genommen, mir vorwurfsvoll in die Augen geschaut und geflüstert: »Das hätte ich niemals von dir gedacht, Alina Schmidt!«

Ich wusste nicht genau, was sie meinte, fühlte mich aber geschmeichelt. Waren wir nicht alle mit 16 auf irgendeine Art Rebellen? Und was nützte einem Rebellion, wenn sie niemand zur Kenntnis nahm?

Das Hochgefühl hielt an, bis ich nach Hause kam (also immerhin einige Stunden) und Mutter das Zeugnis vorlegte, in dem eine gewisse zweideutige Formulierung, das heißt, eigentlich war es eine recht eindeutige Formulierung, sie in Panik versetzte.

Ob ich noch ganz bei Trost sei, mit so einem Zeugnis von der Schule abzugehen? Wolle ich mir die ganze Zukunft verbauen? Was *sie*, die Eltern, nur bei meiner Erziehung falsch gemacht hätten, dass *ich* den Unterschied zwischen Sein und Schein immer noch nicht begreifen wollte? Hatten sie nicht immer gemahnt: Überlege dir gut, was du sagst! Überlege dir gut, was du tust!

Jaja, setzte etwas Rebellisches in mir zur Erwiderung an, natürlich hatte ich begriffen. Hatte ich das nicht sogar so tief verinnerlicht, dass ich manchmal vor lauter Überlegen kaum zum Reden, geschweige denn zum Handeln kam? War Überlegen nicht auch eine Form des Wartens? Aber wie hätten sie das wissen sollen. Dass alles anders kommt. »Wir wollten doch nur dein Bestes, Alina. Wir dachten, ihr Reich sei für ewige Zeiten. Alle dachten das.«

Erstaunlich, wie gern die Ewigen Zeiten von Normalsterblichen mit 80 Jahren Lebenserwartung für sich in

Anspruch genommen werden! Hatte nicht auch Katharina die Große ihren nach Russland geholten deutschen Landsleuten Privilegien auf *Ewige Zeiten* versprochen? Dabei ist die Ewigkeit, die von Menschen verkündet wird, stets die kürzeste von allen. Von vornherein befristet angelegt wie alles, was wir tun.

Wie das Glück. Wie die Liebe. Wie das Warten auf den Zug, der auf einer gesperrten Bahnstrecke stehen geblieben war…

Jemand sprach mich von der Seite an. Ein Mädchen mit Killernietenhalsband und Zuckerwasserfrisur fragte nach Zigaretten. Ihr Begleiter hatte damit zu tun, das Gewicht seiner Piercings gleichmäßig zu verteilen, nach seinem schiefen Hals zu urteilen.

Ich schüttelte den Kopf, ohne die beiden länger anzuschauen. Das Punkerpärchen zog weiter und versuchte sein Glück bei anderen Passanten.

Schade, dass ich nie mit dem Rauchen angefangen hatte. So weit war mein jugendlicher Widerspruchsgeist dann doch nicht gegangen.

Während ich zum achtundfünfzigsten Mal auf die Uhr sah, fühlte ich eine merkwürdige Befangenheit, den Inhalt der vergangenen Jahre vor Irma auszubreiten.

6

Die erste Nacht in Dresden verbrachten wir nicht in einem Hotel, sondern auf Matratzen auf dem Boden in Großmutters Wohnzimmer. Ich habe nie erfahren, in welchem Hotel uns die Stadtverwaltung von Dresden ein Zimmer reserviert hatte. Ob es das in Nebel getauchte Interhotel Newa gewesen war, dessen Neonlichter ich aus der Ferne bewundert hatte?

Am Tag darauf zogen wir in die Übergangswohnung. Sie hatte zuvor als Nachtlager für ungarische Monteure gedient. Die Monteure hatten uns eine Menge Zigarettengeruch im Bettzeug hinterlassen. Die drei Zimmer der Wohnung waren möbliert und zeigten nach Norden. An der Außenwand in der Küche löste sich die Tapete vor Feuchtigkeit ab. Mutter stellte den Esstisch davor.

Ich teilte mir ein Doppelstockbett mit Willi. Obwohl Willi mich nicht oben schlafen ließ, gefiel mir das Bett am besten an unserem neuen Zuhause. In meiner Etage baute ich mir eine Bude, wo mich keiner störte. Wir hatten keine Fernheizung, aber darauf kam es im Sommer nicht an. Es war ein sehr heißer Sommer, und er verging langsam. Ich nannte ihn einen Übergangssommer, weil ich keine Ahnung hatte, womit ich die Tage ausfüllen konnte. Aber da war doch eine kleine Hoffnung auf den nächsten, der ganz anders werden würde, nämlich ein richtiger Sommer, während mich mit der Übergangswohnung nichts verband außer der Erwartung des Auszugs.

Ich tat nicht das, was andere Kinder in ihren Ferien tun. In den Zimmern nach Norden war es dank der dicken Mauern kühl. Ich war kein einziges Mal baden, ich ging weder ins Kino noch in den Zoo und erst als der Juli zu Ende war, traute ich mich, zwei Straßenblöcke allein zu laufen, um mein erstes Eis zu kaufen. Ich aß es im Schatten der Bäume auf und hoffte, keines der herumspielenden Kinder würde mich etwas fragen, denn ich würde nicht antworten können. In meinem ersten deutschen Sommer war ich Weltmeisterin im Kopfschütteln.

Einmal in der Woche besuchte ich Großmutter, um bei ihr Mittag zu essen und Besorgungen für sie zu erledigen. Ihr tragisches Schicksal als Schattenbild vage vor Augen, stand ich beim Bäcker nach Rosinenbrötchen an, die ihr der Arzt wegen ihrer Zuckerkrankheit verboten hatte. »Ich lass mir doch net von so einem Quacksalber die letzte Freude im Leben nehmen«, sagte Oma Erika, während sie mir ihren Einkaufszettel in die Hand drückte. Solange sie in der kasachischen Steppe lebte, hatte sie nie etwas von einer solchen Krankheit gehört, und hier haben die Leute nichts besseres zu tun, als sich allerhand Wehwehchen auszudenken. Vom fetten Leben käme das, vom Überfluss. Daran gewöhne sich der Mensch schnell. Aber sterben müsse man sowieso, und wenn es nach ihr ginge, dann lieber mit Zucker als ohne. In ihrer Wohnung verbrachte sie viel Zeit mit Handarbeiten. Sie beschenkte mich mit selbstgehäkelten Platzdeckchen und Kissenbezügen, die ich in der Übergangswohnung lagerte. Irgendwann würde ich mein Zimmer damit schmücken – sobald wir ein richtiges Zuhause hätten.

In der Übergangswohnung gab es keinen Fernseher. Ich studierte das Fernsehprogramm, um meine Besuche bei Oma Erika so zu legen, dass ich interessante Sendungen nicht verpasste, aber sie hatte ihre eigenen Lieblingssendungen und teilte mir das unmissverständlich mit. Lief der Fernseher erst im Hintergrund, ließ sie sich leicht ablenken und zeigte mir bei jeder Gelegenheit alte Fotografien, die sie in einem ehemaligen Besteckkasten aufbewahrte. Dabei machte sie dunkle Andeutungen über ihre Ehe mit Großvater, von dem ich nicht viel mehr wusste, als dass es ihn einmal gegeben haben muss. Die Ehe meiner Großeltern dauerte kaum drei Jahre. Man hatte Oskar Schmidt, so hieß der Vater meines Vaters, in einer nebligen Oktobernacht des Jahres 1937 aus dem Ehebett in seinem Haus bei Odessa geholt, und Großmutter hatte ihn nie wiedergesehen.

Niemand wusste so genau, welchen Verbrechens man meinen Großvater angeklagt hatte. Erika hatte ihre Vermutungen, aber genau erfahren hat sie es nie. Weil Oskar Schmidt die vierjährige Dorfschule als Jahrgangsbester abgeschlossen hatte, wurde ihm der Posten des Kassierers beim Dorfsowjet übertragen. Niemals in all den Jahren hatte er sich bei der Ausübung seines Amtes einen Fehler zuschulden kommen lassen.

»Mei Oskar war ein guter Buchhalter«, erzählte Erika, die ihren Mann vor anderen gerne als Buchhalter bezeichnete, weil dieser Beruf in ihren Augen über dem eines einfachen Kassierers stand, der im Dorfsowjet ohnehin wenig zu kassieren hatte. Seine Kolchose belieferte kleine Verkaufsstellen im Einzugsgebiet von Odessa mit Wein, Milch, Kartoffeln. Städter kauften dort ihren Bedarf gegen Bargeld ein, das Oskar Schmidt einmal wöchentlich einsammelte. Auf dem Land lief das meiste über Tauschhandel in Naturalien ab. Der Posten des Kassierers war unter den Dörflern dennoch angesehen und begehrt. Wenig Arbeit und sicheres Auskommen, da schielten noch andere drauf.

Korrekt und gewissenhaft sei ihr Oskar Schmidt gewesen, durch und durch ein anständiger Mensch, ja so war er. Aber was half es, dass er alle Papiere hundertmal überprüfte und sie über Nacht mit nach Hause nahm, damit sie nicht in unbefugte Hände fielen. Nichts und niemand war damals sicher, aber das wollte keiner im Dorf begreifen.

»Weischt, jeder hat gedacht, wenn er unauffällig bleibt, dann lebt er auch länger.«

Leben wollten doch alle. Und sei es, indem man sich sein Leben mit einem Fingerzeig auf den Nachbarn zu verlängern hoffte. Ums Erkaufen ging es dabei nicht, denn das Leben an sich sei in jenen Jahren wenig wert gewesen, um nicht zu sagen, keinen müden Groschen. Oskar Schmidt aber habe sich, wie es hieß, mit den Feinden des Volkes eingelassen und sei dadurch selbst einer geworden. Erikas Bruder Heinrich Hönle, damals noch Isaac, soll dabei eine undurchsichtige Rolle gespielt haben. Das erwähnte Erika beiläufig in einem Nebensatz, und schnell kam sie auf etwas anderes zu sprechen, als wolle sie meinen neugierigen Blick nicht bemerken.

»Man soll sich fernhalten von diesen Verrätern, haben sie gesagt. Weil in ihren Reden Gift versteckt ist, des vom bloßen Zuhören auf einen übergeht. Die wenigsten wären dagegen gefeit, vor allem die junge Leit net, die wo noch biegsam und formbar im Kopf sind. Sag mir, mit wem du Umgang pflegst, und ich sag dir, wer du bist. So haben sie damals mit uns im Dorf geredet, die Abgesandten der Sowjetmacht.«

Die erste offizielle Mitteilung, die Erika Jahrzehnte später erhalten sollte, besagte, dass Oskar Schmidt in Gefangenschaft an einem plötzlichen Hirnschlag verstorben sei. Mitte der dreißiger Jahre waren auffallend viele Inhaftierte an Herzversagen oder am Schlaganfall verstorben,

vor allem junge und kräftige Männer. Auf den von Amts-
ärzten ausgestellten Todesurkunden wechselten sich die
Wörter Infarkt und Insult ab, als breite sich hinter Ge-
fängnismauern auf unerklärliche Weise eine Epidemie
aus, als handle es sich dabei um etwas Ansteckendes, eine
Art neue Pest. Aber an den Diagnosen zu zweifeln war
gefährlich, das wusste jeder, auch wenn kaum einer sie zu
Gesicht bekam. Die Todesurkunden wanderten in ge-
heime Archive, und die Hinterbliebenen verzehrten sich
in gerüchteschwangerer Ungewissheit.

Erika indes beschloss zu warten. Solange Oskar
Schmidts Tod nicht amtlich war, bestand noch Hoffnung.
Vielleicht war ihr Mann mit zehn Jahren davongekom-
men? Und sie verschwiegen es ihr, um sie gefügig zu halten? Waren sie nicht Meister darin, Menschen gefügig zu
machen? Erikas Nachbarin Adele Dressler, deren Mann
schon vor Monaten abgeholt worden war, fragte hinter
vorgehaltener Hand: »Was haben sie über deinen gesagt?
Meinen haben sie nach Magadan verschickt. I woiß gar
net wo das liegt.« Ohne zu antworten, flüchtete Erika ins
Haus und schlug hinter sich die Tür zu. Drinnen presste
sie ihre Handflächen mit aller Kraft auf ihren Brustkorb,
um das Pochen dahinter zu bändigen. Zwischen den
Atemzügen betete sie um ein langes Leben für Oskar
Schmidt. Als ihr Puls sich ein wenig beruhigt hatte, fügte
sie im Stillen »an meiner Seite« hinzu.

Im November bot sich die Schwiegermutter an, nach
Odessa zu fahren und einen Bittbrief zu übergeben. Man
solle einer alten Frau wie ihr erlauben, ihren Sohn in der
Haftanstalt zu besuchen. Er habe doch sicher nichts
Schlimmes getan. Erika versuchte nicht, es ihr auszu-
reden. Von einer alten Frau würden sie ja wohl nichts
wollen.

Als die Schwiegermutter zurückkam, waren Erika und ihr Sohn nicht mehr da. Von außen sah das Haus normal aus, als wartete es nur auf die Rückkehr seiner Bewohner, die irgendwo draußen auf dem Feld ihren Alltagspflichten nachgingen. Drinnen war es totenstill.

»Mei Oskar war 27 und sein Herz so gesund wie des von einem Stier«, sagte Großmutter. Sie zeigte mir ein Schwarzweißfoto, auf dem mein Großvater als lockiger Wuschelkopf zu sehen war. Ein Mädchenschwarm sei er gewesen, aber geheiratet habe er sie, das Waisenkind, die Zugezogene im Dorf. Denn *die Zugezogene* war Sara-Erika als Tochter einer Mennonitin immer geblieben, obwohl sie dort aufgewachsen war. Gewiss, als Buchhalter beim Dorfsowjet hätte Oskar Schmidt etwas Besseres haben können als so ein mittel- und elternloses Ding wie Sara Hönle, aber er hatte sich eben für sie entschieden und für keine andere!

Mein Großvater gefiel mir, doch er sah nicht aus, als hätte er das Herz eines Stieres besessen. Er sah aus wie ein gewissenhafter Beamter, kein bisschen nach einem verwegenen Frauenschwarm, aber das sagte ich nicht. Und Großmutter, mit 25 Witwe und meinen zweijährigen Vater am Rockzipfel, schlug sich seit jener Oktobernacht allein durchs Leben und wies alle Bewerber aufgrund ihrer großen Liebe zu Oskar Schmidt ab, der nie wiederkehren sollte, was sie damals aber noch nicht wusste.

Es hatte nicht viele Bewerber gegeben. Woher auch. Die Zeiten waren arm an Männern. In den folgenden fünfzig Jahren ihres Lebens hatte es keiner geschafft, ein Foto von sich in Großmutters Besteckkasten zu schmuggeln. Sie sagte, sie habe eben alles für Albert, meinen Vater, geopfert – ihre Jugend, ihre Heimat, sogar ihr Haar. Das habe man ihr abgeschnitten, und es sei nie mehr so schön und voll nachgewachsen wie vorher. Und überhaupt, sie habe einem einzigen Mann vor Gott die Treue geschworen, und die Tatsache, dass man ihn ihr weggenommen hatte, ändere nichts daran. Manche Frauen verloren ihre Männer im Krieg, andere in Friedenszeiten. So war das eben. Man nahm den Frauen die Männer weg, und neue gab es nicht. Sie, Erika, hätte auch keinen anderen gewollt. Sie fühlte sich ja dem einen bis zum Tode verbunden. So wie sie es in der Kirche gelobt hatte. Aber der Tod, der müsse sich einem auch zu erkennen geben, damit die Hoffnung endlich sterben könne.

Ich stellte fest, dass ich Gänsehaut bekam, wenn Großmutter von ihrer kurzen Ehe erzählte. So musste es klingen, wenn die Rede von der Liebe war. Dass Großmutter dieses Wort niemals über die Lippen kam, fiel mir gar nicht auf. Ich setzte es für sie ein, an Stellen, an denen es mir passend erschien. Ich war fast 13, und die Vorstellung der einen großen Liebe, die alles überwindet und stärker ist als der Tod, zog mich so sehr in ihren Bann, dass ich Großmutter ihre Gedankensprünge, Erinnerungslücken und ständigen Wiederholungen derselben bruchstückhaften Geschichten verzieh. So war das eben, wenn man alt war und die einzige Liebe fünfzig Jahre zurücklag.

Aber wenn ich Großmutter in ihrer ferngeheizten Einzimmerwohnung allein über alten Fotos sitzen sah, kamen mir leise Zweifel. Dann dachte ich, dass es vielleicht doch besser sei, sich öfter als ein Mal im Leben zu verlieben.

Außer Fotos bewahrte Erika vergilbte Zeitungsausschnitte, Briefe von Leuten, an die sie sich oft nicht mehr erinnern konnte, und sogar Geldscheine in verschiedenen Währungen in Büchern auf. Da lagen Ost- neben Westmark, und auch ein paar Rubel konnten herausflattern. Wenn sie etwas suchte, nahm sie Buch für Buch aus dem Regal und blätterte die Seiten durch. Meist fand sie ganz andere Dinge als die gesuchten. Einmal fiel ihr aus der Bibel ein unbeschrifteter Briefumschlag in die Hände.

»Da, schau her, Alina! Des hat mir die Tine mal geschickt. Muss schon Jahre hier drin liegen. Weischt, ich hab ihr eine Zeit lang net geschrieben, und sie hat gedacht, ich hätt koi Briefpapier da. Ich hab ihr gesagt, so arm sind wir nun auch wieder net, aber vielleicht hast du Verwendung dafür.«

Erika gab mir den Umschlag. Ich hatte noch nie solches Papier berührt. Es war fest, glatt und himmelblau. Innen befand sich ein Kärtchen von der gleichen Farbe. Vermutlich war es ein ganz gewöhnlicher Briefumschlag aus Tante Tines Schreibtisch, aber ich fand ihn faszinierend. Ich musste am geleimten Rand lecken, um festzustellen, ob dieses Papier genauso gut schmeckte wie es aussah. Der Leim legte sich süß wie Zuckersirup auf meine Zunge. Das war etwas vollkommen anderes als die Briefumschläge, die ich bisher kannte, deren Klebestreifen mir mit ihrem bitteren Geschmack die Kiefer zusammenzogen.

In diesem Moment hatte ich beschlossen, Erikas Geschenk für einen ganz besonderen Anlass aufzuheben. Ich wusste noch nicht, welcher Anlass das sein würde, aber ich war mir sicher: Er würde etwas mit Liebe zu tun haben, vielleicht sogar mit der ganz großen.

7

Meine Kopfschmerzen verschlimmerten sich, kein Wunder bei diesen Gedanken. Manchmal würde ich sie am liebsten als Erinnerungspaket luftdicht verpacken, wegschließen und nicht mehr daran rühren. Der blaue Briefumschlag hatte bis vor drei Jahren in meinem Schreibtisch gelegen. So lange ging die Sache mit Rudi.

Viel länger dauerte auch die Ehe von Irma und Sergej nicht. Lag wohl in der Familie. Beziehungen mit kurzfristigem Verfallsdatum. Die ewige Liebe, maximal haltbar bis: Bitte setzen Sie ein Datum ein, das etwa drei Jahre in der Zukunft liegt. Alle Angaben ohne Gewähr.

Ich stand immer noch am Bistrotisch, obwohl mich kein Getränk mehr dazu berechtigte. Eine Frau mit einer Tageszeitung in der Hand stellte sich neben mich. Wenig später gesellte sich ein Mann mit zwei Kaffeebechern zu ihr. Offenbar Arbeitskollegen. Sie steckten die Köpfe über dem Wirtschaftsteil der FAZ zusammen und unterhielten sich über Aktien und Dividenden. Sie freuten sich über den Jahresbericht einer Großbank, deren Anteilsscheine sie in ihrem Portfolio hatten. Der Mann neckte die Frau, dass er sie erst habe überzeugen müssen, auf dieses Pferd zu setzen. Dabei könne man, jedenfalls solange der XYZ Chef dieser Bank sei, nichts falsch machen, das müsse sie doch endlich einsehen. Die Frau nickte, aber in der Biegung ihrer Augenbrauen war immer noch ein Rest Skepsis erkennbar.

Ich hörte ihnen ein paar Minuten lang interessiert zu, wer weiß, wozu dieses Wissen einmal nützlich sein konnte. Aber der Tisch war für drei Personen und die aufgeschlagene FAZ einfach zu klein.

Es kostete mich einige Überwindung, den Laden zu verlassen. Draußen empfing mich ein kalter Luftzug. Wider Erwarten war er nicht unangenehm, im Gegenteil, der Druck in meinem Kopf schien zu weichen. Ich atmete tief durch und ging wieder nach oben in Richtung Bahnsteige.

Auf einem Bauzaun kündigten dutzendweise angeklebte Plakate eine Ausstellung zeitgenössischer Sankt Petersburger Maler in einem Berliner Nobelhotel an. Ich hatte davon schon gehört und mir fest vorgenommen hinzugehen. Nun stellte ich mir die Frage, ob Irma mich begleiten würde, um diese Bilder zu sehen, und suchte vergeblich nach einer Antwort. Ich wusste nicht einmal, auf welchen Gebieten Irmas heutige Interessen lagen. Früher war sie oft ins Kino gegangen. Jede Woche donnerstags, mit Alla, auch mehrmals in denselben Film. Als »ABBA – Der Film« in das einzige Kino der Stadt kam, standen sie stundenlang nach Karten an, Woche für Woche, bis der Kinosaal irgendwann halbleer blieb, weil alle den Film mindestens fünf Mal gesehen hatten. Es war eine Stadt ohne Sehenswürdigkeiten, noch keine hundert Jahre alt, ein gesichts- und geschichtsloser Ort, der nicht im Verzeichnis der Ansichtskartendruckereien stand. Sie hätten kein lohnendes Motiv gefunden.

Dort war Irma geblieben, aber nach der Hochzeit mit Sergej ging sie selbst ins Kino nur noch selten. Tagsüber half sie bei Tante Schura im Garten aus und verkaufte deren Obst und Gemüse auf dem Basar, weil Tante Schura des Alters wegen vieles schwerer fiel als früher, was sie aber nicht zugeben wollte. Abends saß meine

Schwester in Buchhalterkursen, wo sie sich Wissen aneignete, von dem sie wusste, dass sie es nie brauchen würde.

Tochter Marina wurde während des letzten Heimaturlaubs von Sergej gezeugt. Als Marina ein Jahr alt war, trennte sich Irma von Sergej. Sie waren drei Jahre verheiratet gewesen, davon war Sergej die meiste Zeit abwesend. Der Name Marina soll Sergejs Idee gewesen sein. Schiffskoch bei der Marine hatte er werden wollen, am liebsten auf einem Eisbrecher oder Flugzeugträger, dabei hatte er panische Angst vor dem Meer, seit ihm in der Kindheit eine Qualle den Arm verbrannt hatte.

Nachdem Sergej aus dem Afghanistan-Krieg zurückgekehrt war, wollte es mit den beiden nicht mehr klappen. Körperlich ginge es ihm gut, sagte er, einen Arzt brauche er nicht und Irmas Ratschläge genau so wenig; sie solle ihn in Ruhe lassen, er wisse schon, was mit ihm los sei. Er sei nicht der einzige. Bereits bevor Tochter Marina geboren wurde, begann er seine Depressionen mit den – wie er glaubte – dafür geeigneten Mitteln selbst zu kurieren. Unser Vater konnte sich endlich in seinem Urteil bestätigt fühlen, dass sein Schwiegersohn ein Taugenichts war, der, statt seine Familie zu versorgen und arbeiten zu gehen wie es der Anstand gebot, eine fatale Neigung zu Extrakten aus Schlafmohn entwickelte. Er hatte das alles kommen sehen, was war schon von einem zu erwarten, der bereits als Pionier die Schule geschwänzt und Mittagsschlaf in Hanffeldern gehalten hatte?

Wovon ihre kleine Familie in dieser Zeit gelebt hatte, wollte Irma nicht verraten. Sie war sehr sparsam mit Informationen, auch den Eltern gegenüber, nicht nur mir. Manches erfuhren wir von unseren ehemaligen Nachbarn, vor allem die alte Tante Schura meinte es gut und belieferte Mutter mit Nachrichten in Briefen, die stets mit »Liebe Galina, Seelchen mein!« (duschenka moja!) begannen. Je nach Jahreszeit beschrieb sie die Erträge ihres Gartens oder das, was sie daraus gemacht hatte. Dann ging Tante Schura zu ihrem Gesundheitszustand über, der sie trotz ihres hohen Alters offenbar nicht zu Klagen verleitete, denn diese Abschnitte waren stets kurz. Zum Schluss erwähnte sie wie nebenbei, als sei es von geringer Wichtigkeit, private Begebenheiten gemeinsamer Bekannter. Mutter las die letzte Seite immer zuerst.

So erfuhren wir auch, dass Sergej sich mit zwielichtigen Freunden zu umgeben begann und immer seltener zu Hause anzutreffen war und dass Irma Antworten auf Fragen nach seinem Verbleib schuldig blieb, als handele es sich nicht um ihren Mann, sondern um den Postboten.

Ich fing an, diese Briefe zu fürchten. Vater stritt sich mit Mutter immer heftiger über das Vorrecht der Jugend, eigene Fehler machen zu dürfen. Dieses Recht sei nicht unbegrenzt gültig. Irgendwann müsse man eingreifen; vorzugsweise, solange noch Aussicht auf Besserung bestehe. In Vaters Augen hatte Irma bewusst eine Wahl getroffen, mit der sie der Familie Schaden zufügte, indem sie sie spaltete. Er konnte nur nicht verstehen, warum. Warum tat seine Tochter so etwas? Was hatte er falsch gemacht? Dabei sah er mit großem Nachdruck *mich* an, und ich beeilte mich, die Augen niederzuschlagen. In solchen Momenten fragte ich mich, ob er mich überhaupt als eigenständiges Wesen wahrnahm oder mehr als so eine Art zweite Irma, bei der es nur eine Frage der Zeit war, bis sie – das heißt ich – auch Probleme machen würde.

Auf Mutters philosophisches »Wo die Liebe hinfällt…«, entgegnete er gern: »…setzt der Verstand aus.« Aber auch das war aus seiner Sicht keine befriedigende Erklärung für Irmas Verhalten. Zu seiner Zeit hatte keiner von Liebe gesprochen. Da hatte man gearbeitet, geheiratet, Kinder bekommen und noch mehr gearbeitet. Daraus bestünde nun mal das Leben, nicht aus irgendwelchem romantischen Firlefanz, den sich seine Töchter in den Kopf gesetzt hätten. (Hier sah er wieder *mich* an, obwohl ich bisher in keiner Weise mit romantischem Firlefanz aufgefallen war, überhaupt langsam daran zweifelte, jemals damit aufzufallen und diesen stillen Vorwurf als ungerecht empfand).

Doch nun, da seine Voraussage sich auf traurige Weise bewahrheitet habe und das selbst Irma nicht mehr übersehen könne, sei Vater bereit, ihr diese Geschichte mit Sergej nicht ewig vorzuhalten. Jeder dürfe mal was falsch machen, nicht wahr? Es reiche aber nicht, Fehler zu machen, man müsse daraus auch klug werden und dabei würde er seinem Mädchen natürlich helfen, so wie er das immer getan habe, egal was sie, Irma… Nun ja. Schwamm drüber.

Endlich witterte Vater die Chance, sein fehlgeleitetes Kind zurück ins Elternhaus zu holen. Er schlug Irma einen Handel vor. Sie solle doch wenigstens an die Zukunft ihrer Tochter denken, wenn schon nicht an den Seelenfrieden ihrer alten Eltern. Er sei geneigt, die Ehe mit Sergej als eine bedauerliche Episode zu sehen, die nicht länger Irmas und unser aller Leben überschatten solle. Heimkehr gegen Lossagung von ihrer Vergangenheit.

Aber ob Irma auf dieses Geschäft eingehen würde?

Für einen Moment sah es danach aus. Das heißt, wir wollten glauben, dass es danach aussah. Ohne Irmas Scheidungstermin abzuwarten, begann Mutter eine passende Wohnung für Tochter und Enkelin in unserer Nähe zu suchen.

Aber Irma überraschte uns alle. Von Vaters Angebot, uns in die DDR zu folgen, wollte sie nichts hören. Sie hatte ganz andere Vorstellungen – sie wollte mit Marina nach Hannover und zwar »ohne Umwege«. Für die Ausreise der Tochter brauchte sie Sergejs Einverständnis, und hier stellte er sich stur.

Niemals, sagte er, würde er Irma erlauben, sein Kind nach Deutschland mitzunehmen.

Egal, ob nach Ost oder West.

8

Im Sommer 1982 fand es Oma Erika zu heiß, um zu verreisen, und so feierte Florentine Ackermann, geborene Hönle, ihren 70. Geburtstag im fernen Hannover ohne die Halbschwester. Mein Vater war darüber etwas ungehalten, aber letztendlich konnte er der Venenschwäche in den Beinen seiner Mutter nichts entgegensetzen. Es sah danach aus, als würde unser Transitaufenthalt in der Deutschen Demokratischen Republik von längerer Dauer sein. Vater wollte sich noch nicht geschlagen geben, aber Mutter sagte hinter vorgehaltener Hand, dass wir gut daran täten, uns damit zu arrangieren. Und so schlimm sei ja die DDR auch nicht, denn wie man es auch drehe und wende, bliebe sie doch ein Stück »Deitschland«. Ob die Vorsilbe nun »Ost« oder »West« lautete, darauf käme es uns im Grunde nicht an.

Vater jedoch weigerte sich, seine Hemden in die muffigen Schränke der Übergangswohnung zu hängen, und lebte weiterhin aus dem Koffer. Es handele sich nur um eine Zwischenzeit, wollte er uns einreden, er denke nicht daran, sich in einem sozialistischen Bruderstaat häuslich niederzulassen. Was hätte ein Mustang schon gewonnen, wenn er aus dem Zoo ausreißt, um dann als Zirkuspferd zu enden? Worauf Mutter sagte, was nützt es einem Zirkuspferd, sich als Mustang aufzuspielen?

Aber sobald alle Formalitäten erledigt waren, bot man Vater eine Arbeitsstelle an. Ein paar Tage lang malte er sich aus, dass er bald wie gewohnt mit Maßband und Nadelkissen in einem hellen sonnigen Atelier stehen würde. Er habe sich vom kleinen Lehrling, der Schirmmützen nähte, bis zum Schneidermeister, der intime Körperstellen wichtiger Kunden vermessen durfte, hochgearbeitet und dort wolle er wieder ansetzen. Selbstverständlich gehe er davon aus, dass auch seine künftigen Auftraggeber sich für gute Maßarbeit erkenntlich zeigen und ihm helfen würden, all das zu beschaffen, was es in diesem Teil Deutschlands, wohin uns offenbar der Arm einer missgünstigen höheren Gewalt verschlagen hatte, sonst nicht gab. Eine Wohnung mit Fernheizung zum Beispiel. Oder eine Extraration Südfrüchte für die Kinder. Bestand der Sinn seines Daseins als Familienvater nicht darin, seinen Nächsten Annehmlichkeiten über den Grundbedarf hinaus bieten zu können? Und war er darin nicht immer gut gewesen?

»Lassen wir erst mal die Zukunft Zukunft sein und machen das Beste aus dem Moment«, sagte er ganz selbstverständlich, als hätte er niemals einen anderen Standpunkt vertreten.

Statt in einem Atelier stellte sich Vater in einer großen Fabrik vor, die Konfektionsbekleidung für Damen und Herren herstellte, vor allem für die im westlichen Ausland. Die Kaderabteilung prüfte seine aus dem Russischen übersetzten und beglaubigten Unterlagen wohlwollend. Aber eine Meisterstelle hätte man nicht für ihn, er habe schließlich alles ganz anders gelernt als es hier üblich sei und darum könne er erst mal kein Meister sein. Sie boten ihm an, am nächsten Tag als Heizer anzufangen, natürlich nur so lange, bis sich eine geeignetere Stelle fände, also nur für ein paar Wochen. Da hätte er schon mal den Betrieb und die Kollegen kennen gelernt, das sei doch gewiss auch in seinem Sinne?

An diesem Abend erinnerte sich Vater plötzlich an den Chef der örtlichen KGB-Zentrale, mit dem er in der alten Heimat per du war, und an dessen Sohn, für den er den Hochzeitsanzug schneidern durfte, als seien es gute Freunde gewesen und nicht *die Bande*.

»War ich nicht gestern noch bestens informiert über die Problemzonen der Mächtigen im Lande, Hilda?«, stellte er eine mehr rhetorische Frage, die Mutter dementsprechend ignorierte. »Und ab morgen soll ich Heizer sein! Ich weiß doch gar nicht, wie man eine Kohleschaufel in der Hand hält! Wenn meine Kollegen das wüssten, die würden sich vor Lachen einen Bruch holen. Allen voran Sascha Lebedew! ›Pass auf: Eine Null wirst du in deinem gelobten Westen sein!‹, hat er mir gepredigt. Und ich wollt's nicht glauben, dachte, er steckt mit der Bande unter einer Decke und will mir alles madig machen, der Neidhammel.« Wenn er sich nicht sicher wäre, dass das alles ihm, Albert Schmidt, tatsächlich passiert, würde er uns bitten, ihn zu schütteln, damit er aus diesem Traum erwache.

»Der Heizer ist der wichtigste Mann in jedem Betrieb«, sagte Mutter, und es klang sehr weise.

Vater widersprach ihr nicht, aber glücklich sah er nicht aus, und irgendwie verstand ich ihn sogar. Nur eines verstand ich nicht, wieso er plötzlich von der »Heimat« redete, als sei sie weit weg, während ich dachte, wir hätten sie gerade erst betreten.

Langsam dämmerte mir, dass die Vorsilben »Ost« und »West« sehr wohl einen Unterschied machen mussten. Und dass dieser Unterschied nicht allein am Geruch von Kaugummi auszumachen war.

Vater nahm zähneknirschend die Stelle als Heizer an. Nur die Hoffnung auf eine ferngeheizte Wohnung hielt ihn in den nächsten Wochen bei der Stange. Doch damit hatte er kein Glück: Er lernte im Heizungskeller einfach nicht die richtigen Leute kennen. Und diese chronische Müdigkeit, über die er klagte, weil er Bett und Haus mitten in der Nacht verlassen musste, würde ihn noch ganz krank machen.

»Du willst alles zu schnell, Albert Schmidt!«, sagte Mutter zu ihm. »Nächstens verlangst du, dass dir zum Frühstück gebratene Täubchen in den Mund fliegen!«

1898 stand auf dem Dachgiebel des Backsteinhauses, in das wir im August einzogen. Über der Regenrinne entdeckte ich ein Vogelnest, aus dem Geräusche drangen. Von Täubchen stammten sie nicht. Im Mauerwerk des Hauses zeigten sich Risse, die Zufahrt war holprig von den Wurzeln umstehender Bäume. Zur Wohnung gehörten viele altertümliche Schlüssel mit Rostbelag, die anfangs bei mir das Gefühl auslösten, wir seien Besitzer eines Schlosses geworden. Der größte Schlüssel von allen, so lang wie meine Handfläche, öffnete die Tür zur Außentoilette eine halbe Treppe tiefer.

Auch unser neues Wohnzimmer hatte etwas von einem Schloss: eine alte Stuckdecke. Ich hatte so etwas vorher nie gesehen. Mutter erwähnte die Stuckdecke sogar in einem Brief an ihre in der Sowjetunion verbliebenen Freundinnen (den sie wie gewohnt mit »herzlich, Galina« unterschrieb), obwohl die ehemalige Pracht des Stuckmusters nur noch zu erahnen war. Über die Jahrzehnte war es von der langen Reihe unserer Vormieter immer wieder mit Wandfarbe überstrichen worden.

Während Vater mit Willis Unterstützung zum ersten Mal in seinem Leben unbeholfen Tapeten klebte, war ich auf einer Leiter damit beschäftigt, den Stuck mit Wasser anzufeuchten und die alten Farbschichten Millimeter für

Millimeter mit einem Messer abzukratzen. Mutter erklärte mich für verrückt und wollte mich davon abbringen, weil sie befürchtete, ich würde alles kaputt machen. Laut sagte sie natürlich, sie hätte Angst, dass ich von der Leiter falle. Einmal rutschte ich mit dem Messer ab und durchbohrte mit der Spitze den Gips zwischen den Ornamenten. Wiederholt schnitt ich mir in die Finger und hinterließ rote Flecken auf dem weißen Untergrund. Aber ich konnte nicht aufhören. Jeden Tag schaffte ich rund einen Meter. Pausen machte ich nur für das Mittagessen. Ob ich nichts anderes zu tun hätte, fragte Vater, der mit dem Gesicht vor meinen Füßen stand und zu mir hochblickte. Als ich zu ihm heruntersah, rieselten abgesplitterte Farbkrümel aus meinen Haaren nach unten und blieben auf Vaters Kopf und Schultern liegen. Ich vergaß, ihm zu antworten.

Langsam kam das Relief aus geschwungenen Muscheln und Rankenmotiven zum Vorschein. Mutters Blicke hatten sich auf den letzten Metern aufgehellt, und mir gefiel es, wie sie die Hände zusammenschlug und dabei »Unglaublich!« und »Wer hätte das gedacht!« sagte.

Nach sechs Tagen überstrich ich den freigelegten Stuck mit einem Roséton. Es war spät, als ich ins Bett ging, und die Farbe sah fleckig aus. Meine Hände waren wund, die Fingernägel abgebrochen, und ich fühlte mich schrecklich müde.

Am nächsten Morgen stellte ich fest, dass alles gleichmäßig getrocknet und nicht der winzigste Schatten zu sehen war.

Bis zum Wintereinbruch hatte ich an keine ferngeheizte Neubauwohnung mehr gedacht.

Als ich in der Schule angemeldet werden sollte, fiel Mutter plötzlich ein, dass Alina womöglich kein guter Name für das durchschnittliche deutsche Mädchen war, welches ich ab sofort sein sollte. Niemand in meiner neuen Schulklasse hieß so, hatte man ihr auf Nachfrage mitgeteilt.

»Wir könnten in den Unterlagen einen anderen Vornamen angeben. Das würde niemandem auffallen. Er muss nur mit demselben Buchstaben anfangen und ein wenig ähnlich klingen. Was hältst du von Alexandra?«

»Ich weiß nicht so recht«, sagte ich. Eigentlich wollte ich schon immer Katja heißen. Als Kind hatte ich einen Film gesehen, in dem eine junge russische Adlige oder Bolschewikin – ich erinnerte mich nicht mehr genau – namens Katja einen Muff trug. Den Muff fand ich toll. Das Mädchen auch, aber hauptsächlich wegen des Muffs. Für Mutter kam das natürlich überhaupt nicht in Frage, obwohl es in meiner neuen Klasse zwei Katjas gab.

»Du willst doch nicht etwa die dritte sein? Und ein russischer Name noch dazu!«, winkte sie entsetzt ab. »Außerdem hat er doch gar keine Ähnlichkeit mit deinem!«

Mir war nicht bewusst gewesen, dass mit einem Wohnortswechsel auch ein Namenswechsel verbunden war, aber Mutter meinte, es sei üblich, dass Auswanderer sich den Gegebenheiten der neuen Heimat anpassen. Ich solle nur an Erika denken, die früher eine Sara war! Und sei sie selbst nicht jahrelang Galina gewesen, um jetzt endlich wieder Hilda zu werden? Oder vielmehr Hilde mit »e«. Das war schließlich der Name auf ihrer Geburtsurkunde, ausgestellt im Krankenhaus der Kreisstadt New York in der Ukraine, wo sie geboren war. Und hatte sie nicht irgendwo diese Geschichte über Walt Disney gelesen, der als Walter Diesner aus Thüringen (oder war es sogar Sachsen? Mutter kannte sich mit diesen Feinheiten nicht so genau aus) nach Amerika gekommen war und Mickey Mouse erfunden hatte?

Der angebliche Namenswechsel des Erfinders von Mickey Mouse war Mutters Trumpf, und mit zwölfeinhalb war ich sehr beeindruckt davon.

Jahre später hatte ich in Bibliotheken nach Biographien von Walt Disney gesucht, aber in keiner einen Hinweis darauf gefunden, dass er je einen anderen Namen getragen hätte und nicht in Chicago geboren wäre. Ich habe nie herausgefunden, woher Mutter diese Anekdote hatte. Es blieb eine ihrer Lieblingsgeschichten, und sie wollte nichts davon hören, dass sie einer Zeitungsente aufgesessen war.

»Wie wird denn Willi heißen?« fragte ich.

»Willi mag gut sein als Spitzname für einen kleinen Jungen. Aber ab jetzt heißt er natürlich Wilhelm…«

Mutter schlug vor, ich solle mich einige Tage versuchsweise an meinen neuen Namen gewöhnen. Ich betrachtete mich staunend im Spiegel. Wer blickte mir da entgegen? Ein altbekanntes Gesicht, umrahmt von immer denselben glanzlosen Haarsträhnen, aber plötzlich eine *Alexandra*! Mir gefiel mein neuer Name. Er hatte etwas Königliches. Prinzessin Alexandra auf dem roten Teppich. Ich übte, meinen neuen Namen zu schreiben. Bis Mutter in die russische Abkürzung von Alexandra verfiel und im Hof laut *Schura! Schura!* rief, dass die Nachbarn die Fenster öffneten, um zu sehen, wen sie da rief, einen Hund vielleicht. Ich versteckte mich hinter einer Mülltonne und sah zu, wie Mutter dastand, die Arme fröstelnd über Kreuz, den Mund erneut zu einem »Sch« gespitzt. Dann hielt sie inne und rief *Alexandra!*, so leise, dass ich es kaum hörte, aber ich erkannte den Laut an der Form ihrer Lippen. Mir war in dem Moment egal, wie sie mich nannte; ich wollte hinter der Mülltonne hocken bleiben, bis die Nachbarn ihre Fenster wieder schlossen und Mutter zurück ins Haus ging.

Wir sprachen nicht mehr darüber. Stillschweigend wurde ich in das Klassenbuch als Alina eingetragen, unter SCH wie Schmidt. Viel mehr als meinen Namen konnte ich anfangs nicht sagen. »Schöner Name«, sagten meine neuen Klassenkameraden. Sie hätten jeden Namen schön gefunden. Als sie merkten, dass aus mir sonst nichts herauszuholen war, ließen sie mich in Ruhe. Ab und zu zeigte jemand mit dem Finger auf mich, wenn ich in der großen Pause allein auf der Bank im Schulhof saß.

Ich war mir nicht im Klaren, womit ich ihre Neugier erregte.

Mein Name konnte es nicht sein.

»Kommst du zurecht in der Schule?«, wollte Mutter wissen, wenn wir uns zufällig in der Küche trafen.

»Natürlich, Mama«, sagte ich. Sie bohrte nicht nach. Sie arbeitete seit Kurzem in drei Schichten, weil sie dankbar war, dass man sie arbeiten ließ. Gewiss, Frau Schmidt, die Nähmaschinen funktionieren hier genauso wie anderswo auch, hatte man ihr in der Kaderabteilung gesagt, aber es sei dringend die Stelle einer Büglerin zu besetzen, wo sie, also Frau Schmidt, sich erst einmal bewähren könne. Die Kollegen waren nett und aufmerksam zu ihr. Wenn Mutter zu ihnen trat, begannen sie langsamer und akzentuierter zu sprechen. Sie grüßten sie mit Handschlag und sprachen sie mit dem Vornamen an. Ihre Häuser blieben verschlossen.

Willi wollte auf keinen Fall zur Armee – in welche auch immer, schließlich seien ein Soldat in der Familie und dessen künftige Witwe mehr als genug, wie Vater sagte – deshalb durfte er nicht Bürger der Deutschen Demokratischen Republik werden. Mit seinem sowjetischen Pass blieb er vom Wehrdienst in der Nationalen Volksarmee befreit und stand vor dem Problem der Berufswahl, das er weder allein noch mit uns gemeinsam zufriedenstellend lösen konnte. Vater war der Meinung, dass ein Junge etwas mit Autos machen sollte. Willi entgegnete, dass er sich nicht für Autos interessiere und dass es überhaupt kein zukunftsträchtiger Beruf sei in einem Land, in dem es so wenig Autos gebe, dass man dafür 16 Jahre lang auf einer Warteliste stehen müsse. Mutter sagte, er solle nicht gedankenlos nachplappern, was andere erzählten, schließlich seien wir in Deutschland, und da warte man doch gerne 16 Jahre auf ein Auto. Schließlich hätten wir zwanzig Jahre gewartet, um hierher zu kommen, da wird man sich doch nicht wegen 16 Jahren ohne Auto beklagen. Bei so einem Sonntagsfahrer wie unserem Vater, der bereits zwei über Beziehungen mühsam erstandene Moskwitschs zu Schrott gefahren hatte, wäre es überhaupt ein Segen, *kein* Auto zu haben. Willi sagte, er würde gerne etwas bauen, Häuser, Brücken, Straßen – etwas in der Art.

»Vielleicht fängst du lieber erst mal mit was kleinerem an«, sagte Vater. »Und achte darauf, dass du damit auch im Westen weiterkommst. Wir wollen uns hier nicht auf ewige Zeiten einrichten!«

Weil das neue Schuljahr bereits begonnen hatte und die Zeit drängte, gab mein Bruder den Traum von Häusern, Brücken und Straßen auf und begann eine Lehre als Facharbeiter für Mikroelektronik. Davon wurden in der DDR eine Menge gebraucht, und es störte niemanden, dass Willi nur holprig deutsch sprach.

»Eine gute Entscheidung!«, lobte Vater. »Mikroelektronik, das klingt gescheit und nach Wissenschaft. Wo ist der Unterschied, ob jemand Rechenmaschinen oder Wolkenkratzer baut? Hauptsache, du kannst auch mal einen Fernseher reparieren! Das wirst du doch können als Mikroelektroniker, oder? Jeder weiß, dass Fernsehmonteure gefragte Leute sind. Damit kannst du auch im Westen dein Brot verdienen.«

In Willis Berufsschule hieß niemand Wilhelm. Die Lehrerin sagte, das sei ein altmodischer Name, wer wolle schon heutzutage wie der olle Kaiser heißen. Mutter war über diese taktlose Person sehr ungehalten und auch über sich selbst, weil sie vor 18 Jahren ihrem Willi unwissend einen Alte-Männer-Vornamen gegeben hatte. Willi sagte, er wolle schlicht Willi bleiben und basta.

Statt eines Doppelstockbettes kauften mir die Eltern eine Liege. Man konnte sie hochklappen und sich im Bettkasten verstecken. Aber so richtig gemütlich war es dort nicht. Ich bat Willi, mir eine Art Betthimmel zu bauen. Mein Bruder lebte jetzt in einem Internat und so blieb das Kinderzimmer mir überlassen. Willi schraubte zwei Balken an die Ecken meiner Liege und versah sie und die gegenüberliegende Wand mit Haken. Ich baute mir daraus eine Bude. Sie war wegen der schweren Decken rundherum schlecht belüftet, aber heimelig in ihrem Halbdunkel. Dort verkroch ich mich nach der Schule und las Bücher im Licht einer Taschenlampe. Unbekannte Wörter schrieb ich in ein Heft ab und schlug sie im Wörterbuch nach. Ich lernte Deutsch. Ich brauchte dazu keinen Lehrer. Ich wollte mein eigener Lehrer sein.

Der Schuldirektor hatte versprochen, mir im ersten Schuljahr keine Zensuren zu geben, aber das wollte ich gar nicht. Ich wollte allen zeigen, wie schnell ich lernen konnte. Ich wollte endlich mitreden und in der Pause nicht abseits stehen, weil ich kein Wort herausbrachte. Und das, was ich sagte, sollte genauso wie bei den anderen klingen und kein bisschen ausländisch.

»Alina, du verdirbst dir die Augen! Lass diesen Unsinn!«, rief Mutter, wenn sie die Decke meiner Bude hochschlug und mich beim Lesen erwischte. Deutsch zu lernen, war überhaupt nicht schwer. Bald konnte ich in ganzen Sätzen sprechen, aber nur wenn niemand zuhörte. Wenn mich jemand etwas fragte, schwieg ich weiterhin. Es war eine Sprache in meinem Kopf, und ich hatte Angst, sie nach draußen zu lassen. Ich wusste, dass diese Angst nur ein Geschöpf meiner Phantasie war, aber sie stand mir sehr real im Weg und ließ sich nicht beiseite schieben.

Die Lehrer nahmen Rücksicht auf mich und erklärten meinen Mitschülern, dass ich Zeit bräuchte, um mich an die neue Klasse zu gewöhnen. Schließlich käme ich von weit her, aus einer ganz anderen Kultur. Mündliche Mitarbeit verlangte man von mir auch nicht. Ich hätte ja doch nichts gesagt. Ab und zu, wenn ich zum Lehrerpult sah, begegneten mir diese schon vertrauten mitleidig-verständnisvollen Blicke, die mich schnell den Kopf wegdrehen ließen.

Irgendwann kam mir der Gedanke, dass sie mich für jemanden halten könnten, der nicht zurechtkam. Wegen der kulturellen Unterschiede. Die kulturellen Unterschiede brachten mich ernsthaft ins Grübeln, wenn ich zu viel Zeit hatte, darüber nachzudenken.

Und weil in meiner Familie offenbar alle irgendwie nicht zurechtkamen, bemerkte es keiner vom anderen.

Manchmal fiel Vater auf, dass ich zu viel las. Vor allem, wenn er andere Kinder nach der Schule draußen spielen sah, wenn er von der Arbeit kam, obwohl ich ja fand, dass man auf der Straße spielende Kinder hier in der Stadt ausgesprochen selten zu sehen bekam.

»Das Kind wird kauzig, Hilda, ist dir das schon aufgefallen?«, sagte er zu meiner Mutter.

»Das ist die Pubertät, da können wir nichts machen. Es geht vorüber.«

Vater zuckte mit den Schultern. »Ich werde ein paar Bücher unter Verschluss halten müssen, Pubertät hin oder her. Manche Dinge kann man nicht spät genug erfahren.«

Natürlich blieben seine Bücher frei zugänglich. Und überhaupt, was nützten einem Bücher, wenn man im Leben nicht zurechtkam. Vor allem solche, die Vater kaufte. Sie waren meist im Verlag Neues Leben Berlin erschienen und trugen auf dem Umschlag den Aufdruck »spannend erzählt«. Ich las Romane, um den Satzbau zu lernen, nicht der Spannung wegen, die sich bescheiden im Hintergrund hielt.

Als ich meine erste Einladung zu einer Geburtstagsparty bekam, schlug ich vor Aufregung eine ganze Woche lang kein Buch auf. Wenn ich nachmittags in meiner Bude lag, zählte ich die Tage bis zur Feier und machte mir Gedanken um das Geschenk für meine Klassenkameradin. Was schenkt eine Neue, ohne sich zu blamieren? Dazu eine Neue aus einem anderen Kulturkreis. Ich war mir sicher: Es musste etwas aus dem Westen sein!

Ich durchwühlte Oma Erikas Geschenke-Kiste, fand aber nichts passendes. Schließlich bestickte ich eins von Omas umhäkelten Taschentüchern mit dem Monogramm meiner Mitschülerin. Es war hübsch, aber nicht aus dem Westen.

Als ich kam, waren alle anderen schon da. Es war mir peinlich, vor den Gästen mein Geschenk zu übergeben. Ich behielt es hinter dem Rücken und überlegte mir, es dem Geburtstagskind später zu überreichen, wenn keiner zusah.

»Setz dich, Alina, wir wollen Kuchen essen und dann spielen!«

Meine Klassenkameradin, die Susanne Schramm hieß, hatte nur Kinder eingeladen, die ich nicht kannte. Sie saßen an einer festlich gedeckten Tafel.

»Eh, hast du kein Geschenk dabei?«, rief ein Junge im grünen Rollkragenpullover mir zu. »Hört mal, die Russin hat das Geschenk vergessen! Gibt's bei euch in Russland keine Geschenke zum Geburtstag?«

Mir wurde warm. Ich legte schweigend mein Paket auf den Tisch. Susanne Schramm schnitt mit einer Schere die Schleife durch und hielt mein Taschentuch in die Höhe.

»Oh, wie süß! Hast du das selbst gemacht?«

Ich nickte.

Susanne legte mein Taschentuch beiseite und schlug vor, Stille Post zu spielen. Ich war dabei so still, dass mich niemand verstand. Zum Abschied sagte Susanne, wie sehr sie sich über mein Kommen gefreut und dass sie die Begabung russischer Mädchen für Handarbeit schon immer toll gefunden habe. Auch ihre Brieffreundinnen aus Leningrad und Ufa schickten ihr ständig bestickte Tücher und Häkeldeckchen.

Ich las wieder unter der Decke. Griechische Mythologie und die Geschichte Alexanders des Großen. Dabei hatte ich mich ein bisschen in Alexander verliebt, und es tat mir leid, dass er schon so lange tot war. Aber wenn ich in den Spiegel sah, dachte ich, er wäre sicher nicht traurig darüber gewesen, dass uns zwei Jahrtausende trennten.

Bald darauf begannen die Buchstaben an der Tafel im Klassenzimmer zu verschwimmen. Ich war 13, hatte schiefe Zähne und der letzte Punkt, den ich halbwegs scharf sehen konnte, war meine Nasenspitze.

Mutter schickte mich zum Augenarzt. Er ließ mich immer kleiner werdende Zahlenreihen lesen, ich versagte schon bei der zweiten. Seine Diagnose war kurz und präzise. »Brille bis ans Lebensende!«

Zwischen ihren Schichten kochte Mutter Essen und tat, als merke sie nicht, wie mir die schweren Brillengläser samt Kassengestell von der Nase rutschten. Sie nannte den Arzt einen elenden Pferdedoktor, schob alles auf die Pubertät, die ja bekanntlich vorübergeht, und ich träumte davon, später einmal doch noch hübsch zu werden, damit Oma Erika recht behielte.

»Siehst du, Hilda, das hat sie nun von ihren Büchern. Meine Mutter hat bis sechzig keine Brille gebraucht«, sagte Vater.

9

Die Kälte am Bahnsteig trieb mich in den Windschatten eines Kiosks. Während ich Müsliriegel und Schokoladentafeln im Schaufenster betrachtete, fiel mir mein Versprechen ein, Mutter anzurufen. Bestimmt wich sie seit Stunden nicht vom Telefon. Ich fand einen Münzfernsprecher in der Nähe und prüfte mein Kleingeld. Die letzten passenden Münzen hatte ich für den Kaffee ausgegeben.

Resigniert packte ich das Portemonnaie wieder weg. Als ich aufsah, begegnete mir der Blick des Mannes mit dem Rosenstrauß, der einsam in der Nähe einer Bank stand, die ihm offenbar zu kalt zum Hinsetzen war. Einem plötzlichen Impuls folgend und bevor mich der Mut wieder verließ (ich sprach ungern fremde Menschen an), ging ich auf ihn zu und fragte, ob er mir fünf Mark wechseln könne. Er begann in seinen Taschen zu kramen. Der Blumenstrauß störte ihn dabei, ich bot mich an, diesen kurz zu halten. Er nickte, gab ihn mir trotzdem nicht, wühlte im Jackett, wurde endlich fündig.

»Na, passt doch«, sagte er nach einem Kontrollblick und reichte mir mit geröteter Hand ein paar Münzen. Ich steckte ihm meinen Fünfmarkschein zu.

»Danke.«

»Gerne.«

Ich gab dem Mann noch kurz die Gelegenheit, unser Gespräch zu vertiefen, aber er lächelte wortlos an mir vorbei. Ich drehte ihm den Rücken zu.

In der Telefonzelle wählte ich Mutters Nummer.

»Hallo, Mama…«

»Alina, wo bist du?«

»Noch am Bahnhof.«

»Was ist mit Irma?!«

»Der Zug hat Verspätung.«

»Ach nein. Wann sind die schon mal pünktlich. Ich hoffe nur, sie hat für die Kleine genug zu essen mitgenommen. Weißt du noch, wie wir damals gehungert haben?«

»Ja, ja, ich weiß noch. Aber das ist schon ewig her, jetzt ist sicher alles ganz anders. Außerdem hat sie einen anderen Zug genommen.«

»Was willst du jetzt machen?«

»Auf den Zug warten. Ich melde mich, wenn sie da ist.«

»Moment mal, Alina. Du klingst so angestrengt! Was ist los? Bist du krank?«

»Na ja…«

»Du musst viel Salbeitee trinken, hörst du? Mindestens drei Liter täglich. Das spült die Keime raus. Und sonst? Was macht deine brotlose Kunst?«

»Sie macht Fortschritte, danke.«

»Heißt das, du brauchst Geld? Kannst du deine Miete nicht bezahlen?!«

»Nein, ich komme zurecht.«

»Was willst du damit sagen?«

»Es geht mir gut. Mir fehlt nichts.«

»Ich sag dir, das wird nie was. Aber gut, wie du willst. Ruf sofort an, wenn Irma ankommt, hörst du? Ich gehe keinen Schritt vom Telefon.«

»Ja, Mama. Bis dann.«

Ich legte auf. Die Kopfschmerzen meldeten sich wieder. Keines unserer Gespräche verlief ohne Mutters Anspielung auf meine künstlerischen Ambitionen, die sie für reine Zeitverschwendung hielt. Damit war sie ausnahmsweise einer Meinung mit Vater. Schon in der ersten Klasse hatte er mir empfohlen, lieber die Finger davon zu lassen. Das war, als ich als einzige mit einer Drei in Kunsterziehung nach Hause kam. Der Lehrer hatte uns die Aufgabe gestellt, den Roten Platz in Moskau zu illustrieren. Drei Nachmittage lang hatte ich Türmchen und Mauern des Kreml, Tannen und Wölkchen aus buntem Samtpapier geschnitten und auf ein weißes Blatt geklebt. Den Spasski-Turm krönte ich mit einem selbstgemalten roten Stern und streute auf den Himmel darüber ein paar schwarze Häkchen. Zugvögel über Moskau.

Es war perfekt. Das schönste Bild von allen. Ich konnte noch immer das Gesicht des Lehrers vor mir sehen, wie seine Hand bereits zu einem »sehr gut« ansetzte und wie sich plötzlich sein Ausdruck veränderte, wie das Wohlwollen aus den Augen wich und Misstrauen Platz machte. Der Stift verweilte kurz über dem Papier, machte einen kleinen Bogen in der Luft, der Rest blieb mir hinter der Lehrerhand verborgen. Ohne mich anzuschauen händigte er mir das Bild aus. In der Ecke unten rechts leuchtete auf dem Grün meines Kremlrasens eine Drei in rot.

Den Tränen nahe und tief in meinem künstlerischen Selbstverständnis getroffen zeigte ich mein Werk den Eltern.

»Ich finde es sehr hübsch«, sagte Mutter. »Manchmal versteht man wirklich nicht, wonach diese Lehrer ihre Noten verteilen!« Sie tätschelte mir tröstend die Wange.

Vater jedoch, nachdem er einen kurzen Blick auf meine erste Collage geworfen hatte, gab mir den Rat: »Kindchen, zähl doch mal die Zacken an deinem Stern!«

Verblüfft zählte ich. Es waren sechs.

»Siehst du. Wärst du ein paar Jahre älter, könnte man dir daraus einen Strick drehen. Aber so sind erst mal wir dran… Was ist das für ein Elternhaus, werden sie fragen, in dem die Kinder keinen ordentlichen Sowjetstern malen können?«

Vaters betont ruhige Stimme stand in einem merkwürdigen Gegensatz zu seinem Gesichtsausdruck. Ein Stern hat Zacken, das wusste doch jedes Kind, aber dass es auf ihre Anzahl ankam, hatte mir niemand erklärt. Ich begann, mir Sorgen zu machen.

»Aber Albert, was redest du da, das ist doch nur das Bild einer Sechsjährigen«, sagte Mutter.

»Wem sagst du das, Hilda, aber manchmal kann das schon genug sein!«

»Jetzt hör schon auf, du machst ihr Angst.«

»Dann schick sie raus.«

Beide sahen mich an. Mutter kam auf mich zu, drehte mich sanft zur Tür und sagte, ich solle auf mein Zimmer gehen. Ich blieb draußen stehen und presste mein Ohr an die Tür.

Ich hörte, wie Vater die Befürchtung äußerte, wegen meiner »Umtriebe« eine Vorladung zum Schuldirektor zu bekommen. Mutter beschwichtigte ihn. Er solle doch aus einem Zacken zuviel am Stern einer Erstklässlerin keine Staatsaffäre machen. Er erwiderte, dass er das durchaus nicht mache, wohl aber andere dazu verleitet werden könnten. Daher sei es wichtig, das »Beweisstück« zu beseitigen, um dem Vorwurf »zionistisch-imperialistischer Propaganda« weit aus dem Weg zu gehen. Man wisse doch, welche Eigendynamik solche Dinge mitunter entwickeln. Heute eine Farbkleckserei und morgen Ljubjanka.

Ich drückte mein viel geschmähtes Kunstwerk an mich und nahm mir vor, es gut zu verstecken.

Indessen erinnerte Mutter Vater erneut an mein Alter, was er mit dem Vorwurf quittierte, es sei schließlich ihr

Versäumnis, mir elementare Dinge nicht beigebracht zu haben.

Ich gähnte. Da ich nicht mehr erwartete, etwas Neues zu erfahren, verließ ich meinen Lauschposten, schob auf dem Zimmer meine Collage unter den Teppich. Vor Schuldgefühlen konnte ich schlecht einschlafen, wälzte mich die ganze Nacht ruhelos im Bett herum und träumte davon, wie der Postbote ein Schreiben der Schulleitung an meine Eltern übergab.

Dazu kam es nicht. Vater wurde bald von anderen Problemen abgelenkt und sprach das Thema nicht mehr an. Ich fertigte mir vorsichtshalber für künftige Sterne eine Schablone an. Vielleicht war ich insgeheim sogar ein bisschen enttäuscht darüber, dass der Schuldirektor uns keine Vorladung geschickt hatte. Meine Eltern hätten immerhin auf diese Weise von höherer Stelle eine Begabung ihrer Tochter bescheinigt bekommen. Diesen Beweis war ich ihnen bis heute schuldig geblieben.

Es konnte gut sein, dass die fünfzackige Sternschablone immer noch in irgendeinem Schuhkarton neben meinen frühen Malversuchen lag. Doch zwischen jenen samtpapiernen Kremlmauern und meinen heutigen Tuschezeichnungen lagen Jahre, in denen ich abtrünnig geworden war. Oder orientierungslos, wie Mutter es nannte.

Wahrscheinlich würde das auch Irma bald zu hören bekommen.

10

1982 plante Oma Erika immer noch ihre Reise zu Tante Tine nach Hannover, aber nun war es Winter, kalt und matschig. Bei diesem Wetter machte ihr das Rheuma zu schaffen. Tine schrieb Briefe, dass sie alles für Erikas Ankunft vorbereitet habe. Nur die Fahrt könne sie ihrer Schwester nicht abnehmen.

Vater instruierte seine Mutter bei jedem Besuch genauestens über den geplanten Ablauf ihrer »Republikflucht«.

»Du kaufst dir natürlich eine Rückfahrkarte, damit du keinen Verdacht erregst. Und dann bleibst du einfach bei Tine. Die wird sich um alle Behördengänge kümmern. Mach dir keine Sorgen, das kommt dort täglich vor, die werden dich dafür net verhaften.«

»Was du wieder redest, Albert! Verhaften! Ja bin ich denn eine Verbrecherin!«

Vielleicht hätte Vater weniger reden sollen.

»Natürlich nicht, Mutter! Im Gegenteil, die Formalitäten sind ein Klacks. Du gehst keinerlei Risiko ein, das versuche ich dir doch die ganze Zeit zu erklären. Du würdest wieder deutsche Staatsbürgerin werden, wie schon 1945.«

Ich konnte nicht erkennen, ob Großmutter gerne an 1945 erinnert werden wollte. Damals hatte die Einwandererzentrale im Warthegau aus Sara Schmidt, geborene Hönle, eine Erika gemacht, weil Sara kein guter Name für ein deutsches Mädchen war.

»Sicher, wir müssten abwarten, bis Gras über die Sache gewachsen ist, bevor wir nachkommen. Aber das ist die geringste Hürde. Im Warten aufs Ausreisen sind wir ja erprobt, da kann uns keiner so schnell was vormachen!«, redete Vater weiter. Und: »Wer zwanzig Jahre gewartet hat, der kann auch noch zwei Jahre warten, die gehen rum wie nix und dann sind wir alle wieder beieinander.«

Als keine Reaktion kam, fügte er in strengerem Ton hinzu: »Nicht wahr, Mutter, du hast jetzt alles verstanden?«

Oma Erika nickte, ohne ihrem Sohn in die Augen zu sehen.

»Du bist unser Tor in die Freiheit, Mutter!«, fuhr Vater feierlich fort. An Oma Erikas Gesicht konnte man ablesen, dass sie sich in dieser Eigenschaft nicht allzu wohl fühlte. Sie wollte ja gerne tun, was ihr Albert da von ihr verlangte. Hatte sie das nicht immer getan? Aber wie stellte er sich das überhaupt vor? Einfach so »drüben« bleiben, ohne staatliche Erlaubnis und Genehmigung von oben! Sie hatte doch noch nie in ihrem Leben etwas Illegales getan. Außer einmal, aber damals war sie jung und verzweifelt und konnte nicht anders …

»Mutter, du machst dir unnötig viele Gedanken. Ich habe schon über alles nachgedacht. Die Methode ist erprobt. Denk lieber an die Zukunft deiner Enkelkinder. Meinst du, die sozialistische Volkswirtschaft wird eine alte Frau wie dich vermissen? Was denkst du, warum du ins westliche Ausland reisen darfst?«

Vaters Zureden beruhigte Großmutter nicht, im Gegenteil, es reizte sie zum Widerspruch.

»Dann wird mich drüben erst recht niemand brauchen!«

»Aber Mutter, deine Schwester ist dort. Ihr wart jahrzehntelang voneinander getrennt. Ist denn Florentine etwa niemand?«

»Ach, mein eigener Sohn will mich loswerden!«

Es endete damit, dass Oma Erika zu allem Ja und Amen sagte und versprach, ihren Koffer zu packen.

Eine Woche vor Weihnachten brachten wir Oma Erika zum Bahnhof. Vater hatte für sie eine Rückfahrkarte für Heiligabend gelöst, die sie nur dabei haben und natürlich nicht benutzen sollte. Sie gingen am Bahnsteig noch einmal alles durch. Das heißt, Vater hielt einen Monolog im Flüsterton, während er sich nach allen Seiten umsah.

»Ich kümmere mich hier um alles, sobald du dich im Westen eingerichtet hast. Und wenn du dich an meine Anweisungen hältst, sind wir bald wieder vereint. Glaub mir, alles wird gut!«

Oma Erika nickte ergeben. Konnte eine Mutter ihrem Sohn etwas ausschlagen? Sie stieg in den Zug, und wir winkten ihr nach, bis sie außer Sichtweite war.

Es weinte auch dieses Mal niemand. Vater sah sogar richtig fröhlich aus. »Das wird keine lange Trennung, Hilda, stell schon mal die Koffer bereit.«

Mutter sah nicht ganz so fröhlich aus.

»Ich wäre froh, wenn dieses ewige Kofferpacken endlich vorbei wäre.«

»Aber was ist mit dem Urlaub, dafür müssen wir doch auch Koffer packen«, mischte ich mich ein, aus Angst, den ersten Urlaub meines Lebens gestrichen zu sehen, weil Mutter etwas gegen Kofferpacken hatte. Diesen hatte nämlich Vater für den kommenden Sommer angekündigt, weil hier alle in Urlaub fuhren, und wir wollten doch alles genauso wie die anderen machen.

»Ich wäre froh, keinen Koffer mehr sehen zu müssen.«

»Nun hab dich nicht so, Hilda. Das wird garantiert unser letzter Umzug. Nur noch eine Ländergrenze. Dann sind wir am Ziel.«

»Wenn du mich fragst: Das wird doch nie was«, sagte Mutter, aber da keiner fragte, schritt sie allen voran zum Ausgang, und wir fuhren in gedämpfter Stimmung nach Hause.

Abends klopfte Mutter an meiner Zimmertür und fragte mich, was ich mir zu Weihnachten wünschte. Das hatte sie vorher noch nie getan. In Kasachstan gab es unter dem Weihnachtsbaum manchmal eine Überraschung für die Kinder; vielmehr erinnerte ich mich nur an eine. Das war in dem Jahr, in dem an Heiligabend ein Beben durch den Weihnachtsbaum ging und die gläsernen Kugeln zu klirren begannen.

»Oh, wieder ein Atomversuch in Semipalatinsk«, sagte Vater.

»Albert, sag das nicht vor den Kindern!«, rügte ihn Mutter und drückte jedem von uns eine mit einer Schleife verbundene Tüte in die Hand. Meine enthielt Nüsse, Süßigkeiten und einen Glücksbringer, ein kleines goldenes Hufeisen als Kettenanhänger. Es war etwas Besonderes, anders als die Tüten, die Vater am 31. Dezember von der Arbeit für uns mitbrachte. Deren Inhalt blieb von Jahr zu Jahr gleich. Es war immer dieselbe Mangelware, die nur an Feiertagen verteilt wurde. Mein Lieblingskonfekt mit Nusskrokant, an dem man sich die Zähne ausbiss. Damals war ich bereit, mich dafür mit Willi zu schlagen. Oder ein paar Bonbons, die phantasievoll »Rotkäppchen«, »Mischka der tapsige Bär« oder »Karakum« (nach der usbekischen Wüste) hießen, ohne sich im Geschmack zu unterscheiden. Am Tag darauf waren all diese Dinge Vergangenheit, nicht ohne dass zuvor ein reger Tauschhandel unter uns dreien stattgefunden hatte. Den goldenen Anhänger tauschte ich nicht. »Hufeisen bringen Glück, aber nur wenn sie mit den Enden nach oben zeigen. Sonst fällt das Glück heraus«, erklärte Mutter mit ernstem Gesicht. Ich bewahrte den Anhänger bis heute in einer Schatulle auf, ohne ihn je getragen zu haben. Das Hufeisen hatte einen Konstruktionsfehler: Es ließ sich nur mit den Enden nach unten aufhängen.

In unserem ersten Jahr in der Deutschen Demokratischen Republik fing Mutter plötzlich an, mich nach meinen Weihnachtswünschen zu fragen.

»Vielleicht möchtest du ein Haustier haben, einen Hamster oder einen Wellensittich, das wäre schon machbar, auch wenn die Wohnung klein ist«, sagte sie und ihr Gesicht sah erwartungsvoll aus, während sie die Decke meiner Bude zurückschlug und mich beim Lesen im schwachen Licht der Taschenlampe erwischte.

»Willst du noch dickere Brillengläser haben?«, fragte sie vorwurfsvoll.

»Ich will ein Fernrohr«, sagte ich ohne zu überlegen. Nicht, dass dieser Wunsch eine spontane Idee gewesen wäre, soeben ausgedacht, um Mutter zu verblüffen. Ich hatte bisher nur nicht gewagt, ihn zu äußern. Das Erlebnis mit der überzähligen Zacke an meinem Sowjetstern musste der Anlass für mein gesteigertes Interesse an Himmelskörpern sein. Aber das meinen Eltern erklären zu wollen, erschien mir absurd, und so behielt ich es für mich.

»Was?«

Ich sah ihr an, dass sie mich verstanden hatte und sagte nichts.

»Vielleicht einen Kanarienvogel, oder Zierfische, das ginge auch noch zur Not, was meinst du?«

Ich schüttelte den Kopf.

»Oder willst du dir etwas im Intershop aussuchen? Schau, Oma hat mir fünf D-Mark dagelassen«, sagte Mutter ganz so, als ob sie es ernst meinte.

»Für fünf D-Mark bekommt man kein Fernrohr«, sagte ich. »Auch nicht im Intershop.«

Sie blieb an der Türschwelle stehen, presste für einen Moment die Lippen zusammen und änderte ihren Tonfall. »Also wirklich Alina, wozu brauchst du ein Fernrohr? Zum Bücherlesen?«

Ich erwiderte nichts, schaute absichtlich an ihr vorbei. Aus irgendeinem Grund wollte ich, dass sie endlich ging.

»Schon gut, ich dachte nur, ein Haustier wäre… Aber du kannst ja nichts Gutgemeintes annehmen!«

Ich setzte meine Kopfhörer auf und drehte die Musik im Kassettenrecorder lauter. Mit dem Rücken spürte ich, wie Mutter das Zimmer verließ.

An Heiligabend packte ich mein Weihnachtsgeschenk aus. Es war eine Schreibtischlampe.

»Für deine Augen«, sagte Mutter.

Zeitgleich mit meinem gehauchten »Dankeschön« klingelte es an der Tür.

Oma Erika war zurück.

11

Es gab eine Menge nützlicher Einrichtungen am Bahnhof. Was konnte man Reisenden und Wartenden mit zuviel Zeit nicht alles verkaufen. In der Ladenzeile hatte mich die Auslage eines kleinen Schreibwarengeschäfts an den einzigen Brief erinnert, den ich vor 1989 an Irma geschrieben hatte. Eigentlich spielte Irma darin keine Rolle, er war an Großvater adressiert, an den anderen, der nach dem Krieg zurückgekehrt war. Ich hatte selbst darauf verzichtet, sie grüßen zu lassen. Und trotzdem, jedes Wort dieses Briefes war an Irma gerichtet, für sie bestimmt. Nur hatte sie wahrscheinlich nie davon erfahren.

Das Blatt vor mir war lange leer geblieben. Ich hatte auf meinem Stift herumgekaut und mich nicht entscheiden können, in welcher Sprache ich schreiben sollte, denn jetzt konnte ich wählen. Schrieb ich auf Deutsch, wäre Großvater erfreut, aber Irma würde es nicht lesen können. Ich hoffte darauf, dass ihr dieser Umstand einen kleinen Stich versetzen würde. Aber vermutlich hatte sie sowieso wichtigere Dinge zu tun, als die Krakeleien ihrer kleinen Schwester zu entziffern. Früher hatte sie jedenfalls oft gesagt, dass sie es gar nicht wissen wolle, wie es in Deutschland sei, aber das glaubte ich ihr nicht. Jeden Satz formulierte ich so, dass er eine Information für sie enthielt.

Ich schrieb, dass Dresden eine schöne große Stadt sei, nur in der Elbe könne man nicht baden und die Fische daraus auch nicht essen. Sie schwammen zwischen verdächtig aussehenden Flocken im trüben Wasser, das nach Plumpsklo roch. Ich hielt die Flocken für gebrauchtes Toilettenpapier, aber sie stammten aus dem Abwasser einer Zellstofffabrik. Im nächsten Sommer würden wir in Urlaub fahren. Vater hatte bereits über seinen Betrieb einen Wohnwagen auf einem Campingplatz am Scharmützelsee ergattert, das war ein See bei Berlin, und da würde es bestimmt richtige Fische geben, die man essen konnte. Vielleicht war das sogar der See, von dem Großvater immer erzählt hatte. Wo er den größten Fisch fangen wollte für seine Braut, die hungrig auf seine Rückkehr wartete, damals im Sommer 1945 in Berlin...

Ich schrieb diese Zeilen und ahnte bereits, dass es Irma nicht interessieren würde, wohin wir in Urlaub fuhren, und ich nahm ihr dieses Desinteresse von vornherein übel, selbst wenn es nur geheuchelt war. Ich fühlte eine unbestimmte Wut darüber, dass sich unsere Welten so weit voneinander entfernt hatten und keine Schuldigen dafür auszumachen waren. Außer *diesem* Sergej vielleicht, aus dem inzwischen ein *jener* geworden war; der von der Häufigkeit seiner Auftritte her in meinen Augen nur eine Statistenrolle inne hatte und dennoch die Handlung bestimmen konnte. Was für ein Gefühl war das, von jemandem abhängig zu sein, bei dem das Liebesmindesthaltbarkeitsdatum längst abgelaufen war? Über Irmas Tochter hatte er uns alle in der Hand. Sein Wort entschied darüber, ob unsere Welten sich je wieder annähern konnten. Was ging in seinem Kopf vor, der die Alltagsfluchten eines Wochenendjunkies längst aufgegeben hatte zugunsten des Rund-um-die-Uhr-Rausches?

»Es ist nicht seine Schuld, es sind die Wochenenden, die immer länger werden«, soll Irmas einziger bissiger Kommentar gelautet haben. Sie quartierte Sergej wieder bei seiner Mutter ein, weil er von allein nicht gehen wollte.

Sein Wort blieb »nein«.

Vielleicht klammerte ich mich zu sehr an die Illusion der großen Schwester, die alles im Griff hatte. Die mir zuhören würde, die ganz anders wäre als Mutter mit ihrer Hilflosigkeit im Blick, die für Trost keinen Platz ließ.

Dabei muss sich Irma selbst hilflos gefühlt haben. Keines ihrer Argumente drang noch bis zu ihrem geschiedenen Mann vor. Seine Antwort lautete stets »nein«.

Dennoch, das, was zwischen den beiden vorging, war weit entfernt von mir. Zu weit. Hinter dicken Brillengläsern vertieft in die Liebesgedichte griechischer Klassiker, entging mir das Geschehen auf der Bühne vor mir.

Ich musste blinzeln, um wieder klare Sicht auf den Bahnsteig zu bekommen. Meine Augen schmerzten, sicher waren sie schon rotumrandet. Die Erkältungsviren in meinem Körper schienen sich rasant zu vermehren, vor allem hinter der Stirn drückten sie mir zunehmend gegen die Schädeldecke. Ich sah sie als kleine stachlige Kugeln, die sich von meinem Blut wie auf einer Wasserrutschbahn in die entlegensten Ecken des Körpers spülen ließen und dabei fröhlich jauchzten. Ob das bereits Fieberwahn war?

Ich fasste mir an die Stirn, sie war kühl. Doch das beruhigte mich nicht. Wäre Mutter hier, sie würde mich wieder an meine robuste Gesundheit als Kind erinnern, und ich würde es wie immer als einen schlecht verpackten Vorwurf verstehen. Sie würde die Geschichte von unserem einzigen Klinikbesuch aufwärmen, als meine Mitschülerin Swetka unsere Klassenbeste Ninka bei der Betrachtung eines Bandwurms erwischt hatte, von dem Ninka behauptete, ihn gerade ausgeschieden zu haben. Der Bandwurm, dessen Länge sich per Buschfunk schnell von einem halben bis auf mindestens einen ganzen Meter gesteigert hatte, wurde zum Gespräch des Tages. Swetka und Ninka reichten ihn herum wie eine Trophäe. Natürlich wurde er von einer Lehrerin beschlagnahmt, bevor ich das Prachtstück zu Gesicht bekam. Offenbar zeigte sich schon damals meine Neigung, interessante Ereignisse zu verpassen.

Der Bandwurm wurde zum Gesundheitsamt geschickt, unsere Klassenleiterin riet allen Eltern zur Kontrolle. In Ninka kämpfte Entdeckerstolz gegen Ekelgefühle an, aber im Gegensatz zu ihrer Mutter, die in leichte Hysterie verfiel, hielt sie sich tapfer.

Meine Mutter nahm die vorsorgliche Anordnung von oben wörtlich und schleppte mich noch am selben Tag in die städtische Ambulanz. Als wir im Bereich für Innere Erkrankungen an die Reihe kamen, erläuterte die Ärztin uns die Methode der Bandwurmerkennung und fragte an meine Mutter gewandt, ob wir der Untersuchung zustimmen. Mutter sah mich an. Noch bevor sie etwas sagen konnte, schüttelte ich entschieden den Kopf. Ich soll dabei ganz weiß im Gesicht gewesen sein, und Mutter fügte sich, ohne einen Überredungsversuch zu wagen. Was hätte sie anderes tun sollen, als mich zur Tür zu schieben. Aus den Augenwinkeln hatte sie noch das verdutzte Gesicht der Ärztin wahrgenommen.

Draußen sagte Mutter, sie wisse es sehr zu schätzen, dass sie bis zu ihrer ersten Niederkunft keinen Weißkittel aus der Nähe gesehen habe und das sei immerhin ein Viertel Jahrhundert gewesen. Während ich überlegte, ob sie mehr auf die Ärztin oder auf mich ärgerlich war, hatte ich Mühe, ihr zu folgen, weil sie ungewohnt schnell ausschritt. Mir fiel auf, dass sie in der Aufregung ihr Alter unmathematisch aufgerundet hatte, aber ich verzichtete, sie darauf aufmerksam zu machen.

Für einen Moment hatte ich verdrängt, wo ich mich befand. Ich schaute mich um, um sicher zu sein, dass ich immer noch am Bahnsteig stand. Außer ein paar Tauben, die an einem weggeworfenen Brötchenrest herumpickten, war niemand in meiner Nähe. Etwas weiter las ein Herr stehend in einer Tageszeitung. Es war der Mann mit den Rosen, fast hätte ich ihn nicht mehr erkannt. Es war mir entgangen, dass er sich zwischendurch offenbar entfernt hatte. Sein Anblick wirkte irgendwie vertraut auf mich. Dennoch kämpfte ich gegen das immer dringender werdende Bedürfnis an, diesen Ort und Zustand des Wartens zu verlassen.

Eigentlich sollte mir das Warten nicht schwer fallen, waren wir doch alle geübt darin. Manchmal schien es mir, als gebe es in unserer Familie ein Warte-Gen. Jeder hatte irgendwann auf irgendwas gewartet.

Großmutter hatte ihr Leben lang auf die Rückkehr ihres im Alter von 27 Jahren hingerichteten Mannes gewartet. Irma hatte lange darauf gewartet, ihren verhassten deutschen Namen abzulegen, und dann darauf, ihn wieder zurückzubekommen. Vater wartete auf die Freiheit. Mutter wartete darauf, dass aus ihren Kindern etwas werden möge. Der einzige, bei dem ich nicht wusste, worauf er wartete, war Willi.

Und ich? Ich hätte nicht mehr sagen können, wann ich in diesen Zustand des Wartens hineingerutscht war. Eine bewusste Entscheidung war es jedenfalls nicht gewesen. Während die meisten Gleichaltrigen in den Turbo-Gang schalteten, fiel ich in den Stand-by-Modus. Lange Zeit war Dornröschen meine Lieblingsmärchenfigur. Es erschien mir verlockend, den ganzen Stress mit Aknepickeln, erstem Liebeskummer und Selbstfindungsirrwegen zu verschlafen, um dann als fertiger Mensch mitten im Leben aufzuwachen. Denn da wollte ich hin: mitten ins Leben.

Aber es funktionierte nicht. Das Leben war immer irgendwo anders. Wenn ich hinkam, war es weg. Es schien, als mache es einen Bogen um mich.

Anfangs war ich geduldig. Das Leben würde mich schon finden, wenn ich mich nicht vom Fleck rührte. Einfach in den Dornröschen-Modus schalten und die Zeit machen lassen. Irgendwann würde jemand kommen, um mich zu erlösen. Aber es kam niemand. Kein Prinz, kein weißes Pferd. Nach einigen Jahren begann es mich zu beunruhigen. Es wurde zu einer persönlichen Sache zwischen dem Leben und mir. Ich führte Streitgespräche mit ihm, machte ihm Vorwürfe, wo es denn so lange bliebe. Und eines Tages antwortete das Leben: Auf einer Nebenstraße passiert nun mal nicht viel, du musst schon auf die Hauptstraße kommen.

Das Leben lag also irgendwo hinter der Grenze.

12

Meine neuen Schulkameraden fragten mich, wie es mir hier gefiele. »Gut«, sagte ich. Die Deutsche Demokratische Republik war ein freundliches Land, ein bisschen grau vielleicht und das Schwarz an den Hauswänden stammte noch von den Kriegsbränden, aber weil die Menschen so nett waren, fiel mir das nicht weiter auf. Die Verkäufer lächelten einen an, fragten »Darf es noch etwas sein?«, auch wenn die Regale leer waren, die Lehrer sprachen die Schüler beim Vornamen an. Ich war nicht länger »Schmidt« oder »die Faschistin«. Ich war jetzt einfach Alina.

Das gefiel mir.

Später nahmen die Komplimente für meinen schönen Namen ab, und immer häufiger hörte ich Sätze wie »hier stinkt es nach Russen« hinter mir sagen. Ich vermied es, mich umzudrehen. Wer weiß, mit wem das zu tun hatte, vielleicht war das ein Spiel, das ich nicht kannte und bei dem ich nicht mitspielen wollte.

Im ersten deutschen Winter wurde ich häufig krank. Ohne nennenswerte Erholungspausen bekam ich Husten, dicke Mandeln oder pfeifende Bronchien. »Klimawechsel«, sagten meine Eltern, gaben mir Knoblauch zu essen und schickten mich in die Sonne, wenn sie denn schien. Beides galt ihnen als natürlicher Keimabtöter – beides blieb bei mir völlig wirkungslos, sah man von Nachfragen meiner Banknachbarn ab, was ich wann gegessen hätte, und den Sommersprossen auf meiner Nase.

Die Winterferien verbrachte ich im Bett, neben mir eine Schüssel als Spucknapf. Ich konnte schlecht schlafen, weil sämtliche Höhlen in meinem Gesicht verschleimt waren, und lag viel wach. Vom Lesen taten mir die Augen weh, und so begann ich im Liegen Tagebuch zu schreiben, obwohl um mich herum nichts passierte. Ich kaute die Spitzen mehrerer Kugelschreiber ab und schrieb nach langen Überlegungen solche Dinge wie: *Heute habe ich aus dem Fenster die Venus gesehen, den Stern der Liebenden. Vielleicht war es aber auch gar nicht die Venus.*

Tatsächlich schien jeden Morgen irgendein Himmelskörper in meinem Fensterausschnitt heller als die anderen. Aber ich hatte keine Ahnung, ob es die Venus war. Mir gefiel einfach die Vorstellung, und ich kannte niemanden, der es hätte besser wissen können. Hätte ich ein Fernrohr, würde ich es herauskriegen.

Als es mir besser ging, waren die Ferien fast vorüber. Ich konnte wieder aufstehen, fühlte mich aber noch schwach und verbrachte ganze Tage vor dem Fernseher. Die DDR war ein friedliches Land. Dankbar ließ ich jede Sendung, die nicht von Krieg handelte, über mich ergehen. Es reichte, dass die Reste des Krieges draußen waren, in den Ruinen und den verrußten Sandsteinmauern der Altbauten – wer brauchte seine Zeugen noch im Wohnzimmer?

»Kann man das nicht abwaschen?«, fragte ich Mutter bei einem Sonntagsausflug in die Stadt, als ich mit einem Nagel an der schwarzen Fassade der Kreuzkirche rieb.

»Versuch es. Mit Waschen geht das nicht weg.« Sie erklärte mir, dass in der Bombennacht das verbrannte Fett von Menschenkörpern sich als Ruß auf dem Sandstein abgesetzt haben soll.

Ich nahm meine Hand zurück und fasste nie wieder geschwärztes Mauerwerk an, das einem hier oft begegnete. So nah war mir der Krieg nie, wenn er aus dem Fernseher drang. Dabei war ich daran gewöhnt, dass er in die Schule kam, aus der Vergangenheit mahnte und die Zukunft bedrohte. Kinder, bastelt mit euren Eltern Atemschutzmasken, sagten die Lehrer. Fragt eure Mütter nach Mullbinden und Damenstrümpfen. Ist denn schon Krieg? wollten wir wissen. Nein, aber wir müssen uns schützen vor dem amerikanischen Aggressor. Wenn er angreift, verstecken wir uns in der Turnhalle. Und denkt daran: Binde in den Nylonstrumpf, vors Gesicht halten und beide Enden im Nacken zubinden, das sind unsere Gasmasken, ohne kann es euch das Leben kosten.

Und der amerikanische Aggressor predigte über seine »Feindsender« mit zuckersüßer Stimme vom schönen Leben in Amerika. Und von der Freiheit. Sie hatten die Freiheit gepachtet und als Statue im Meer aufgestellt, wir mussten deshalb ohne sie auskommen. War sie nicht ohnehin ein verzichtbares Gut? Man konnte sich davon doch nichts kaufen.

Entgegen allen elterlichen Überzeugungen versagte bei mir Knoblauch sowohl vorbeugend als auch akut seine Dienste als Naturheilmittel. Nachdem ich ein paar Tage die Schulbank gedrückt hatte, erwischte mich eine eitrige Angina.

Die Ärztin zog die Augenbrauen hoch, als sie mir wieder einmal Penicillin verschrieb. »Frau Schmidt«, sagte sie zu meiner Mutter, »ich finde, das ist nicht normal. Verstehen Sie, was ich sagen will?«

Meine Mutter nickte verwirrt. Ein kränkliches Kind war natürlich nicht normal. Vielleicht spielte die Ärztin auf eine Kur an, um meine Abwehrkräfte zu stärken? Die Ärztin bewegte noch einmal schwungvoll ihre Augenbrauen, sagte aber nichts mehr, und Mutter fragte nicht nach. Sie hätte womöglich etwas falsch gesagt, also schwieg sie lieber.

Ich verbrachte eine Woche zu Hause, würgte die Penicillintabletten in einer Marmeladentunke zerkleinert herunter. Wenn es dunkel wurde, fertigte ich Karten vom Sternenhimmel über unserem Haus an. Ich hatte kaum etwas zu tun. Es war ein anderer Himmel als der, den ich aus der kasachischen Steppe kannte. Nichts verdeckte ihn dort, keine Häuser, keine Bäume, keine Abgase. So viele Sterne, dass ihr Glanz einen blendete.

Der Himmel hier wurde nicht richtig schwarz, und nur eine Handvoll Sternchen leuchteten blass wie hinter einer Wand aus Butterbrotpapier hervor. Die Großstadtluft vernebelte den Blick auf die Milchstraße. Dort, wo sie hätte sein sollen, war nichts. Als hätte sie jemand ausradiert.

Selbst den Polarstern zu finden, gelang mir nur selten. Mein Fenster gab den Blick auf zwei Fabrikessen frei. In unregelmäßigen Abständen entwich ihnen weißer Rauch. Um fünf Uhr morgens begann im Hinterhof das Rattern der Maschinen, die Kunststoffartikel produzierten. Lastwagen fuhren vor, Kisten mit Kleiderbügeln, Wäscheklammern, Seifendosen wanderten auf die Ladeflächen. Die Straßenbahn brachte im Vorbeifahren die Fensterscheiben zum Klirren. Ab und zu blitzte über der Fabrikesse ein Punkt auf, wenn die Wolkendecke am diesigen Himmel aufriss.

Vielleicht die Venus.

Einmal vermerkte ich in meinem Tagebuch den Besuch von Susanne Schramm. Er füllte eine ganze Seite, obwohl er sehr kurz war.

»Ich bring dir die Hausaufgaben. Frau Bertram meint, du verpasst sonst zuviel. Aber ich kann nicht lange bleiben. Will mich nicht anstecken.«

Um Abstand zu mir zu halten, setzte sie sich auf einen Stuhl am anderen Ende des Zimmers.

»Das ist nicht mehr ansteckend.«

»Ach so. Was ist das denn?« Sie zeigte auf meine unbeholfene Himmelskarte, die auf dem Tisch lag.

»Das ist meine Fensteraussicht.«

»Sieht komisch aus. Wozu machst du das?«

»Ich will wissen, wie viele Zacken Sterne haben und ob die Anzahl immer gleich bleibt.«

»Mann, dir muss echt langweilig sein! Aber geht mir auch nicht anders, wenn ich krank bin. Jetzt hast du erst mal was zu tun, die Aufgaben sind bis Mittwoch.«

Meine Hoffnung, mir pünktlich zur Parade am Ersten Mai wieder einen grippalen Infekt einzufangen, erfüllte sich nicht. Es ging mir erstaunlich gut, und die Parade erwies sich als der reinste Spaziergang. Am Ersten Mai bei schönem Wetter ein paar Straßenblöcke durchmarschieren, Papierfähnchen mit dem Wappen aus Hammer, Zirkel und Ährenkranz in den Händen schwenkend. Mehr gehörte nicht dazu. Ein Kinderspiel. Nach wenigen Kilometern war der Demonstrationszug an der Tribüne vorbei und in Auflösung begriffen. Jeder versuchte, seine Winkelemente so schnell wie möglich loszuwerden und nahm in Kauf, in der Eile den falschen Sammelbehälter zu treffen. Staatssymbole in Mülleimern – war das nicht auch Ausdruck eines stillen und anonymen Protestes? Ich wusste es nicht. Alles hat Augen und Ohren, pflegte Vater zu sagen. So übergab ich mein Fähnchen nach Anstehen in der Warteschlange dem dafür zuständigen Pionier in dem beruhigenden Gefühl, einer Pflicht ordnungsgemäß nachgekommen zu sein, und war frei.

Nach der Parade wollte Susanne Schramm mit ein paar anderen Schülern auf die Elbwiesen gehen und sich dort die Sonne ins Gesicht scheinen lassen. Sie hatte nicht gefragt, ob ich mitkomme und da ich von der Sonne nur Sommersprossen bekam, beschloss ich, auf dem Rückweg Oma Erika zu besuchen.

Ich musste dreimal klingeln, bis sie die Tür öffnete.

»Alinele, kommst ja früher als sonst! Ist denn heut schon Sonntag?«

Sie hatte gerade die Reste ihres zweiten Frühstücks abgeräumt und bot mir ein übriggebliebenes Rosinenbrötchen mit Milch an.

»Danke, ich habe keinen Hunger.«

»Ein Mädle in deinem Alter sollte gut essen. Du hast ja kaum ebbes auf den Knochen.«

Das stimmte leider. Aber ich glaubte nicht, dass sich daran mit Rosinenbrötchen etwas ändern ließe. Oma Erika schüttelte missbilligend den Kopf und holte ihre Reliquien aus dem Schrank. So nannte ich heimlich ihren Besteckkasten mit den alten Fotos und das Liederbuch meines Großvaters aus dem Jahr 1898.

»Kannst du das lesen?«, fragte ich beeindruckt, da Erika offenbar keine Probleme mit altdeutscher Frakturschrift hatte.

»Aber freilich! So haben wir's in der Dorfschule gelernt. Das Liederbuch hat noch deiner Urgroßmutter gehört. Dein Urgroßvater hat's ihr geschenkt, weil sie im Kirchenchor gesungen hat.«

Das Buch hatte Spuren ehemaliger Schönheit bewahrt. Der Einband war einst mit rotem Samt überzogen, von dem sich nur noch Reste unter den verzierten Eckbeschlägen aus Messing und um die Ränder der Schließe herum fanden. Der Buchrücken war am schlechtesten erhalten und ausgefranst.

»Sei vorsichtig damit!«

Ich legte das Buch nach kurzem Durchblättern wieder zurück auf den Tisch. Es fehlte mir an Geduld, die verschnörkelten Buchstaben zu entziffern. Viel weiter als bis zum Titelblatt war ich nicht gekommen. »Gesangbuch für evangelisch-lutherische Gemeinden im russischen Reiche«, gedruckt 1898 in Sankt Petersburg auf Verfügung des Evangelisch-Lutherischen General-Konsistoriums. Die Worte lasen sich für mich wie die Hinterlassenschaft einer längst untergegangenen Welt.

»Dann ist es auf ihren Sohn übergegangen«, fuhr Erika fort. »Weischt, mein Oskar hat auch eine gute Singstimme gehabt, aber Kirchenchöre hat's ja in unserer Jugend keine mehr gegeben. Des Büchle ist weit herumgekommen. Es könnte viele Geschichten erzählen.«

»Das kannst du doch auch.«

Oma Erika breitete schweigend den Inhalt des Besteckkastens vor sich aus. Sie hatte vor Jahren die Innenverkleidung herausgenommen, in der Messer, Löffel und Gabeln geordnet lagen, um mehr Platz für ihre Heiligtümer zu schaffen.

»Net viele. Nur eine. Die Geschichte von Oskar und Erika Schmidt. Und des hier sind ihre Zeugen. Ein paar Fotos, ein abgegriffenes Liederbuch und die Erinnerungen in meinem Kopf. Mehr ist net geblieben.«

13

Ich hatte noch genügend Zeit, um mir die Hände waschen zu gehen. Viele Krankheiten werden über Münzen, Türklinken und Tastaturen an öffentlichen Telefonen übertragen. Ich nahm das mit dem Händewaschen sehr ernst, obwohl ich die Erfahrung gemacht hatte, dass es nicht wirklich etwas brachte.

Im Eingangsbereich der Bahnhofstoilette stand ein Tisch mit einem weißen Teller drauf. Der Anblick des einsamen Groschens darin löste bei mir ein schlechtes Gewissen aus. Ich fühlte mein letztes Markstück in der Tasche und versuchte, unauffällig zum Waschbecken zu gelangen.

Im Spiegel blickte mir ein blasses Gesicht entgegen, das nicht halb so leidend aussah, wie ich mich fühlte. Als Rudi und ich noch ein Paar waren, hatte er mich des Öfteren gefragt, warum ich mich denn wegen jeder Unpässlichkeit so anstellen müsse. Das kenne er sonst nur von Männern. Und ich sagte, das sei nicht die Reaktion, die sich eine Frau von einem Mann wünsche, worauf er nur mit den Schultern zuckte.

Rudi war ein Verfechter der Hausmittelmedizin. Er schwor auf heiße Fußbäder und Gurgeln mit Salzwasser, während ich Medikamente mit lateinisch klingenden Namen bevorzugte. Als eines Tages der Katastrophenfall eingetreten war, dass kein Aspirin im Haus war, brachte mir Rudi, statt zur Nachtapotheke zu fahren, ein Glas warmes Bier und schickte mich damit ins Bett. Einmal das Zeug im Magen, hatte ich es kaum ins Bad geschafft, um mich zu übergeben.

Ich hätte schon damals wissen müssen, dass sich daraus über kurz oder lang unüberbrückbare Differenzen ergeben würden. Aber es klang schön, jemandes Lebensgefährtin zu sein. Und der himmelblaue Briefumschlag aus dem Westen wartete in meinem Schreibtisch seit Jahren auf seinen Empfänger. Ich hatte das Gefühl, er hätte nun lange genug dort gelegen. Er war ja Anfang der Neunziger nichts Besonderes mehr, in jedem Schreibwarenladen gab es Dutzende ähnlicher Modelle zu kaufen.

Rudi sagte, er mache etwas mit Autos. Import/Export und so, ich wisse schon. Auf seiner Visitenkarte stand Rudi Bauer, *Unternehmer*. Genauer wollte er seinen Beruf nicht definieren. Zur Wende-Zeit hatte er ein Semester Elektrotechnik studiert, lang genug, um sein mangelndes Verständnis für Schaltkreise festzustellen. Da war nichts zu machen, und sein Professor vertrat zudem die Meinung, ein künftiger Ingenieur studiere nur für den Eintritt in die Arbeitslosigkeit. Als Unternehmer war Rudi oft lange unterwegs und mein Leben als Lebensgefährtin ziemlich einsam. Die Zeit zwischen den Wochenenden überbrückte ich hauptsächlich mit Warten auf Freitagabend, und die Abende verbrachte ich ab und zu in Gesellschaft von Bianca.

Bianca und ich hatten uns Ende der achtziger Jahre in einem Abendkurs an der Dresdner Kunstakademie kennen gelernt. Als sie mich das erste Mal zu Hause besuchte, fragte sie, nachdem sie sich länger in der Wohnung umgeschaut hatte, was wir denn aus Russland mitgebracht hätten. Sie hatte Gegenstände gemeint, Andenken, Souvenirs, was man halt so mitbringt aus anderen Ländern. Dinge, die sie offenbar in unserem Haushalt zu sehen erwartet hatte. Ein paar Matrjoschkas in der Vitrine und einen Samowar statt Teekessel auf dem Herd.

Aber ich hatte sie missverstanden. Vielleicht wollte ich sie missverstehen. Ich sagte etwas von einem »Rucksack voller Erinnerungen«. Erst als Bianca scherzhaft »Zeig her« sagte, fiel mir auf, wie doppeldeutig der Begriff war. Schließlich war ein Rucksack etwas, das man nach Belieben ablegen konnte. In diesem speziellen Fall befanden sich aber die Erlebnisse einiger Generationen darin, ein Erbe, das mir zunehmend zur Last fiel, je mehr ich darüber erfuhr. Aber es war einfach da, und niemand hatte mich zuvor gefragt, ob ich dieses Erbe annehmen oder ausschlagen wolle. Hat das Leben nicht etwas von einem Staffellauf? Deine Eltern drücken dir etwas in die Hand, und du musst damit weiterrennen. Du kannst es nicht wegwerfen, weil es wie Pech an dir kleben bleibt, nur eines Tages an die eigenen Kinder weitergeben, ob diese es wollen oder nicht. Das einzige, was du machen kannst, ist, diesen unerwünschten Nachlass in einen imaginären Rucksack zu packen und festzuschnüren. Und wenn er nicht mehr bei jedem Schritt heraushüpft, dann könnte man mit der Zeit vielleicht sogar das Gefühl bekommen, da sei nichts Sperriges im Rücken.

Aber das konnte ich Bianca unmöglich erklären. Ich verstand es ja selbst nicht so ganz. Es war mir jedenfalls nicht gelungen, meine Theorie des perfekten Verpackens von Erinnerungen Oma Erika zu vermitteln. Sie musste ja ihren Rucksack ständig auf und zu machen, als ob sein Inhalt ihr einziger Besitz wäre und jeden Tag eine Inventur anstünde. Statt es wie Vater zu machen und einfach mal ein Buch zu lesen. Oder wie Mutter, die sich je nach Lebensabschnitt eine neue Identität ausdachte. Weil sie die Erinnerung daran, unter Stalin zu den »sozial gefährlichen Elementen« gezählt zu haben, am liebsten aus ihrem Rucksack hinausgeworfen hätte. Da diese sich jedoch nicht entfernen ließ, verbannte Mutter sie nach ganz unten und stapelte wahllos andere Erfahrungen drauf, damit ja kein Stäubchen vom Grund mehr hochkäme. Am liebsten hätte sie eine Betonschicht dazwischen gegossen, aber dann wäre der Rucksack untragbar schwer geworden.

Auf dieses Fundament hatte Mutter ihre neue Biografie gepflanzt. Mit der Hilda/Galina Bachmeier von einst, dem Kind von Deportierten, hatte sie ein für allemal abgeschlossen. Sie war nun Hilde Schmidt, ein Mädchen aus New York, und ich hatte den Verdacht, dass sie dabei nicht mehr an das Kaff mit den ungepflasterten Straßen in der ukrainischen Provinz dachte, sondern an Wolkenkratzer und eine Insel, auf der die Freiheitsstatue stand.

Ich wechselte schnell das Thema, um Bianca nicht antworten zu müssen. Den letzten Samowar hatte Mutter ohne die Verpackung zu öffnen gleich an einen Kollegen weiterverschenkt, der in den Ruhestand verabschiedet wurde. Er hätte nun wahrlich genug Zeit, um daraus Tee zu trinken. Der Kollege zeigte sich freudig überrascht, obwohl er eigentlich mehr dem Kaffee zugeneigt war. Aber so ein goldglänzender Samowar machte sich gut als Dekoration. Wir hatten ihn auch schon als Hochzeitsgeschenk erprobt. Fast jeder Gast aus Russland, der uns im Laufe der Jahre besucht hatte, brachte einen Samowar mit, natürlich nachdem wir vorher darum gebeten hatten, doch bitte nichts mitzubringen.

Bianca hatte von uns beiden ohne Zweifel das größere künstlerische Talent, aber das störte unsere Freundschaft nicht. Vor der Wende hing sie viel mit kubanischen Studenten herum und redete eine Zeit lang sogar davon, mit einem von ihnen nach Kuba auszuwandern. Dort schien wenigstens die Sonne häufiger. Ihr Freund teilte diese

Zukunftspläne nicht, ihm schien an der kubanischen Sonne genauso wenig gelegen zu sein wie mir.

Bianca machte sich nichts daraus. Manchmal lud sie mich sogar ein, mitzukommen und gemeinsam mit ihr am Strand von Varadero Touristen zu malen. Weil meine Porträts dank meiner exakten Pinselführung große Ähnlichkeit mit Fotografien hätten, würde ich damit sicher großen Erfolg haben, behauptete sie, und mir vielleicht sogar einen Amerikaner oder Kanadier schnappen können! Sie wäre mit einem Kubaner völlig zufrieden. Sie könne im Gegensatz zu mir *sehr gut* damit leben, New York niemals zu Gesicht zu bekommen.

»Ist ja gut«, sagte ich. Bianca spielte auf einen Ausflug an, den ich unternommen hatte, ohne ihr etwas davon zu sagen. Ein geheimer Plan hatte mich kurz nach meinem achtzehnten Geburtstag im Alleingang nach Berlin geführt.

Eine halbe Stunde lang war ich vor der amerikanischen Botschaft in der Neustädtischen Kirchstraße herumgeschlichen, bevor ich mich traute hineinzugehen. Der Sicherheitsbeamte am Eingang fragte mich, in welcher Angelegenheit ich vorsprechen möchte. Der Brief, der mein Anliegen ausführlich beschrieb, lag gefaltet in meiner Tasche. Aus Angst, abgewiesen zu werden, stotterte ich etwas von einer »Autogrammadresse einer berühmten Person«, nach der ich mich erkundigen wolle. Wider Erwarten lächelte der Mann freundlich. Er hoffe, dass man mir am Empfang weiterhelfen könne. Ich müsse vorher nur die Sicherheitsschleuse mit dem Metalldetektor passieren.

Ich legte meine Jacke, die Tasche mit Schlüsselbund und Geldbörse ab und tat wie mir geheißen. Der Detektor schlug an. Ob ich wirklich an alles Metallische gedacht hätte, fragte der Botschaftswächter, nun etwas weniger freundlich. Ich nickte verunsichert. Vielleicht die Ohrringe? Ich entledigte mich des Schmucks, der Haarklammer und des Gürtels. Der Metalldetektor piepte bei meinem Durchtritt erneut.

Der Sicherheitshüter schaute mich streng an. Ob ich mich über ihn lustig machen wolle?

Aber nein, auf gar keinen Fall, stammelte ich.

Ich solle meine Schuhe ausziehen, sagte er. Eingeschüchtert stellte ich meine Schuhe beiseite. Das verdammte Ding piepte wieder.

Bestimmt sei es mein Hosenknopf, beeilte ich mich zu versichern, ob er ein Messer für mich hätte?

Mein Gegenüber sah mich entgeistert an. Ein Messer?!

In meiner Verzweiflung riss ich mit einem Ruck den Knopf ab, drückte ihn dem Mann in die Hand und durchschritt nochmals die Sicherheitsschleuse. Sie blieb still.

Erleichtert lächelte ich den Mann an.

Drinnen an der Empfangstheke wurde ich wieder zuvorkommend nach meinen Wünschen gefragt. Die Aufregung hatte jedoch alle meine zurechtgelegten Sätze ausgelöscht. Verloren drückte ich meine Tasche an mich und versuchte, mich an mein Notfallprogramm zu erinnern. Um die Situation zu retten, nuschelte ich wieder etwas von einer Autogrammadresse. Die nette Dame fragte nach dem Namen. Natürlich, der Name! Ich nannte aufs Geratewohl irgendeinen Hollywoodstar. Robert Redford, sagte ich, ich sei ein Fan von Robert Redford. Sie bedauerte, dass sie dessen Adresse nicht vorrätig hätten. Ich solle mich direkt an einen amerikanischen Fernsehsender wenden. Ja, gute Idee, genau das werde ich tun, thank you very much, sagte ich und trat den Rückzug an.

Kurze Zeit später kam ich am Sicherheitsbeamten vorbei und nickte ihm flüchtig zu. Dann war ich wieder draußen. Ich fühlte noch im Rücken, wie er mich finster musterte, aber es spielte keine Rolle mehr. Als ich Unter den Linden entlang lief, blickte ich nicht ein einziges Mal hinter mich, um zu sehen, ob ich verfolgt wurde. An einem Briefkasten blieb ich stehen, zerrte den Brief aus meiner Tasche, schrieb in Druckbuchstaben meinen Absender drauf und warf den Umschlag ein. Nun war alles egal. Ich hatte es vermasselt.

Es war nie eine Antwort gekommen, aber Bianca konnte es nicht lassen, mich beinahe täglich zu fragen, wann ich meine Koffer packen könne, um die »Dame mit der Dornenkrone« zu besuchen.

Letztendlich hatte der Abendkurs an der Kunstakademie uns beiden nichts gebracht. Weder meine exakte Pinselführung (die damals noch von keiner höheren Instanz bemängelt worden war) noch Biancas großes Talent überzeugten die Prüfungskommission, uns zum Direktstudium zuzulassen. Bianca fand das nicht weiter tragisch. Was interessierte es die Touristen am Strand von Varadero, ob sie ein Diplom in Kunst hatte oder in Abfallwirtschaft, solange die Proportionen stimmten?

Leicht enttäuscht nahm ich eine Lehre als technische Zeichnerin bei einem Institut der Akademie der Wissenschaften der DDR auf. Das hatte nur entfernt etwas mit Kunst zu tun, aber mit Zeichnen schon. Immerhin lernte ich dort den Umgang mit Skribent und Tusche.

Bianca wollte sich dagegen nicht festlegen. Sie lehnte alle Angebote ihrer genervten Berufsberaterin ab und hoffte, ein Jahr irgendwie herumzubringen, um sich dann erneut an der Kunstakademie zu bewerben. Oder wahlweise nach Kuba auszureisen, was jedoch wenig wahrscheinlich war, da ihr Freund sein Studium noch lange nicht beendet hatte. Schließlich bot ihr jemand, der im Halbdunkel eines Studentenclubs gegen das Wummern der Box anbrüllen musste, für die Sommermonate eine Beschäftigung als Statistin an der Felsenbühne Rathen an. Als Bianca endlich verstanden hatte, was der Typ von ihr wollte, ließ sie sich seine dienstliche Telefonnummer geben und ging ganz in der Vorfreude auf, bald auf der Bühne zu stehen und Theaterluft zu atmen.

An den Wochenenden gingen wir mit Bianca und ihren Kubanern in die Neue Mensa tanzen. Ich langweilte mich dabei ein bisschen. Biancas Freunde studierten Wasserwesen oder Forstwissenschaft – für ihre eigene und die glückliche Zukunft Kubas. Während sie kaum die Tanzfläche verließen, saß ich an der Bar, trank wegen meiner empfindlichen Mandeln mit den Händen angewärmte Vita Cola und ließ mich von fremden Männern fragen, warum ich so traurig sei. Oft bestellten sie für mich eine zweite Vita Cola. Meistens vergaßen sie dem Barkeeper zu sagen, dass ich keine Eiswürfel drin haben wollte, und dann hatte ich zu tun, diese möglichst unauffällig aus dem Glas zu fischen und in einen Blumentopf zu werfen. Manchmal entsorgte ich die schmelzenden Eisstückchen auch in den Aschenbecher, worüber der Barkeeper fluchte, weil die Asche darin kleben blieb und er sie ausspülen musste. Meine Hände klebten dann auch, und ich fand das alles sehr unangenehm, was zu einer gewissen Einsilbigkeit führte, die meine Gesprächspartner irritierte.

Später in der Nacht ging ich zu Wodka-Cola über. Bianca kam ab und zu verschwitzt an die Bar, um einen Schluck aus meinem Glas zu trinken. Während wir uns den Alkohol schwesterlich teilten, sagte ich zu ihr, sie solle sich das noch mal überlegen, das mit Kuba. Sonne und Strand seien zwar gut und schön, aber machte es wett, das ganze Jahr über zähe unansehnliche Kuba-Orangen essen zu müssen?

Bianca ließ sich nicht beeindrucken. Machte etwa die Orangensorte das Lebensgefühl aus? Sie tanzte weiter Salsa mit José und lachte über meine Versuche, bei Ignacio und Manuel mehr Spanisch zu lernen als »tienes ojos azul como el cielo«.

1988 war ich mit Bianca auf dem Dresdner Weihnachtsmarkt verabredet. Statt am vereinbarten Treffpunkt fand ich sie in einer Schlange, die nach *richtigen* Orangen anstand, rationiert zu einem Kilo pro Person. Vor den anderen Kunden tat ich, als gehöre ich zu Bianca, aber die Frau hinter uns wollte das nicht akzeptieren. Sie wurde fast handgreiflich, um mich aus der Schlange hinauszudrängen. »Stellen Sie sich gefälligst wie jeder anständige Mensch hinten an!«

Ein Blick zurück. Ach, hinten war so weit weg! Der Stapel mit den geleerten Orangenkisten wuchs vor meinen Augen in die Höhe. Ich gab auf.

»Tut mir leid, dass du keine abbekommen hast«, sagte Bianca, fröhlich ihr Kilo Orangen im Netz schwingend.

»Macht nichts«, sagte ich ohne das geringste Zittern in der Stimme. »Ich finde die kubanischen sowieso saftiger, auch wenn sie nicht so eine hübsche Farbe haben.«

Die Personalabteilung meines Lehrbetriebes bat mich zum Gespräch. Es ging darum, dass ich ja zu Beginn der Ausbildung versprochen hätte, die sowjetische Staatsangehörigkeit zugunsten der DDR-Staatsbürgerschaft abzulegen. Man wolle mich nicht drängen, aber gewisse Projekte, an denen ich künftig im Auftrag der Akademie der Wissenschaften arbeiten solle, bedürften besonderer Sicherheitsmaßnahmen, wenn ich verstehe, was sie meinen... Eine reine Formsache, nur für die Akten. Ich würde es mir überlegen, sagte ich und fand doch den Weg in das sowjetische Konsulat nach Leipzig zu weit und die fällige Gebühr zu hoch. Wie hätte ich ahnen können, dass diese Summe bald eine zigfache Steigerung erfahren würde?

Bianca hielt große Stücke auf ihre Kosmetikerin, bei der sie sich nach mehreren schlechten Erfahrungen wegen ihrer sensiblen Haut endlich in guten Händen wähnte. Sie hatten sich auch privat angefreundet, manchmal kam Conny mit auf unsere Kneipentouren. Conny malte in ihrer Freizeit »ein bisschen«, überwiegend Akte von Frauen mit den Proportionen einer Barbie. Die Frauen hatten immer vom Betrachter abgewandte Gesichter, weil Conny sich damit nicht aufhalten wollte – nach eigener Aussage malte sie lieber das, »worauf es ankam«, nämlich »Titten und Ärsche« und wallende Haarmähnen. Um alles auf einmal hinzubekommen, nahm sie keine Rücksicht auf Perspektiven, oft sahen ihre Akte irgendwie verrenkt aus. Bianca war zu höflich, ihre Freundin darauf hinzuweisen, und lobte Conny für ihr Talent. Im Gegenzug steckte ihr Conny Creme-Pröbchen aus dem Westen zu.

Seit Jahren ging Bianca einmal monatlich zu Conny ins Kosmetikstudio, immer abends, um danach mit von der Behandlung gerötetem und aufgedunsenem Gesicht den Schönheitsschlaf zu schlafen.

Im August 1989 kam sie abends bei mir vorbei, obwohl sie in dieser Zeit bei Conny hätte sein müssen. Sie hatte auch nicht die typischen roten Flecke im Gesicht. Für Farbe sorgte ihre Erregung. Ihr Atem ging schnell als wäre sie durch die halbe Stadt gerannt.

»Der Termin ist geplatzt!« Bianca schob mich beiseite, füllte kaltes Leitungswasser in ein bereits benutztes Glas, das in meiner Küche herumstand, und trank es in einem Zug leer. Ich schaute Bianca an und wartete auf Erklärungen. Innerlich tippte ich auf irgendeine ihrer vertrackten Liebesgeschichten, für die Conny ein Händchen hatte und die stets mit einer Haltbarkeitsdauer von weit unter drei Jahren angelegt waren.

»Conny ist weg! Abgehauen in den Westen, ohne mir ein Wort zu sagen. Über Ungarn.«

Obwohl ich damit nicht gerechnet hatte, war die Überraschung auf meiner Seite nicht wirklich groß. Auch bei mir im Institut hatte ich von einigen Kollegen gehört, die nicht aus den Ferien zurückgekehrt waren. Offiziell hieß es, sie hätten auf Antrag ihren Sommerurlaub verlängert bekommen.

Bianca sah mit glasigen Augen an mir vorbei. »Das ist der Moment, an dem ich mich frage, ob wir nicht auch … Hörst du mir zu, Alina?«

»Ja, klar.«

»Also ich frage mich, ob wir nicht auch … rübermachen sollten. Und zwar schnell. Bevor es wieder vorbei ist. Was denkst du? Wir beide. Zusammen geht's leichter. Wir haben doch nichts zu verlieren. Denk an New York!«

Für ein paar Sekunden erschien mir Biancas Vision verlockend. Ich sah die Grenze zum Greifen nahe. Auf der anderen Seite wartete das Leben. Das lebendige, wahre Leben, keine Attrappe.

Vielleicht hatte ich zu lange und zu angestrengt in den Spiegel geschaut. Meine rotgeränderten Augen brannten. Ich nahm ein Papierhandtuch aus dem Spender, feuchtete es mit kaltem Wasser an und drückte es gegen die Stirn.

Es war Zeit zurückzugehen.

14

Seit Oma Erika von ihrem Westbesuch zurückgekehrt war, befand sich Vater in gedrückter Stimmung. Seine Pläne waren nicht aufgegangen, Erika hatte sich hartnäckig geweigert, in seine »illegalen Machenschaften«, wie sie die von ihm verordnete Übersiedlung in den Westen nannte, einzuwilligen.

Bei jedem Zusammentreffen drehten sich ihre Gespräche um dasselbe Thema. Wochenlang hörte ich unfreiwillig mit, weil ihre Stimmen bis in mein Zimmer drangen. Sie waren wie zwei Schauspieler, die für ihre Rollen übten; bald wusste ich, welches Wort aufs nächste folgte.

»So ebbes kannst du net von mir verlangen, Albert! Was hätten wir denn gewonnen, wenn ich einfach so drüben geblieben wäre? Nichts außer einer erneuten Trennung auf unbestimmte Zeit und einem Haufen Ärger. Und ich wäre schuld gewesen. Ich bin ja immer an allem schuld gewesen.«

»Aber Mutter!«, warf Vater mit leichter Verzweiflung ein.

»Koi Aber, Albert! Wie konntest du nur annehmen, die DDR-Behörden würden dich postwendend zu deiner republikflüchtigen Mutter ziehen lassen? Denn das wäre ich dann: eine Republikflüchtige! Dazu wolltest du mich machen! Zu einem *Flüchtling!* Aber das ist vorbei! Nie wieder lass ich mich mit nichts außer einem Bündel in der Hand irgendwohin abschieben!«

»Aber Mutter! Niemand will dich abschieben!«

Es war langweilig, ihnen zuzuhören. Ich stellte es mir reizvoll vor, ohne Ballast in ein neues Leben aufzubrechen. Wer ging schon mit einer Lkw-Ladung voller Tand von zu Hause fort, wenn es galt, schnell und leichtfüßig zu sein? Die Freiheit, die auf einer Insel im Meer steht, trägt auch keinen Koffer bei sich.

Und ich durchsuchte in Gedanken mein Zimmer nach Dingen, die mir teuer waren. So teuer, dass ich nicht auf sie verzichten wollte, egal wo ich hinginge. Ich fand nicht viele, das war beruhigend.

Irgendwann reagierte Erika nicht mehr auf Vaters Vorwürfe. Außerdem hatte sie eine Reisetasche voller Westgeschenke mitgebracht, das sollte uns wohl versöhnlich stimmen. Vater entschied sich dafür, seiner Mutter eine Ruhepause zu gönnen und sie nicht weiter zu bedrängen.

An den Wochenenden verschwand er immer häufiger ganztägig und kehrte mit Dingen zurück, die es in der Kaufhalle bei uns um die Ecke nicht gab. Er mache Spaziergänge in der Dresdner Heide – wegen der guten Luft, erklärte er auf Nachfrage, und bot mir eines Tages an mitzukommen.

Wir verließen die Straßenbahn an der Haltestelle vor dem Parkhotel. Von der Ecke aus, an der sich die Stechgrundstraße mit der Bautzner Landstraße kreuzte, konnte man schon in den Wald hineinsehen. Unser Spaziergang endete jedoch jäh an einem hohen Metalltor, das von bewaffneten Sowjetsoldaten bewacht wurde. Von ihrer Uniform und den Gewehren beeindruckt, hielt ich mich lieber hinter Vaters Rücken und fragte mich, was wir hier zu suchen hatten. Die Soldaten begrüßten Vater wie einen alten Bekannten und ließen uns nach kurzem Wortgeplänkel auf Russisch bereitwillig durch. Hinter der Umzäunung befand sich in einem Park gelegen das sowjetische Militärkrankenhaus und diese abgeriegelte Welt kam mir auf den ersten Blick seltsam vertraut und gleichzeitig fremd vor.

Vater steuerte durch den Park auf einen unauffälligen Eingang zu, durch den wir einen kleinen Gemischtwarenladen betraten. Wie ich an seiner Begrüßung hörte, war er mit der Verkäuferin hinter der Ladentheke schon per Du. Mich stellte er als seine Tochter vor.

»Na das ist ja schön, dass du sie endlich mal mitbringst!«, sagte Walja, die für mich alle typischen Zeichen ihres Berufsstandes in sich vereinte. Die Leibesfülle, das toupierte Haar und diese Ausstrahlung von Allmacht, der ich mich augenblicklich ausgeliefert fühlte. »Na sag, Täubchen, haben dir die Karamelki geschmeckt, die ich deinem Vater letztens mitgegeben habe?«

Ich erinnerte mich vage an die klebrigen Karamellbonbons, die Vater neulich von einem seiner Spaziergänge durch die Dresdner Heide mitgebracht hatte. Ich mochte sie nicht essen, aber Walja verströmte neben ihrer Autorität einen so betäubenden Parfümgeruch, dass ich nur schwach nicken konnte.

»Na fein, meine Gute.« Sie tätschelte mir die Wange.

»Und, was soll's denn heute sein, mein Guter?«, wandte sie sich an meinen Vater.

»Alina kann sich was aussuchen. Ich nehme das Übliche. Georgisches Heilwasser ist doch das beste.«

Walja nahm hinter der Kasse Platz. »Sechs Flaschen wie immer?«

»Ja, und noch einen Flakon Krasnaja Moskwa, in meinem jetzigen ist nicht mehr viel drin.«

Walja gab die Preise ein. »Und du, mein Täubchen?«

Ich löste meinen Blick von ihren rotlackierten Fingernägeln und betrachtete das Sortiment.

»Hier, ganz frisch: Buttercremetörtchen. Magst du die?

Sahneröllchen haben wir auch. Oder lieber was Herzhaftes?«

Ich nahm die Buttercremetörtchen. Sie sahen aus wie kleine bunte Schlosstürmchen. Ich konnte es nicht abwarten und aß eins draußen im Park, während Vater noch mit der Verkäuferin redete. Die Buttercreme schmolz in meinem Mund. Ich wischte mir die fettigen Finger am Gras ab.

Vater kam mit vollgepackten Tüten heraus. Er wirkte unbeschwert wie schon lange nicht. Mir war aufgefallen, dass er in letzter Zeit nicht mehr so oft vom Westen sprach. Vielleicht tat ihm ein wenig Abstand ganz gut.

Das Thema kam erst wieder auf den Tisch als die Geschichte mit Irmas Scheidung anfing. Leider war das kurz vor unserem geplanten Sommerurlaub am Scharmützelsee. Ohne Irmas Scheidungstermin abzuwarten, begann Mutter bereits Pläne zu schmieden, wie man aus Marina am geschicktesten eine Marie machen könnte. Sie würde weder Behördengänge noch Kosten scheuen, um für ihre Enkeltochter den Namen zu erkämpfen, der ihr vorschwebte: Marie Schmidt statt Marina Sergejewna Posdnjakowa. Mit Letzterem könne das arme Kind doch nur unglücklich werden.

Vater zeigte sich besorgt, verlor kein Wort mehr über unseren Urlaub und sprach nur noch davon, dass Irma als verlorenes Schaf familiären Beistand brauche.

»Was für eine Schnapsidee, einen Ausreiseantrag in die Bundesrepublik zu stellen, während ihre gesamte Familie in der DDR festsitzt! Hast du sie darauf gebracht, Hilda?«, fragte er Mutter streng.

»Du weißt ganz genau, dass *deine* Tochter sich nichts von mir sagen lässt! Von dir übrigens auch nicht!«

»Sie verstrickt sich damit nur in Schwierigkeiten. Jemand muss sie davon abbringen, bevor es zu spät ist.

Ihr Platz ist hier und nicht in Hannover. Jedenfalls nicht, solange *wir* noch *hier* sind.«

»Aber wenn Irma in Hannover ist, dann könnten wir doch auch...«

»Nein, nein, nein! Das kommt überhaupt nicht in Frage. Entweder wir machen diese Reise gemeinsam oder gar nicht.«

Es war schnell klar, wer sich als einziger in der Lage sah, Einfluss auf Irma nehmen zu können, nämlich unser Familienoberhaupt selbst. Vater wollte auch mit seinem früheren sogenannten Schwiegersohn ein Wörtchen reden. Denn er sei sich sicher, *jenem* Sergej gehe es bei seiner Verweigerungshaltung doch gar nicht um das Wohl seines Kindes, sondern nur darum, Irma möglichst viele Fallstricke in den Weg zu legen, den sie ohne ihn zu gehen gedachte.

»Daran tut sie natürlich ganz recht, ich werde ihr unsere volle Unterstützung anbieten ... auch wenn es am Anfang in drei Zimmern eng werden sollte, sie ist unsere Tochter.«

»Hör doch mit dieser Augenwischerei auf, Albert! Irma ist erwachsen. Du wirst sie nicht überzeugen können, dass dein Plan der bessere ist. Außerdem hat er doch auch für uns nicht funktioniert...«

»Was heißt nicht funktioniert – es war alles bestens durchdacht! Mutter hätte nur nicht an Weihnachten fahren dürfen, das hat sie rührselig gemacht. Jedes andere Datum, aber nicht Weihnachten! Bitte erinnere mich nicht daran!«

»Das heißt, du fährst?«

»Ich fliege.«

»Und was wird aus unserem Urlaub?«, wagte ich zu fragen. Vater sah mich an, als hätte er meine Existenz für einen Moment komplett vergessen.

»Den holen wir nach. Nun mach nicht so ein Gesicht, Alina! Was du nicht kennst, wirst du auch nicht vermissen. Manche familiären Angelegenheiten dulden keinen Aufschub. Es ist sowieso an der Zeit, meine Enkeltochter kennen zu lernen. Wenn ich wieder zurück bin, fahren wir alle zusammen in die Ferien, gut? Die ganze Familie, vier Generationen, das wird toll.«

Ich sagte nichts. Was hätte ich auch sagen können. Es ging alles so schnell.

»Das wird doch nie was«, hörte ich Mutter flüstern, aber es war nicht als Trost gedacht.

Vater buchte einen Flug von Berlin nach Moskau und von dort nach Mineralnyje Wody, packte den Koffer, der für unseren Urlaub vorgesehen war, und verabschiedete sich von uns, um Irma in den Schoß der Familie zurückzuholen.

Er war kurz vor Ende des Schuljahres abgereist. Auf dem Zeugnis glänzte ich mit Fehltagen wegen Krankheit.

Drei Wochen später – ich hatte trotz allem den Traum vom Urlaub am Scharmützelsee noch nicht aufgegeben – traf von Vater eine rätselhafte Nachricht ein. Unvorhergesehene Ereignisse zwängen ihn, seinen Aufenthalt in der Kabardino-Balkarischen Sowjetrepublik zu verlängern.

Mutter zuckte mit den Schultern. »Wahrscheinlich hat er sich den Pass klauen lassen. Oder das Rückflugticket. Oder beides. Würde mich nicht wundern.«

Als ich die Neuigkeit Oma Erika erzählte, ließ sie ihr Rosinenbrötchen fallen und schnappte besorgt nach Luft.

»Des sieht ihm aber gar net ähnlich! Russland ist groß, da sind schon viele verschollen. Wenn ich nur an meinen Oskar denke! Aber jetzt auch noch mei Albert?«

Sie erhob sich, lief ein paar Schritte auf und ab und blieb am Fenster stehen. Was sie dort sah, wusste ich nicht, aber ich vermutete, es war nicht das Fabrikdach von gegenüber.

»Weischt, Alina, koi Tag vergeht, ohne dass ich dran denke. Zehn Jahre wollte ich auf meinen Oskar warten. Hab net daran geglaubt, dass er den Herztod oder am Schlag gestorben sein soll wie die anderen, er war doch ein gesunder und kräftiger Mann. Aber 1947 waren die zehn Jahre um, und er war net hoimgekehrt. Dann hab ich mir gesagt, das hat doch einen Grund, das war ja nur das Mindestmaß, vielleicht hat er koi zehn, sondern 25 Jahre bekommen? Vielleicht hat er uns auch einfach net gefunden. In dieser Zeit war ich mit Albert durch halb Europa gewandert und in der Taiga angekommen. Da habe ich beschlossen, noch 15 Jahre bis 1962 zu warten oder bis sie mir die Todesurkunde schicken. Er war doch mein Mann. Wo immer er noch am Leben wäre, er würde mich finden. Es hätte halt dauern können. Kam net drauf an, wie lange.«

Sie wühlte in den Taschen ihres Hauskittels aus Dederon. Davon gab es landesweit ungefähr drei Modelle in verschiedenen Farben. Mutter hatte sich auch einen gekauft, damit sie sich weniger von den Nachbarinnen unterschied.

Ich dachte, Erika brauche ein Taschentuch, und schaute mich nach einem um, aber das war es nicht. Sie versuchte einfach, ihre Hände zu beschäftigen.

»Weischt, es ist sicher alles meine Schuld. Der Junge ist ohne Vater aufgewachsen, und ich habe ihn bitter enttäuscht.«

Sie hielt den Blick weiterhin auf irgendeinen Punkt hinter der Fensterscheibe gerichtet. Ich blieb still. Wieder dieses Gefühl, lieber an einem anderen Ort sein zu wollen. Woher es nur kam. In einem war ich mir sicher: Irgendwann wollte ich mir keine traurigen Geschichten mehr über betrogene Hoffnungen anhören. Ich wollte mich nicht betrügen lassen. Ich wollte nicht ohne Ziel auf einem steuerlosen Schiff segeln.

»Heute denk ich, ich hann zu lange gewartet«, sagte Erika so leise, dass ich sie kaum verstehen konnte. Ich verspürte einen Hustenreiz im Hals und versuchte, ihn zu unterdrücken, denn ich wollte mich auf keinen Fall bemerkbar machen und sie unterbrechen.

»Immer hab ich so eine Stimme im Inneren gehört, die gesagt hat, warte noch! Manchmal wollte ich ja aufhören mit Warten. Aber es ging net. Warten heißt ja hoffen. Und solange nichts endgültig war, hab ich mich halt an diesen Zustand geklammert. So wie Albert sich an meine Hand geklammert hat, als wir im Januar 1945 in Roßleben angekommen waren. Roßleben an der Unstrut, so heißt der Ort, sagten sie uns. Nie gehört. In Thüringen lag das, das war für mich so gut wie Amerika.

Warten sollten wir, bis die Gemeindeverwaltung uns ein Zimmer zuweist, haben die gesagt. Also hab ich gewartet, den ganzen Tag, in einer Schlange von Leit, alles solche wie wir. Flüchtlinge aus dem Osten. Dann gaben sie mir eine Adresse, aber vielleicht war sie falsch aufgeschrieben. War schon dunkel, als ich mit Albert dort hinkam. Aber keiner hat da auf uns gewartet. Der Hausherr hat gemeint, er wolle keine Flüchtlinge im Haus, er brauche das Zimmer für sich selbst. Er sei schließlich Offizier bei der Luftwaffe, so einfach lässt er es nicht zu, dass zerlumptes Gesindel sich bei ihm einnistet. Wir sollten zusehen, dass wir verschwinden. Ein feiner Herr, jemand von der Obrigkeit, was hätt ich da machen sollen. Bin wieder zurück zur Gemeindeverwaltung, und das hat gedauert, der Albert war hungrig und müde, hat nur kleine Schritte gemacht. Dort war's leer, die Flüchtlinge aus dem letzten Treck hatten sie alle schon auf Wohnungen im Ort und außerhalb verteilt, nur Albert und ich waren übriggeblieben. Ein Beamter wollte grade die Tür abschließen. Was mache ich jetzt mit euch, hat er kopfschüttelnd gefragt. War ein netter. Eher hätt ich unter freiem Himmel geschlafen, als ihm eine Last zu sein. Wo doch bestimmt Frau und Kinder zu Hause auf ihn gewartet haben. Und weischt, was für ein Segen, gerade da kam eine alte Frau vorbei und sagte, sie hätte noch ein Zimmer frei. Einfach so. Freiwillig, nicht zwangsweise. Frau Kunze hieß sie, hat ganz allein eine Zweizimmerwohnung bewohnt und wollte nicht mehr allein sein, warum auch, wenn es anders ging. Da sind wir also eingezogen, sehr zentral, kann man sagen. Auf der einen Seite vom Haus konnte man den Friedhof sehen, auf der anderen den Adolf-Hitler-Platz. Damals hatte jede Stadt einen Adolf-Hitler-Platz, und der war immer in der Stadtmitte, so hat es mir Frau Kunze erzählt. Die anderen Flüchtlinge aus unserem Dorf haben uns beneidet, manche waren weniger gut untergekommen. Mit Frau Kunze, das ist unser Glück gewesen.

Albert ist in die Schule gekommen, und mich haben sie aufs Land geschickt, zu einem Bauern. Der hatte eine Viehwirtschaft. Schweine, Kühe, ein paar Pferde. Ich hab doch solche Angst vor Pferden. Wo meine Mutter dran gestorben ist. An einer Blutvergiftung. Weil sie die Lederhaut von einem kranken Pferd angefasst hat.«

Den Hustenreiz zu unterdrücken, trieb mir Tränen in die Augen, aber Erika beachtete mich nicht. Obwohl sie scheinbar mich ansprach, hatte ich das Gefühl, sie führe einen Monolog.

»Abends haben wir uns in Frau Kunzes Stube am Ofen gewärmt. Unser Zimmer hatte keinen. Sie hat uns immer gerne reingelassen. Frau Kunze war keine, die Flüchtlinge wie Bettler behandelt hat.

Bei Fliegeralarm ist Albert aus der Schule gerannt gekommen, und wir haben uns im Kohlenkeller zwischen Frau Kunzes Braunkohlebriketts versteckt, obwohl sie uns immer wieder gesagt hat, dass ihr Keller kein Luftschutzraum ist und wenn mal tatsächlich eine Bombe einschlägt, von uns kaum ein nasser Fleck bleiben würde.

Frau Kunze war eine gute Seele. Wer weiß, was ohne sie aus uns geworden wäre. An Alberts zehntem Geburtstag hat sie eine Kaffeetafel gedeckt, und er durfte andere Kinder einladen. Wir Erwachsenen haben Blümchenkaffee mit jeweils zwei Tropfen Milch drin getrunken, die Kinder gesüßtes Wasser. Eine Nachbarin, wie hieß sie gleich noch mal, kam später hinzu und brachte eine Blechdose mit. Gertraud hieß sie, glaub ich, weiter weiß ich nicht mehr.

Das war im Februar 1945. Sie hat gesagt, alles geht dem Ende zu, das könne man schon daran sehen, dass bei einem Marinelager seit kurzem die Tore offen stehen. Jeder könne sich dort bedienen, und wir täten gut daran, nicht zu spät zu kommen und keine Fragen zu stellen. Sie hätte sich schon eingedeckt, und die Plätzchen in der Dose seien ein kleines Geburtstagsgeschenk für Albert. Das waren Armeekekse, knochenhart, aber immerhin. Natürlich haben wir uns das nicht zweimal sagen lassen und sind von unserem Kaffeekränzchen zum Lager rüber gelaufen. Es gab dort noch allerhand zu holen. Ich hab mir zwei Lederanzüge mitgenommen. Für mich und Albert waren sie nichts, aber wer weiß, wozu sie noch gut sein konnten. Auch Bettwäsche hab ich eingepackt, schlichte weiße Militärbettwäsche mit einem farbigen Stempelaufdruck aus Adler und Hakenkreuz drauf. Von allem so viel wie ich tragen konnte.

Weischt, am meisten war ich froh über diese Lederanzüge. Sie haben uns später in der Taiga vor dem Hungertod bewahrt. Ich konnte sie gut gegen Brot und Kartoffeln eintauschen. Und die Bettwäsche war von der Sorte, die ewig hält. Ich brauchte nur den Stempelaufdruck herauszuschneiden und einen Flicken draufzumachen.

Und dann ist der Krieg zu Ende gewesen, Frau Kunzes Keller hat's unbehelligt überstanden, und in Roßleben marschierten die Amerikaner ein.

Eines Tages waren sie da. Albert hat den ganzen Tag mit der Nase am Fensterglas geklebt, er hatte doch noch nie einen Amerikaner gesehen. Frau Kunze und ich auch nicht. Anfangs wollten sie aus Angst vor einem Hinterhalt gar nicht aus ihren Panzern aussteigen, nur ein-zwei Köpfe guckten raus. Schwarze Köpfe. Haben gewartet, bis sich alle Wehrmachtsangehörigen ergeben hatten. Einer hat sich geweigert, die Hände zu erheben, keiner weiß, was in den Mann gefahren war. Hat wie wild angefangen, unverständliches Zeug zu schreien, irgendwas von seinem Führer, und nicht mehr auf Zurufe reagiert. Ich hör's noch heute wie sie geschossen haben. Hab vor Schreck Albert die Hand vor die Augen gehalten und selber zugesehen, wie die Kugeln auch einen halbwüchsigen Jungen getroffen haben, der neben dem Verrückten gestanden hat. Albert hat meine Hand weggestoßen und die beiden unten im Blut liegen sehen. Er war ein bisschen blass. Damit er mir auf keine dummen Gedanken kommt, hab ich ihn fester angefasst, am nächsten Tag hat er blaue Abdrücke von meinen Fingern an den Oberarmen gehabt.

Als erstes haben die Amerikaner das Denkmal am Adolf-Hitler-Platz niedergerissen. Ich glaube, es hat einen Wehrmachtssoldaten mit Gewehr dargestellt, aber sicher bin ich mir nicht. Weischt, ich bin so oft daran vorbeigegangen, ohne es genauer anzusehen, wahrgenommen habe ich erst die Lücke. Sie haben die Statue über Nacht mit dem Gesicht nach unten liegen lassen. Am nächsten Morgen haben wir Blumen drauf gesehen. Jemand muss sie im Schutz der Dunkelheit niedergelegt haben. Am selben Tag haben die Amerikaner die Statue weggeschafft. War ein schweres Ding.

Beim Albert war dann die Schule aus gewesen. Weil sowieso keiner gewusst hat, wie es weitergehen soll, haben sie die Sommerferien vorgezogen. Er hat plötzlich viel Zeit gehabt und sich mit den anderen Jungs auf der Straße herumgetrieben. Die ganze Bande war wild auf Schokolade und Kaugummi, seit sie das Zeug bei den Amerikanern gesehen hatten. Tagelang haben die Lausejungens von nix anderem mehr geredet als davon, wie sie sich das eine oder andere Stückchen verdienen könnten. Statt daheim zu helfen, sind sie jeden Morgen rüber zu den Amerikanern und haben gebettelt, das schmutzige Armeegeschirr spülen zu dürfen. Dafür haben sie dann Weißbrot bekommen. Richtig dicke Scheiben hat der Albert nach Hause gebracht. Das war ein Brot! – flauschig wie Watte und weiß wie Schnee. Da konnte ich ihm auch nicht mehr böse sein, dass er den ganzen Tag nicht daheim gewesen war.

Schokolade und Kaugummi haben die Mädchen bekommen. Weiß nicht, ob sie dafür auch abgewaschen haben.

Ich bin weiter zum Bauern aufs Land arbeiten gegangen, wo sollte ich sonst hin, gezahlt hat er immer pünktlich, wenn auch nicht viel. Jede Woche gab's das Geld genau abgezählt im Umschlag.

Gegen Ende des Sommers hat sich wieder alles geändert. Die Amerikaner waren über Nacht abgezogen, und am nächsten Morgen sind die Russen da gewesen. Ich hab gedacht, ich sehe Geister! Höre plötzlich Leute russisch reden! Hat nicht lang gedauert, da haben schon zwei von den russischen Soldaten bei Frau Kunze an der Tür getrommelt und etwas gerufen. Frau Kunze verstand kein Wort, und ich auch nicht viel, aber ich hab ihr gesagt, es wär besser, sie widerspruchslos in die Wohnung zu lassen. Sie haben nach Wodka und Benzin gerochen und ständig auf ihr Handgelenk gezeigt, um uns klar zu machen, dass sie Uhren wollten. Kann sein, dass uns der Wodka vor Schlimmerem bewahrt hat, man hörte ja allerhand Gerüchte von anderswoher. Die beiden Soldaten konnten sich kaum auf den Beinen halten, aber sie haben alles mitgenommen, was nach Uhr aussah, auch Frau Kunzes kleinen Wecker und die silberne Taschenuhr ihres verstorbenen Mannes, die sie doch so gut versteckt zu haben glaubte!

In unserem Beisein sprachen die Russen kurz darüber, ob es sich lohnt wiederzukommen. Ich tat, als ob ich nix versteh. Wer weiß, wie sie darauf reagiert hätten, auf eine Landsfrau zu treffen, auf eine, die russisch kann? Ob sie mich in Ruhe gelassen oder gleich als Verräterin abgeführt hätten? Nee, das hätte nur Fragen gegeben. Und Uhren hab ich schon lange keine mehr gehabt.

Weischt, ich hab's ganz gut getroffen damals. Die Russen waren nicht wiedergekommen, solange ich noch bei Frau Kunze gewohnt hab. Wenn ich an den Herbert aus meinem Dorf denke: Der hat nix besseres zu tun gehabt, als ein paar russische Soldaten zum Friseur zu führen, nachdem sie ihn auf der Straße angehalten und nach einem *Parikmacher* gefragt haben. Hat der Ochs gleich russisch mit denen gesprochen, und nach dem Friseur haben sie ihn dann als Dolmetscher dabehalten. Haben ihn in die Kommandantur gesetzt, wo er helfen musste, die Leute zu verhören. Hat dem Herbert, scheint's, gut gefallen. Auf der Straße hat er nur noch vom Sieg über Hitler geredet, der die Sowjetunion und unser Heimatdorf in eine blühende Landschaft verwandeln würde, während Deutschland noch für Jahrzehnte unter Trümmern begraben bleiben würde. Das hätte doch jeder Bauerntrampel sehen können, selbst solche wie wir. Schau dich doch um, Sara, hat er zu mir gesagt, überall Ruinen, die Deutschen werden sich nie davon erholen. Was willst du hier? Und dahoim wartet dein Haus auf dich. Willst net dein schönes Haus wiederhaben, Sara? Und jetzt, wo Frieden ist, ist vielleicht auch dein Oskar schon zurück aus dem Arbeitslager. Bestimmt haben sie ihm nur zehn Jahre gegeben, und nun brauchen sie jede fleißige Hand. Begnadigt haben sie ihn, deinen Oskar, jede Wette!

Der Herbert hat mich mit seinen Reden ganz durcheinander gebracht. Mal hat er mich Sara genannt, dann wieder Erika, so wie's im deutschen Papier gestanden hat. Das solle ich mal schnell wegwerfen, am besten verbrennen, aber für meine Zukunft sei Erika allemal besser. Dafür werde ich einmal dankbar sein, hat er gesagt, der Herbert. Ich hab in der Zeit oft an meinen Großvater denken müssen, wie er mir als ich klein war vor dem Schlafengehen aus dem Buch Mose vorgelesen hat: Dann sagte Gott zu Abraham: Deine Frau Sarai sollst du von jetzt an Sara nennen.

Er hat immer erzählt, dass meine Mutter diesen Namen für mich ausgesucht hatte. Meinen Namen abzugeben, war wie das letzte Geschenk meiner Mutter zu verlieren. Was würde wohl Oskar dazu sagen, dass die Frau, die er als Sara geheiratet hatte, von jetzt an Erika hieß? Aber das war ja net das Schlimmste. Wenn ich ihn nur noch einmal sehen und ihm sagen könnte, dass es net das Schlimmste war, seinen Namen zu verlieren!

Irgendwann muss wohl die Saat unbemerkt aufgegangen sein. So wird's gewesen sein, denk ich heute. Ist ja schon so viele Jahre her. Weil der Herbert immer von ›dahoim‹ geredet hat und von unserem schönen Haus, in dem mein Oskar schon sicher auf uns wartet. Und dass Erika so ein hübscher Name sei und dem Oskar bestimmt gefallen würde, das hat er auch oft gesagt.

Weischt, Alina, vielleicht bin ich doch mehr Erika; ich konnte nicht wie Abrahams Sara sein und zur Antwort auf unglaubliche Nachrichten nur ungläubig lachen. Der Herbert hat mir erzählt, dass sich immer mehr Leute aus unserem Dorf zusammenschlossen, um nach Hause zurückzukehren. Wir wollten doch nicht ein Leben lang Flüchtlinge bleiben! Die Russen haben versprochen, für Transportmittel und Proviant zu sorgen. Niemand müsse allein fahren und alles sei organisiert. Um in die Listen aufgenommen zu werden, müsse man sich nur im Lager melden. Der Herbert hat gesagt, wir sollten gleich im Lager bleiben, um dann im Zug die besten Plätze zu ergattern. Wer als Letzter käme, könne vielleicht nicht mehr mitfahren, so viele gäbe es, die in die siegreiche Sowjetunion zurückwollten. Ich würd' schon sehen, dass er Recht hat. Wie zum Beweis hat's bei den Russen in der Lagerkantine gutes Essen gegeben. So gut und reichlich wie während des ganzen Krieges und danach bei den Amerikanern nicht. Nur sein eigenes Besteck hat man mitbringen müssen, und dann konnte man essen so viel man wollte. Klar hab ich mich gewundert und den Herbert gefragt, wo das alles plötzlich herkommt? Aber er hat gelacht und gesagt, Sara, Sara, sieh dir deinen Sohn an, der fragt net, der löffelt!

Alina, ich will dir mal was sagen, weil jetzt ist ja eh alles egal. Der Albert denkt immer noch, jemand hätte uns verraten.«

15

Ein Blick in den Spiegel auf dem Bahnhofsklo zeigte mir, dass ich mir mit dem feuchten Papierhandtuch die letzten Reste Farbe aus dem Gesicht gewischt hatte. Um wenigstens die Schatten unter den Augen zu kaschieren, begann ich in meiner Handtasche nach einem Abdeckstift zu wühlen. Statt dessen hielt ich plötzlich ein zusammengefaltetes Papiertütchen in den Fingern. Im Moment des Erkennens presste ich es an mich und betrat ohne lange zu überlegen die nächste freigewordene WC-Kabine.

Da war er, der letzte Rest, herübergerettet aus meinem alten Leben, sorgsam gehütet für besondere Anlässe und fast vergessen. Es gab für mich nicht den geringsten Zweifel daran, dass die Ankunft meiner Schwester ein besonderer Anlass war.

Mit zittrigen Händen öffnete ich das Tütchen. Vorfreude und Angst vor Enttäuschung verursachten mir ein altbekanntes Herzklopfen. Bis ein paar Kristallkrümel vor mir lagen. Nicht einmal eine Fingernagelspitze voll. Viel zu wenig. Gerade genug, um den bitteren Geschmack mit der Zunge zu schmecken. Vielleicht hatte ich in den letzten Monaten die besonderen Anlässe in Ermangelung echter Ereignisse zu großzügig bemessen; so unbemerkt mussten sie an mir vorbei gegangen sein, dass ich mich an keinen einzigen erinnern konnte.

Langsam ließ ich die Krümel in das WC-Becken rieseln und wartete ein paar Sekunden, bis sie untergegangen waren. Befriedigt über den leisen Anflug von Bedauern, der sich in meinem Inneren einstellte, zerriss ich das Papiertütchen in feine Schnipsel, warf sie hinterher und betätigte die Toilettenspülung. Rudi hatte auf die Kanalisation als eine der sichersten Methoden der Spurenbeseitigung geschworen. Vorher sollte man natürlich das, worauf es ankam, nach Möglichkeit unkenntlich machen, zerkleinern, am besten verbrennen und dann die Asche runterspülen.

Ich sah zu, wie die Fitzelchen zusammen mit den Krümeln im Wasserstrudel verschwanden und fühlte eine seltsame Erleichterung.

Das Rauschen der Spülung in der Kabine nebenan übertönte eine Lautsprecherdurchsage. Erst bei der Wiederholung verstand ich, dass der als verspätet gemeldete Zug aus Warschau »in wenigen Minuten« Einfahrt haben sollte.

Ich warf mir die Umhängetasche über die Schulter, schlug die Tür hinter mir zu, prüfte vor dem Spiegel den Sitz meiner Frisur. Ich hatte es längst aufgegeben, professionelle Hilfe für meine Haare in Anspruch zu nehmen. Sie blieben mir trotz regelmäßiger Anwendung von Volumenshampoo wie eine Badekappe mit Nackenschutz an der Kopfhaut kleben.

Draußen kam ich nach wenigen Schritten außer Atem, blieb stehen, weil die kalte Luft im Hals schmerzte, und sah schon den Zug halten. Menschen mit Gepäck strömten auf den Bahnsteig, hatten es eilig, an mir vorbeizukommen. Ich erntete genervte Blicke, wich trotzdem keinen Zentimeter von der Stelle und reckte den Kopf in alle Richtungen.

Ich erkannte sie nicht. Erst als der Bahnsteig sich gelichtet hatte, sah ich die Frau mit zwei Koffern und einem Kind an der Hand. Während ein Teil von mir sofort wusste, wer sie war, blieb der andere noch leicht zweifelnd auf Distanz. Irma, die Schöne, der Jugendschwarm aller Jungs in unserem Viertel, deren Name neben pfeildurchbohrten Herzen die örtlichen Parkbänke verziert hatte, war einen Kopf kleiner als ich. Sie wirkte rundlich, auch im Gesicht, das von kurzen braunen Haaren umrahmt war und nach dem ich mich auf der Straße vermutlich nicht umgedreht hätte. Etwas an ihrer Erscheinung kam mir falsch vor, nicht so, wie es hätte sein müssen. Nicht so, wie ich es erwartet hatte.

Ihr auf mich gerichteter Blick war ebenso fragend, aber kurz. Dann rief sie – ohne einen Unterton des Zweifels – »Alina!«, so laut, dass es schallte. Sie bedeutete ihrer Tochter, mir entgegenzulaufen, aber das Mädchen hielt den Kopf gesenkt und zierte sich. Ich war eine Fremde für sie. Eigentlich waren wir uns alle fremd, aber als ich auf die beiden zuging, verschob ich diesen Gedanken auf später.

Irma ließ sich von meinem verkrampften Lächeln nicht abhalten und umarmte mich kräftig. Dann standen wir uns gegenüber, das erste Mal seit vielen Jahren, und um das Schweigen zu überbrücken, sagte ich all die Sätze, die ich nie hatte sagen wollen. Wie geht's dir, wie war die Reise, soll ich dir einen Koffer abnehmen?

Und Irma ließ alles unbeantwortet, lächelte mich still an und sagte plötzlich: »Ich hätte nie gedacht, dass du unserem Vater so ähnlich siehst.«

Das war überhaupt nicht das, was ich hören wollte. Mir fiel keine Entgegnung ein, außer einem zaghaften »Wie geht's ihm?«.

»Es geht ihm gut. Er pflegt seine alten Gewohnheiten.«

Bevor ich antworten konnte, begann sie zu erzählen. Es sprudelte nur so aus ihr hervor. Dass Vater immer noch nach *Rotes Moskau* rieche, dem Duft, den wir als Kinder so unerträglich fanden. Dass sie jahrelang geglaubt habe, dieses Parfüm stinke so, weil es ein ursowjetisches Produkt war. Dass sie erst auf der Zugfahrt aus einem Zeitungsartikel erfahren habe, dass dieses Rezept fast hundert Jahre alt sei und es sich dabei um das Lieblingsparfüm der letzten russischen Zarin handele. Die sowjetische Kosmetikindustrie habe es von den Romanows übernommen und dasselbe Wässerchen unter neuem Namen in neu entworfenen Flakons unter die Werktätigen gebracht. Ob ich mich an die gläsernen Miniaturkremltürmchen mit rotem Schraubverschluss erinnere, die bei uns im Badezimmer auf dem Regal gestanden haben? Vater kaufe sie heute noch in unveränderter Form im Gemischtwarenladen.

Ich fragte mich, warum Irma mir das gerade jetzt erzählte, was wollte sie damit andeuten, fiel ihr nichts anderes ein? Vielleicht dachte sie, alles war besser, als sich anzuschweigen.

»Keine Angst, ich benutze es nicht«, fühlte ich mich verpflichtet zu sagen. »Du siehst deinem Vater ähnlich« – das war fast so schlimm wie ein doppeltes »wie geht's dir«.

Wir standen immer noch am Bahnsteig, zwei Frauen, die sich zwischen ihren Koffern unterhielten und ein alltägliches Bild bieten mussten. Meine zurechtgelegten Sätze waren alle weg, die Zunge trocken, ich fuhr damit meine aufgeplatzte Unterlippe entlang und fragte, dankbar, dass mir etwas einfiel, was denn der Grund für die Zugverspätung gewesen sei.

Irma lachte. »Ach weißt du, das glaubt kein Mensch. Wir standen hinter Warschau schon eine halbe Stunde mitten auf dem Feld, als die Durchsage kam, spielende Kinder blockierten die Gleise. Jemand kam, um die Kinder in Sicherheit zu bringen, die Eltern mussten verständigt werden, das alles hat gedauert. Unfassbar, auf was für Ideen Kinder kommen können.« Sie betrachtete ihre

Tochter mit einem Ausdruck, den ich von früher nicht an ihr kannte. Marina zupfte Irma gerade am Ärmel, um unsere Aufmerksamkeit auf einen Mann zu richten, der neben uns stehen geblieben war. »Entschuldigung«, sagte er mit einem Blick auf Irma, und ich erkannte ihn an seinem Rosenstrauß. Von Irma würde er keine Antwort bekommen, da war ich mir sicher (obwohl sie ihn interessiert musterte), deshalb sagte ich mit gemäßigter Neugierde, aber bemüht um Höflichkeit: »Ja?«

»Ähm...«, mein Gegenüber sah an mir vorbei und schien nach Worten zu suchen. »Riechen Sie auch schon den Frühling in der Luft? Das Sprießen der Knospen, den Duft der Tulpen und Krokusse?«

»Nein, tut mir leid«, sagte ich überrumpelt. »Ich habe Schnupfen.«

»Ach so. Das ist natürlich bedauerlich. Ähm ... ich dachte nur, bevor ich den Blumenstrauß wegwerfe, hätten Sie ... ähm ... vielleicht eine Verwendung dafür. Er wird sich wieder erholen, wenn man ihn ins Wasser stellt.«

Der junge Mann versenkte seine Nase kurz in den Rosen, um gleichsam zu demonstrieren, dass darin noch ein ausreichender Vorrat an Frühlingsfrische vorhanden war.

»Warum wollen Sie ihn nicht behalten?« Ich zwang mich, ihm direkt ins Gesicht zu schauen, aber er hielt den Blick hartnäckig auf Irmas Kragen gerichtet. Aus der Nähe schätzte ich ihn auf etwa Mitte bis Ende Zwanzig.

»Na ja ... ich bin mit dem Fahrrad hier, und bis ich zu Hause ankomme, wird er ... ähm ... noch unansehnlicher werden. Die Person, auf die ich gewartet habe, ist ... ähm ... leider nicht gekommen. Ja. Sie wird den Zug verpasst haben. Die Rosen waren ... ähm ... nicht billig, wenn ich das so sagen darf, es wäre schade darum.«

Er hielt mir die Blumen hin. Ich zögerte immer noch, unfähig zu erkennen, was für einen Hintergedanken er

verfolgte. Dass er einen hatte, davon war ich überzeugt. Niemand schenkte auf dem Bahnhof einfach so
fremden Frauen rote Rosen. Wer weiß, womit sie prä-
pariert waren.

Irma kam mir zuvor, nahm dem Mann den Strauß aus
der Hand und sagte lächelnd in gebrochenem Deutsch
»Vielen Dank.« Wahrscheinlich hatte sie die Aussprache
lange vor dem Spiegel geübt. Es klang trotzdem falsch.
Für eine Sekunde war ich wieder das kleine Mädchen,
dem es vor anderen peinlich war, wie seine Eltern redeten. Das sich wünschte, weit weg zu sein, nur um nicht
mit diesen Eltern in Verbindung gebracht zu werden, die
kein fehlerfreies Deutsch beherrschten. Mit dem Unterschied, dass es jetzt meine fremde Schwester war, die bei
mir dieses Gefühl verursachte.

Der Mann lächelte zurück. Sein vorher unscheinbares,
durch nichts auffallendes Gesicht veränderte sich. Es
strahlte kurz auf, sein Blick streifte mich, und die unge-
künstelte Freude darin traf mich völlig überraschend. Es
fühlte sich an wie eine unerwartete zufällige Gabe, die mir
allein galt; wie ein Geschenk, an das ich noch lange denken würde, soviel ahnte ich jetzt schon. Ich überhörte sogar meine innere Stimme, die mir zuraunte, warum sollte
er sich freuen, gerade dich zu sehen, er kennt dich doch
gar nicht!

»Oh, das ist nett von Ihnen. Ich hoffe, er hält eine
Weile. Sehen Sie, da ist noch ein Päckchen mit Düngemit-
tel dabei, fürs Blumenwasser. Auf Wiedersehen.«

Wir winkten ihm nach, sogar Marina winkte mit, dann
nahm ich Irma einen ihrer Koffer ab, die glücklicherweise
beide Rollen hatten, und ging voraus zum Parkplatz.

Als wir in meinem verbeulten VW-Polo saßen, fing
Irma an. »Meine Güte, Alina, ein junger Mann versucht
mit dir zu flirten, und dir fällt nichts besseres ein, als zu

sagen, du habest Schnupfen! Was sind das für Sitten bei euch?«

»Ich weiß nicht, was du meinst.«

»Er wollte dich kennen lernen, und du erteilst ihm so eine Abfuhr!«

»Irma, ich bitte dich. Er wollte seinen welkenden Strauß loswerden, weil seine Freundin ihn versetzt hat, das ist alles.«

Irma bedachte mich von der Seite mit einem, wie mir schien, unangenehm bohrenden Blick. Ich sah geradeaus auf die Straße, obwohl die Ampel vor uns soeben auf rot geschaltet hatte und nicht meine ganze Aufmerksamkeit erforderte.

»Ich sag dir was: Du bist viel zu verbissen, genau wie Vater.«

Ein paar Sekunden lang wusste ich nicht, was ich darauf entgegnen sollte. Der Widerspruch, den ich endlich zustande brachte, musste sich in Irmas Ohren nach Verteidigung angehört haben.

»Ich habe wirklich Schnupfen! Und Kopfschmerzen! Hätte er mir statt eines Blumenstraußes zwei Aspirin angeboten – meine Dankbarkeit hätte keine Grenzen gekannt. Es flirtet sich auch besser, wenn man keinen Druck hinter der Stirn hat. Was hat denn das alles mit Vater zu tun!«

Irma sagte nichts.

»Außerdem hat er, wenn überhaupt, mit dir geflirtet, nicht mit mir.«

»Du siehst nicht gut aus.«

»Danke«, sagte ich.

»Schon gut. Wenn wir da sind, kannst du dich hinlegen. Wir kommen schon zurecht.«

Ich nahm ihr Angebot schulterzuckend zur Kenntnis. Zu Hause hatte jemand meinen Stellplatz zugeparkt.

Irgendwie fehlte mir die Kraft, mich darüber aufzuregen. Ich stellte mich daneben ins Parkverbot und lud das Gepäck aus. Oben schloss ich die Tür zu meiner frisch geputzten Wohnung auf und ließ Irma und Marina den Vortritt.

Hier wusste ich endlich, was zu tun war. In der Küche nahm ich zwei Grippostad mit einem Glas Wasser ein, während meine Gäste ihre Koffer auspackten. Dreimal täglich zwei Kapseln stand auf dem Beipackzettel, aber Beipackzetteln traute ich grundsätzlich nicht. Zehn Minuten später schluckte ich noch eine dritte Kapsel. Dann kochte ich Kaffee für uns und einen Tee für Marina.

16

Wie man es auch drehte und wendete, Vaters Platz am Tisch blieb leer. Außer an den wenigen Wochenenden, an denen Willi zu Hause war, saßen Mutter und ich uns verwaist gegenüber. Ich vermied es, das Thema anzusprechen. Manchmal fing Mutter selbst damit an und ließ Sätze fallen wie:

»Ich habe alles durchsucht, aber sein sowjetisches Arbeitsbuch fehlt.«

»In seinem Betrieb hat er nur zwei Wochen Urlaub beantragt.«

»Das sieht ihm ähnlich.«

Dass er sein Arbeitsbuch mitgenommen hatte, sprach für ein seit längerem geplantes Vorhaben, Mutter war aber der Meinung, dass Albert Schmidt eher eine Kurzschlussreaktion zuzutrauen war. Ihn selbst fragen konnten wir nicht, da er uns seine neue Adresse verheimlichte. Irma ließ Briefe unbeantwortet, und die alte Tante Schura ging zwar ans Telefon, verstand aber immer seltener, wer sie anrief und warum.

Weil Mutter der Meinung war, ich hätte ein wenig Ablenkung nötig, meldete sie mich für einen Restplatz im Ferienlager ihres Betriebes an. Als Ersatz für den Urlaub, um den Vater mich gebracht hatte. Sie wisse ja, wie viel mir das bedeutete, sie für ihren Teil könne gern auf Urlaub verzichten, schließlich kenne sie es nicht anders.

Ich fuhr nach Neustrelitz, schlief in einer Holzbaracke an irgendeinem Mecklenburger See. Über dem See hingen ständig Regenwolken. Morgens Appell, organisierte Freizeit, zweimal wöchentlich abends Disko. Ein Bus brachte polnische Austauschschüler. In Ermangelung von Sprachkenntnissen beschränkte sich die Völkerverständigung mit ihnen auf das Körperliche. Schnell bildeten sich Pärchen, die miteinander über Knutschflecke kommunizierten. Deutsch-polnische Freundschaft. Man tauschte Adressen aus und versprach sich ewige Liebe über alle Grenzen, soweit das ohne Worte möglich war.

Meine Adresse gab ich nicht heraus. Es wollte sie auch niemand haben.

Am Ende der zwei Wochen stand das unvermeidliche Neptunfest. Die Mädchen bekamen kollektiv ihre Tage, um nicht als Neptuns Opfer ins kalte Wasser geworfen zu werden und eine ekelhafte Brühe trinken zu müssen, die Pionierleiterin war darüber verzweifelt, denn sie wollte keinen Zwang ausüben, die Wolken hingen grau wie immer über dem See, und als ich wieder nach Hause kam, fand ich dort alles unverändert vor.

Ich hörte auf mit dem Budenbauen und begann, heimlich Kleider aus Mutters Schrank anzuprobieren. Sie besaß schöne Kleider, die hatte sie getragen als sie jung gewesen und jeden Freitag zum Tanzen gegangen war, doch jetzt brauchte sie sie nicht mehr. Sie waren ja auch schon etwas aus der Mode gekommen, die selbstgenähten Kleider aus ihrer Jugendzeit, aus Stoffen, deren Namen nach »Kreppdeschin« und »Schiffong« klangen. Geschminkt mit Lippenstift und Wimperntusche aus Mutters Kosmetiktasche fühlte ich mich verkleidet, aber auch beinahe erwachsen.

Zu Beginn des neuen Schuljahres wurde ich krank. Ich war am Vortag in ein Gewitter gekommen und konnte erst zu Hause die nasse Kleidung ablegen. Schon am nächsten Morgen fühlte ich mich elend. Mutter brachte mich zum Arzt. Als wir das Haus verließen, wäre ich fast über etwas gestolpert. Auf dem Gehsteig lagen zwei tote Vogelbabys. Sie hatten lange Hälse, nackte, ungefiederte Körper und weit aufgerissene gelbe Schnäbel. Sie mussten aus einem Nest unter dem Dach gefallen sein. Ich sah nach oben, ob jemand aus der Vogelfamilie den Verlust beklagte. Dort, wo ich das Nest vermutete, rührte sich nichts. Die Küken müssen während des Unwetters herausgefallen sein. »Hoffentlich räumt das jemand weg«, sagte Mutter und zog mich fort.

Die Ärztin untersuchte meinen Hals, ließ mich »Aahh« sagen und hörte meine Lunge ab. Dann bat sie mich, draußen zu warten, weil sie mit Mutter etwas zu besprechen habe. Ich ging hinaus und sah mir ein Aufklärungsplakat über Erste Hilfe an.

Wenig später erschien Mutter. »Was war denn?«, fragte ich.

»Sie hat mich gefragt, ob du gern zur Schule gehst.«

»Ja, und?«

»Nachdem wir alle drei Wochen bei ihr im Wartezimmer sitzen, hat sie den Verdacht, du simulierst. Sie wollte wissen, ob ich diesen Verdacht teile.«

»Sie hat mir keine Medizin verschrieben?«

Mutter schüttelte den Kopf. Sie sah mich nicht an. Ich habe nicht gefragt, wie ihre Antwort an die Ärztin ausgefallen war. Sie musste es mir nicht sagen, ich ahnte es.

Auf dem Nachhauseweg entstand zwischen uns eine gespannte Stille. Nur das Geräusch unserer Schritte auf dem nassen Asphalt war zu hören. Meine Nase war zu, ich bekam kaum Luft, mit jedem Schniefen rollte eine neue Woge von Wut heran. Auf die Ärztin, auf Mutter und ihr Schweigen. Ich stapelte die Wut in Häppchen aufeinander, darauf bedacht, den Turm nicht zu hoch werden zu lassen. Er durfte nicht in Mutters Beisein einstürzen. Das war meine eigene, persönliche Wut, ich wollte sie mit niemandem teilen, der sie nicht verstehen würde.

In den Straßen hing süßlicher Tabakduft, der von den VEB Vereinigte Zigarettenfabriken Dresden stammte. Ich lief schneller, um ihn nicht durch den Mund einatmen zu müssen. Der Geruch war nicht wirklich unangenehm, verursachte aber bei mir stets einen leichten Brechreiz. An der nächsten Kreuzung musste Mutter in Richtung ihrer Arbeitsstelle abbiegen. Sie blieb stehen, nestelte an ihrer Umhängetasche herum und hielt die Augen auf ihre kotbespritzten Schuhe gesenkt, bevor sie sagte, sie würde mir eine Entschuldigung schreiben, wenn ich nicht zur Schule wolle. Aber ihre Worte kamen zu spät. Sie überließ mir die Entscheidung; ich war mir sicher, dass sie vor der Ärztin geschwiegen hatte. Ich sah ihr noch eine Weile nach, bis sie die Straße überquert hatte und hinter einem Hausvorsprung verschwunden war.

Meine Wut war verflogen. Der noch kurz zuvor verspürte Wunsch, sie eines Tages zum Reden zu bringen, alle beide, Mutter und Vater vor ein Gericht zu stellen, erschien mir plötzlich lächerlich und sinnlos. Was wollte ich von ihnen hören?

Vater schien sich neu eingerichtet zu haben, er hatte bisher nichts von seinen Sachen angefordert. Ich zweifelte, ob Mutter ihm etwas hinterhergeschickt hätte.

Still und leise war Vaters Bücherschrank in meinen Besitz übergegangen. Ich konnte mir jeden Band nehmen, ohne zu fragen. All diese Bücher enthielten große Leidenschaften. Liebe, Begehren, Tod. Verrat, Verbrechen, Krieg. Zerrüttete Ehen, auseinanderbrechende Familien, auf die schiefe Bahn geratene Kinder. Alles schön verschlossen zwischen zwei Buchdeckeln. Ich entwickelte eine Abneigung, diese Bücher zu öffnen. Ich nahm sie aus dem Regal, sah mir den Titel an und vergaß ihn sofort wieder. Meine Gedanken kreisten um Väter. Erst um meinen, dann um andere. Andere Kinder hatten Väter, die den Müttern die Kohleeimer bis ins dritte Geschoss hoch trugen. So einen Vater wünschte ich für meine Mutter. Um mich ging es nicht. Aber das sagte ich ihr nicht, denn sie kam immer müde von der Arbeit und äußerte oft, ihr einziger Wunsch sei, dass aus mir etwas werden solle. Irgendwie wurde ich jedes Mal traurig, wenn sie das sagte, aber sie hörte nicht auf damit. Sie wusste ja nicht, dass mich das traurig machte, weil ich zu ihr nie ein Wort davon sagte.

In unserer Klasse gab es das erste Liebespaar. Susanne Schramm und Frank Herklotz hielten sich nicht mit der Suche nach dunklen Ecken auf, sondern ließen die ganze Schule an ihrer Zuneigung füreinander teilhaben. Die Mädchen in der Klasse zeigten großes Interesse für Susannes Liebesleben, vor allem als die ersten Beziehungsprobleme auftraten (Frank Herklotz wurde verdächtigt, in der Hofpause einem anderen Mädchen einen Liebesbrief zugesteckt zu haben). Sie überschlugen sich darin, Susanne mit guten Ratschlägen helfen zu wollen. In Ermangelung eigener Erfahrungen konnte ich nicht mitreden, aber ab und an ließ mich Susanne die Dienste einer Liebesbotin übernehmen. Ich durfte dann mit einem zusammengefalteten Zettel, den ich vorher auf der Toilette heimlich las, Frank Herklotz aufsuchen. Es stand nur langweiliges Zeug mit Rechtschreibfehlern drin, sehr häufig das Wort »Bahracke«, hinter der sich die beiden nach der Schule treffen wollten.

Ich schwor mir, dass ich niemals so idiotische Liebesbriefe schreiben würde, ja, ich nahm mir nicht weniger vor, als den Liebesbrief quasi neu zu erfinden. Die Tatsache, dass mir momentan keine Testperson zur Verfügung stand, sah ich nicht als Hindernis an. Denn eines Tages würde mein Kalender voll mit den Namen und Telefonnummern meiner Liebhaber sein, davon war ich überzeugt, auch wenn es im Augenblick danach aussah, als ob der Weg dahin lang und steinig werden könnte.

Immerhin verliebte ich mich mit 14 in einen Jungen aus der Parallelklasse. Er war zwei Jahre älter, weil er mehrmals sitzen geblieben war, aber das störte mich nicht. Ich glaube, zuerst verliebte ich mich in seinen Rücken. Jedenfalls zog dieser Körperteil meinen Blick an, als ich hinter ihm die Treppe zum Biologiezimmer hochstieg. Oben drehte sich sein Besitzer überraschend um, und ich fand ihn auch von vorn auf Anhieb von göttlicher Schönheit und hätte ihn mit offenem Mund angestarrt, wäre mir mein Ranzen nicht aus der Hand gefallen. Unendlich dankbar dafür, dass ich mich bücken musste, sah ich nicht, wohin der Blick des Jungen ging. Ich vermutete, nicht in meine Richtung.

Bei unserer nächsten Begegnung stand er im Schulhof umringt von anderen Schülern aus seiner Klasse. Ich hielt mich in seiner Nähe und erhaschte ab und zu ein paar Wörter. »Wenn ich 18 bin, mache ich rüber.« Das kam von ihm.

Noch auf dem Schulhof begann ich zu rechnen. Wenn er 18 wäre, wäre ich 16; zwei Jahre Unterschied in der Lebensplanung, das war so gut wie ein halbes Jahrhundert. Würde er auf mich warten, würde er mich mitnehmen? Da war es wieder, das Leben, das mir hinter der Grenze herüberwinkte, ohne dass ich mich imstande sah, seine Hand zu ergreifen.

Ich hatte mit dem Jungen aus der Parallelklasse nie ein Wort gewechselt, ich erfuhr nicht einmal seinen Namen, aber das alles hinderte mich nicht daran, mich abgewiesen zu fühlen. Das fühlte sich nicht gut an. Ich wusste nicht, wem ich davon erzählen sollte, also behielt ich es für mich. Mutter fiel auf, dass mein Appetit sich verschlechtert hatte. Ich sagte etwas von einer Magenverstimmung, was auch irgendwie stimmte, denn mir war so flau im Bauch, dass ich mich zwei Wochen lang ganz schwach fühlte.

Danach beschloss ich, mich nie wieder zu verlieben. Ich hatte es mir anders vorgestellt und so, wie es war, gefiel es mir nicht.

»Deine Mutter sollte sich einen Mann suchen«, sagte Oma Erika als ich sie das nächste Mal besuchte. Ihr Ton duldete keinen Widerspruch, wobei sie offenbar vergaß, dass sie nicht die richtige Empfängerin für diesen guten Rat vor sich hatte. »Wer weiß, was mein Albert sich dabei gedacht hat. Durchgebrannt ohne ein Wort der Erklärung! Der Junge ist fünfzig! Aber deine Mutter muss sich ja net an mir ein Vorbild nehmen. Weischt, Bewerber hab ich genug gehabt, aber keiner ist deinem Großvater gleichgekommen. Nur, was bringt's zu trauern. Ich werd's ihr nicht ausreden, wenn einer kommt. Schon deinetwegen. Ein Mädle in deinem Alter braucht einen Vater, der da ist, und keinen, der bloß im Kopf herumspukt.«

Ich verstand nicht ganz, was Großmutter meinte. Aber ich gab ihr Recht, dass ein Vater für uns durchaus von Nutzen sein könnte. Wenn Mutter tagsüber nach ihrer Frühschicht schlief, ging ich manchmal allein in den Keller und schichtete Brikett für Brikett in den Eimer. Dann trug ich ihn hoch, drei Stufen, Atempause, drei Stufen, Atempause.

»Na, Mädel, wenn du nicht bald anfängst, ordentlich zu essen, wird nie etwas aus dir!«

Der Nachbar nahm mir den Eimer aus den Händen, er trug ihn mühelos alle vier Treppen hoch. Das wäre doch ein guter Mann für Mutter, dachte ich, teilt er doch dieselben Sorgen mit ihr, die sie mit mir hat.

Ich bedankte mich.

»Wie lange wohnt ihr schon hier?«, fragte er. Ich zuckte mit den Schultern. Er wohnte auch noch nicht lange bei uns im Haus. Ich hatte ihn nur wenige Male gesehen. Der Mann hatte fettiges Haar und schmutzige Ränder unter den Fingernägeln. Er würde Mutter nicht gefallen. »Schon komisch, was es hier für Leute gibt. Gegenüber ist eine eingezogen, die hat allein eine Dreizimmerwohnung bekommen! Das geht nicht mit rechten Dingen zu, kannste wissen!«

Ich sah ihn fragend an.

Er hielt sich verschwörerisch eine Hand an den Mund, um die Stimme zu dämpfen, und flüsterte etwas Unverständliches, das nach »Stasi« klang.

Etwas ratlos nickte ich und tastete nach dem Wohnungsschlüssel in der Jackentasche. Plötzlich wollte ich weg, weg von diesem merkwürdigen Nachbarn, zurück in die Übergangswohnung, zu meinem Doppelstockbett und vielleicht sogar – zurück zu *meinem* Vater.

Wir bekamen Besuch. Eine von Vaters verschollenen Cousinen hatte unsere Adresse erfahren und wollte uns kennen lernen. Sie war die älteste, uneheliche Tochter von Onkel Heinrich, was innerhalb der Familie als kleiner Skandal galt und der Grund war, warum man lange keinen Kontakt zu ihr pflegte. Sie hatte einen Einheimischen aus einer Kleinstadt bei Leipzig geheiratet, woher auch ihre Mutter stammte. Wir wussten nichts von der Cousine außer ihrem Namen und dass sie Russischlehrerin war. Bis auf ihre Studienaufenthalte in Moskau und Leningrad hatte sie einen bruchlosen Lebenslauf mit einem einzigen Wohnortswechsel hinter sich, als sie vor wenigen Jahren aus besagter Kleinstadt nach Leipzig gezogen war. Das schrieb sie in dem Brief, worin sie auch ihre Ankunft ankündigte und uns bat, sie vom Bahnhof abzuholen.

Wir trafen eine Frau mittleren Alters, die sich als Karin Doersch vorstellte. Auf der Fahrt in unsere Wohnung musterte ich sie unauffällig. Sie hatte keine besonderen Kennzeichen, sah man von den tiefen Ringen unter den Augen ab. Karin Doersch war im ersten Jahr der DDR geboren, wirkte aber nicht jünger als Mutter, wenn die beiden nebeneinander standen und nicht wussten, worüber sie sprechen sollten.

Karin Doersch war sichtlich enttäuscht, als sie hörte, dass Vater auf einer längeren Dienstreise in der Sowjetunion sei. Warum wir ihr das nicht gleich gesagt hätten?

Als wir später in der Küche zusammen saßen, war die Stimmung angespannt und ließ sich auch mit Mutters Tee und Gebäck nicht recht lockern. Obwohl es keine Verständigungsschwierigkeiten gab, weil die Cousine ausgezeichnet russisch sprach und wir mittlerweile ein leidliches Sächsisch, fanden wir kein gemeinsames Thema. Wir waren Fremde.

Mutter brachte das Gespräch auf die Familie, da gab es nicht viel falsch zu machen, hatten doch wir und die Cousine gemeinsame Wurzeln. Auch wenn Vater als Bindeglied nicht anwesend war, konnte man auf seine Nachkommen verweisen.

Ganz stolze Großmutter präsentierte sie das neueste Foto von Marina, das Irma geschickt hatte und auf dem das Kind pausbäckig an einen Baum gelehnt stand.

»Hübsche Kirsche«, kommentierte die Cousine.

»Aber nein«, protestierte Mutter. »Das ist ein Birnenbaum.«

Die Cousine lachte herzhaft. Sie war gar nicht übel, aber eben irgendwie fremd. »Ich meine doch die Kleine!«, sagte sie. »Das sagt man bei uns so.«

Damit wir uns vertrauter wurden, fragte Mutter sie nach unseren verwandtschaftlichen Beziehungen aus. Man lächelte sich zu, wenn man auf einen Vorfahr stieß, der beiden zumindest vom Hörensagen bekannt war. Die Cousine erzählte von ihrer Familie, sie hatte eine Tochter etwa in meinem Alter.

»Deine Alina ist größer«, schätzte sie. »Aber so mager! Na ja, das kommt vielleicht noch. Mit meiner Daniela musste ich schon zum Arzt!«

»Wegen der Magerkeit?«, fragte Mutter besorgt.

»Aber nein, wegen der Pille!«, sagte die Cousine.

Am nächsten Tag erklärte sie, sie wolle uns nicht zur Last fallen und würde ganz prima allein zurecht kommen, schließlich sei Leipzig auch eine Großstadt. Sie fragte Mutter, wie sie am besten zum Kronentor käme, dem mit der goldenen Kuppel. Die müsse doch schon von Weitem sichtbar sein, oder?

Mutter erklärte es ihr. Die Cousine trug einen Reiseführer unter dem Arm als sie das Haus verließ.

»Es gibt keine goldene Kuppel«, sagte ich. »Sie ist vom Regen grün geworden.«

»Hoffentlich findet sie wieder zurück«, sagte Mutter. Sie hatte Urlaub genommen, um Zeit für die Cousine zu haben. Die Wohnung hatte sie bereits vor Tagen für die Ankunft des Gastes geputzt, jetzt fing Mutter wieder damit an, es schadete schließlich nicht, das Haus auch ohne Besuch sauber zu halten.

Die Cousine blieb drei Nächte. Sie ging nach dem Frühstück und kam spätabends wieder und erzählte, was sie den ganzen Tag über gemacht hatte. In meinen Ohren klang es, als läse sie die Kapitelüberschriften aus ihrem

Reiseführer ab. Kronentor, Albertinum, Sixtinische Madonna. Dann fuhr sie zurück nach Hause, in die andere große Stadt, wohin sie uns nicht einlud. An ihren Cousin Albert ließ sie Grüße ausrichten.

Zum ersten Weihnachtsfest ohne Vater bekam ich ein Fernrohr aus dem Spielzeugladen. Es war aus Plastik und die meisten Teile passten nicht richtig zusammen. Die Venus sah ich damit nicht und auch sonst nicht viel. Ein paar Mal richtete ich das Fernrohr in das geöffnete Fenster der Nachbarin mit der Dreizimmerwohnung, auch nachdem es mir Mutter strikt verboten hatte. Die Nachbarin lag wie ich viel auf der Couch herum und stand nur ab und zu auf, wenn es klingelte. Irgendwann hatte ich begriffen, dass sie ein Telefon besaß. Dann fuhr sie mit dem Taxi weg. Ihr Fenster blieb offen, und ich sah mit bloßem Auge genauso viel darin wie mit dem Fernrohr.

Als Mutter merkte, dass mein Fernrohr immer öfter ungenutzt in der Ecke herum lag, kaufte sie mir das Buch »Sternwarten der Welt«. Die Sternwarten der Welt lagen in sehr einsamen Gegenden. Hoch in den Bergen, wo die Luft kristallklar war, oder in der Wüste, wo kein Wind wehte. Alle anderen waren nur Attrappen. Auch die Kuppel, die auf dem Elbhang weiß glänzte, wenn ich mein Fernrohr darauf richtete, war nur eine Attrappe, obwohl sie echt aussah, aber wer baute schon echte Sternwarten mitten in der Stadt.

Auf Mutters Nachtschrank lag seit einer Weile ein Buch mit der Vorderseite nach unten. »Kinder richtig fördern« las ich auf dem Buchrücken, wenn ich den Kopf verdrehte. Ich wusste nicht, woher sie das hatte, es schien durch viele Hände gewandert zu sein. »Verbringen Sie aktiv mehr Zeit mit Ihrem Kind« stand darin auf Seite 54. Mutter arbeitete nur noch eine Schicht von früh bis nachmittags. Danach begleitete ich sie zum Einkaufen in den Konsum. Abends kamen Kunden mit kleinen Päckchen unter dem Arm zum Maßnehmen vorbei. Sie breiteten vor meiner Mutter Konfektionsware aus, die zu kurz, zu lang, zu eng oder zu weit war; und Stoffe, aus denen sie für ihre Kinder »was Schickes« für die Jugendweihe genäht haben wollten. Und Mutter nähte, vielleicht, um mir nächstes Weihnachten ein richtiges Fernrohr kaufen zu können.

Irgendwann hatte Mutter ganz ohne mein Zutun einen Vater gefunden. Jeden Morgen um sechs reihte sie sich in den Zug aus verhärmten Frauengesichtern mit Einheitsdauerwelle am Pförtnerhäuschen des VEB Herrenmode ein. Die Schlange bestand aus vorbeieilenden gähnenden Mündern und Händen, die den Betriebsausweis in die Höhe hielten. Mutter ließ sich vom Strom mitschieben, im Halbschlaf noch, um dann am Bügelautomaten, wo jede Bewegung sitzen musste, vollends aufzuwachen. Obwohl sie sagte, sie könne auch mit geschlossenen Augen bügeln, noch nie sei unter ihren Händen ein Brandfleck auf dem Stoff entstanden. Einmal hatte sie nach einem Elektriker verlangt, weil das Bügeleisen nur lauwarm wurde, und man schickte ihr einen blondlockigen langen Lulatsch, der fragte, wo denn der Heizkörper sei, der nicht mehr heiß wird. Es war der neue Hausmeister.

Mittags, in der Kantinenschlange an der Kaffeeausgabe, hatte er sich hinter sie gestellt und gefragt, ob das Bügeleisen wieder gehe.

Sie hatte ihn nicht richtig verstanden und nur still gelächelt. Er stellte ihre Kaffeetasse mit auf sein Tablett und verschüttete die Hälfte, bis sie am Tisch waren.

»Er ist der neue Hausmeister«, sagte mir Mutter, mit einem Lächeln, das wie eine Entschuldigung aussah.

Das ist gut, habe ich mir gedacht, ein Mann mit handwerklichem Geschick sollte in keinem Haus fehlen.

Der neue Vater verbrachte bald viel Zeit bei uns. Es schien, als wüsste er nicht wohin mit seinen schlaksigen Beinen und den herunterbaumelnden Armen, so unbeholfen sah er neben Mutter aus. Sein Haar roch selbst frisch gewaschen ein bisschen nach Rauch, unter seinen Fingernägeln hatten sich schwarze Ränder eingenistet, weil er so viele Eimer mit Kohlenbriketts tragen musste.

»Er schreibt Gedichte«, erzählte mir Mutter. Er nahm sich, ohne zu fragen, Bücher aus dem Bücherschrank meines Vaters, der jetzt mir gehörte, und ließ sie überall liegen. Seine Gedichte gefielen mir nicht, aber Mutter war total gerührt, dass er einen ganzen Zyklus ihr widmete. Nur als sie »Für Hilda« las, fragte sie mit leiser Stimme, ob er aus dem »a« am Ende nicht ein »e« machen könnte. Und er sagte, so klinge es viel klassischer und das unterliege sowieso seiner künstlerischen Freiheit. Selbstzweifel kannte er keine.

»Ich werde ein Gewehr kaufen müssen«, erklärte mein neuer Vater beim Abendessen. Mutter sah ihn erschrocken an. »Warum denn das?!«

»Na, um die Kavaliere abzuschrecken, die bei uns bald Spalier stehen werden!«, sagte er mit einem Kopfnicken in meine Richtung und lachte so breit, dass ihm das Essen aus dem Mund flog.

Mutter sah mich erschrocken an. »Ich glaube nicht, dass das notwendig sein wird«, sagte sie, schnell beruhigt.

»Das denke ich auch«, sagte ich.

»Was soll denn aus ihr werden? Ein spätes Mädchen?«, fragte er, nicht mehr lachend.

Mutter schnitt eine Scheibe Brot ab und antwortete nicht, weil sie auf das Messer und ihre Finger achtete.

»Was soll aus dir mal werden?«, fragte mein Stiefvater, mit vollem Mund zu mir gewandt.

»Sternenforscherin«, sagte ich.

Es verging eine ganze Minute, bis er zu lachen anfing.

Die Luft bei uns zu Hause blieb frostig. Mutter stand ein paar Mal an der Schwelle zu meinem Zimmer, knackte mit ihren Fingergelenken, statt etwas zu sagen. Ich mochte es nicht hören, dieses Knacken ihrer Fingergelenke. Irgendwann müssten sie brechen, wenn sie mit ihnen weiter so knackte, das hatte ich ihr schon oft gesagt, aber sie konnte nicht aufhören damit.

In den vergehenden Geruch des Sommers begann sich der morgendliche Qualm der Kohleöfen zu mischen. Den Namen meines Stiefvaters hatte ich schnell vergessen.

17

Meine Nichte Marina war ein ernstes achtjähriges Mädchen mit blonden Zöpfen, die ihr bis zur Hüfte reichten. Höflich sagte sie, dass sie keinen Durst habe, müde sei und sich ausruhen möchte. Ich überließ ihr vorerst mein Schlafzimmer.

Das Grippostad gab mir wie erhofft ein wenig Auftrieb. Irma hatte inzwischen die Blumen in eine Vase gestellt (keine Ahnung, wo sie die aufgetrieben hatte, ich wusste nicht einmal, dass ich eine besaß) und damit den Tisch geschmückt. Sie und ich saßen uns gegenüber, die Rosen zwischen uns, sie rührte Zucker in ihren Kaffee und sagte, dass sie nie Bohnenkaffee trinke, sondern nur löslichen Nescafé.

»Das ist doch kein richtiger Kaffee«, sagte ich. »Kein Mensch trinkt hier so was.«

Irma sah mich über den Rand ihrer Tasse an. Sie trug goldene Ohrringe. Ich wollte ihr sagen, dass man am rötlichen Farbton dieser Kreolen ihre Herkunft schneller erkennen würde als an ihrem russischen Akzent. Statt dessen nahm ich mir vor, ihr neue zu kaufen, aus anderem Gold. Als schwesterliches Willkommensgeschenk.

»Wie sind deine Pläne?«, fragte ich.

»Ach, nicht halb so wichtig wie deine. Ich will nicht, dass du meinetwegen Umstände hast.«

Das Medikament zeigte immer noch Wirkung, aber ob ich morgen einen ganzen Tag Behördengänge verkraften würde, konnte ich nicht absehen. Irma allein in das

Dickicht der Großstadt zu entlassen, erschien mir unverantwortlich, sie würde sich doch schon auf dem Gelände des Aufnahmelagers Marienfelde verlaufen und niemals zurückfinden.

»Da gibt's keine Umstände, ich habe mir schon alles eingerichtet.«

Irma setzte die Kaffeetasse ab und strich mit der freigewordenen Hand eine Haarsträhne aus dem Gesicht. Auch an ihren Fingern blitzten Ringe aus Rotgold. Ich dachte: So sieht also eine Soldatenwitwe aus. Es kam mir ohne jeden Zusammenhang in den Sinn. Aus der Zeit, als Vater dieses Wort in seinen Reden benutzt hatte, war nur das scheue Bild von gramgebeugten schwarzgekleideten Frauen in meinem Kopf geblieben. Es hatte nichts mit Irma gemein.

Sie bemerkte meinen Blick. »Ich wollte etwas mitnehmen, das Bestand hat. Und Gold ist überall Gold.«

Nein, meine Schwester würde niemand fragen, warum sie so traurig aussah. Sie hatte nichts Trauriges an sich. Eine junge lebenslustige Frau. Aber bei genauerem Hinschauen fiel mir doch etwas auf. Etwas, das ich nicht an der Irma kannte, die sie vor zehn Jahren gewesen war. Es war kaum merklich, ein Ausdruck in ihren Augen, den ich nicht gleich zuordnen konnte. Immer wenn er kurz aufblitzte, schien sie sich dessen bewusst zu werden, denn dann machte sie jedes Mal eine Kopfbewegung, als wolle sie eine störende Haarsträhne zurückwerfen, und übrig blieben lediglich kleine Lachfältchen um die Augen. Ich dachte darüber nach, was es sein könnte, denn Trauer über einen Verlust war es nicht.

Dann, als die Pause besonders lang wurde, fragte sie mich nach Mutter, wie ich sie vorhin nach Vater gefragt hatte. Als hätte man uns unter einem Elternpaar, das keins mehr sein wollte, aufgeteilt, damit wir uns später – bei dem einen oder anderen zufälligen Treffen – nach dem Wohlergehen des jeweils anderen Elternteils erkundigen konnten. Damit wir, einander fremdgewordene Geschwister, niemals lange nach einem verbindenden Gesprächsthema suchen mussten. Wie geht es Vater? Wie geht es Mutter? Was ist aus ihnen geworden? Was war das, wenn nicht aufmerksam und vorausschauend geplant?

»Ich habe ihr versprechen müssen, dass wir am Wochenende vorbeikommen. Du kannst sie gleich anrufen.«

Ich sagte es und wartete doch nur darauf, dass Irma etwas von sich erzählte. Ich war begierig darauf, abseits von allem Hörensagen *ihre* Version zu erfahren. Statt dessen stand sie auf, ging zu meinem Arbeitstisch, auf dem Skizzen und halbfertige Bilder ohne erkennbares System übereinandergestapelt lagen. Sie hielt ein paar Arbeiten hoch, nichts, was in diesem Zustand für fremde Augen bestimmt gewesen wäre. Aber sie war ja nicht fremd, dennoch fiel es mir schwer, sie gewähren zu lassen. Mutter zeigte ich längst keines meiner Werke mehr, auch nicht die fertigen. Ihr gefiel nur eine bestimmte Art von Bildern, und meine Art gehörte nicht dazu. Sie sagte es mir natürlich nicht offen ins Gesicht, aber es war ihr anzusehen. Aiwasowskis *Neunte Welle*, einen Kunstdruck, den Vater vor Jahren gekauft hatte und der dank hoher Auflage viele sowjetische Wohnzimmer zierte, verbannte sie gleich nach Vaters Verschwinden auf den Dachboden und ersetzte ihn durch ein Waldidyll von Schischkin. Die Formate stimmten nicht ganz überein, und so sah man noch helle Streifen an den Stellen, wo zuvor Aiwasowskis Schiffbrüchige im Moment des Untergangs auf stürmischer See verewigt gewesen waren.

»Was ist das?«, Irma zeigte auf meinen Arbeitstisch. »Dein Hobby, dein Job? Du scheinst hier viel Zeit reinzustecken…«

»Das ist…«, setzte ich an und unterbrach mich selbst. Wie sollte ich ihr das in ein paar Sätzen erklären. Dass da ein Teil meines Lebens auf dem Schreibtisch lag.

Irma hielt eine Skizze hoch, ausgerechnet eine Mohnblüte in Acryl. »Ich habe von Malerei keine Ahnung, aber das hier sieht hübsch aus.«

Ich musste schlucken. Wie sollte sie wissen, dass mich mit diesem Satz seit vielen Jahren eine Art Hassliebe verband. Ein »es sieht hübsch aus!« konnte mich zum Weinen bringen, aber wenn es ausblieb, war es fast noch schlimmer.

Irma legte das Blatt zurück und setzte sich wieder zu mir an den Tisch. Statt mich anzusehen, betrachtete sie die Küchenwand hinter mir. Dort war eine bunte Sammlung von Zeitungsausschnitten, die mir als Motive dienten, mit Klebestreifen befestigt. Manche waren schon vergilbt, einige waren abgefallen und hatten einen hellen Fleck auf der Tapete hinterlassen. In den Augen meiner Schwester blitzte etwas Spöttisches auf. Diesen Blick kannte ich gut. Für einen Moment fühlte ich eine Art Nähe zwischen uns, etwas langjährig Vertrautes. Ich fragte mich, ob das der richtige Augenblick sei, um sie nach Sergej zu fragen, nach der Geschichte ihrer Liebe oder Nichtliebe, die sie mir noch schuldete… Ich hatte bereits den Mund aufgemacht, um das erste Wort zu formen, aber Irma kam mir zuvor.

»Schau mal, was ich gefunden habe.« Sie drehte etwas in der Hand, das wie eine Visitenkarte aussah. »War im Rosenstrauß festgesteckt. Hier stehen Name und Telefonnummer drauf.«

Irma hielt mir das Kärtchen unter die Nase.

»Wirst du ihn anrufen?«

Ich fühlte mich von der Frage überrumpelt. »Keine Ahnung, warum sollte ich?«

»Ich habe dir doch gesagt, dass er mit dir flirtet.«

18

Unsere Polytechnische Oberschule wurde in einem feierlichen Akt nach einem bulgarischen Revolutionär benannt. Im Vorfeld fertigten wir im Werkunterricht die Buchstaben seines Namens aus Messing an. Ich bekam das E, das T und eins der beiden Fs zum Entgraten. Ich feilte so lange daran, bis die Kanten spiegelglatt waren und ich ein Lob für Fleißarbeit und meine exakten 90-Grad-Winkel bekam.

Alle paar Monate kam der Schuldirektor oder seine Vertretung mit ernstem Gesicht in die Klasse, um einen oder eine von uns namentlich aufzufordern, doch bitte sofort die Sachen zu packen und nach Hause zu gehen. Diese Schüler sah man nie wieder. Später bekamen besonders gute Freunde von ihnen eine Ansichtskarte aus dem Westen, aber oft hörte man gar nichts mehr von ihnen. Ich fragte mich, wozu diese Eile, warum diese Theatralik, dieses dümmliche Grinsen allerorts – bei Schülern, bei Lehrern – das man zu beherrschen versuchte, um ernst zu bleiben, während der Unterricht ruhte und alles darauf wartete, dass der oder die Angesprochene verschwand. Als ob man die Kinder nicht die zwei-drei Stunden zu Ende absitzen lassen könnte oder wenigstens bis zur Pause warten, selbst wenn es für die Eltern hieß, innerhalb von 24 Stunden die Republik verlassen zu müssen. Diejenigen, die in den Ferien ausreisten, hatten mehr Glück, da blieb der Platz bei Schulbeginn einfach leer, und niemand stellte Fragen.

Zuletzt rief der Direktor den Namen von Susanne Schramm auf. Sie packte mit puterrotem Gesicht ihren Ranzen und verließ stolpernd den Klassenraum, nicht ohne einen schmachtenden Blick auf Frank Herklotz zu werfen, wohl ahnend, aber noch nicht imstande zu realisieren, dass auch diese große Liebe zu Ende war.

Der Namenszug des bulgarischen Revolutionärs blieb nur wenige Jahre lang über dem Eingang unserer Schule befestigt.

»So geht das nicht weiter, Alina.«

In dem Jahr, in dem Mutter einen Antrag auf eine Neubauwohnung mit Fernheizung gestellt hatte, entdeckte ich meine Liebe zur Kunst neu, die ich bei der Faszination für Sterne und Planeten fast aus dem Blick verloren hätte. Statt für die Abschlussprüfungen der zehnten Klasse zu pauken, begann ich zu malen, gab mein Taschengeld im Laden für Künstlerbedarf aus. Zu Weihnachten Nummer drei, das wir ohne Vater verbrachten, leistete ich mir eine Staffelei und Ölfarben, aber meistens hielt ich einen Block auf dem Schoß und zeichnete mit Bleistift, Härtegrad 2B. »Wie hübsch«, sagte Mutter, aber woher wollte sie es wissen. Niemand, der Ahnung von Kunst hatte, würde »wie hübsch« sagen.

Ich sammelte meine Bleistiftzeichnungen in einer Mappe und ließ mir telefonisch im Vorzimmer eines Professors an der Kunsthochschule einen Termin geben. Aber ich ging nicht hin. Ich stellte mir den Professor als alten bärtigen Mann vor, der sich beim Anblick meiner Bilder das Kinn reiben würde. Ich hatte Angst, er würde nicht »wie hübsch« sagen.

Abends nach meinem nicht wahrgenommenen Termin lag ich auf meiner Liege und zählte Risse an der Decke. Meine Wangen fühlten sich feucht an.

»Was ist los, hast du Probleme?«, fragte Mutter im Vorbeigehen. Sie hatte eine Verabredung. Jemand hatte sie ins Kino eingeladen, sie wollte nicht sagen, wer.

»Ich kann die Venus nicht finden«, sagte ich. »Vielleicht habe ich sie die ganze Zeit am falschen Ort gesucht.«

»Du solltest endlich etwas Vernünftiges tun«, sagte Mutter. »Was soll nur aus dir werden!«

Ich besuchte mit Malblock und Stiften Oma Erika und zeichnete ihre Hände, die auf dem Besteckkasten mit den Reliquien ruhten, während sie erzählte.

Von ihrem Dorf erzählte sie, von den geraden Straßen, weißgetünchten Häusern und gepflegten Vorgärten, die im Frühjahr in weißer Blüte der Kirschbäume standen. Und vom Wein, der die Menschen ernährte, und vom Handwerk, das im Dorf angesiedelt war. Ein Schmied, ein Schuster, ein Sattlermeister. Dreißig Kilometer weiter Odessa und das Schwarze Meer. Aber Schwimmen habe sie, Erika, nie gelernt, der Strand war doch zu weit weg, und Ferien kannte man auf dem Dorf nicht. Auch Albert sei wie ein Hackebeil untergegangen, sobald er im Wasser keinen Boden mehr unter die Füße bekam. Wie sie als kleines Mädchen, damals noch Sara, ihren Großvater mit dem Fuhrwagen nach Odessa begleitet hat, wo dieser seine Fässer voll Wein verkaufte und neue Bestellungen aufnahm. Aber das war vor der Revolution und ihre Erinnerungen daran ganz dunkel. Nur ein paar schemenhafte Bilder geisterten ihr noch im Kopf herum: die hochherrschaftlichen Fassaden auf der Deribasowskaja, die endlosen Stufen der Freitreppe zum Hafen, die Saras Großvater kurz *Bulvarnaja* nannte, weil er kein deutsches Wort dafür kannte, die Statue von einem Herrn, der genauso hieß wie Kardinal Richelieu, es aber nicht war. Fremd habe sie sich gefühlt in der großen vornehmen

Stadt, und froh sei sie gewesen, als es wieder übers Land nach Hause ging – am katholischen Kleinliebenthal vorbei, das etwas abseits lag, und über das evangelische Großliebenthal, dem Sitz der Kolonistenverwaltung von zehn deutschen Dörfern, die alle nach einem einheitlichen Grundriss erbaut worden waren und sich kaum voneinander unterschieden. In jedem habe es eine breite Straße in der Mitte gegeben und auf beiden Seiten da von Höfe mit Vorgärten. So habe es die russische Ansiedlungsbehörde auf Anordnung des Zaren festgelegt. Schöne Dörfer seien das gewesen und bei den Odessiten beliebt für Wochenendausflüge, aber trotzdem fehlte ihnen der Liebreiz ihres Heimatdorfes, in das sich nicht viele Fremde verirrten, weil es keine Bahnhofsstation hatte. Die andere, bessarabische Heimat, die sie mit Florentine teilte, war gänzlich verblasst.

Ich hatte keine Vorstellung von diesen Dörfern, ich sah sie mit Erikas Augen, aber viel lieber wäre mir gewesen, von diesen Bildern gar nicht erst heimgesucht zu werden. Immer öfter überkam mich die Versuchung, mir die Hände auf die Ohren zu pressen und »hör auf« zu sagen. In mir wuchs der Wunsch, eine Abwehr zu errichten gegen diese traurigen Geschichten von verlorenen Heimaten, eine innere Glaswand, an der sie abprallen würden ohne die Möglichkeit, tiefer einzudringen. Aber es gelang mir nicht auf höfliche Weise, und unhöflich auch nicht. Oma Erika erzählte und erzählte, und im Grunde war es egal, ob ich zuhörte oder nicht, es war bereits ein Teil von mir.

»Von Halle bis Brest-Litowsk sind wir in guten Passagierwagen gefahren. Verpflegung ist auch gut gewesen. Ich hab glatt angefangen zu glauben, dass ich die richtige Entscheidung getroffen hätt. Aber in Brest hat man uns in Viehwaggons verladen, und ab da war es aus mit dem guten Essen. Keiner durfte aus dem Zug steigen, bis wir dort angekommen waren, wo sie uns haben wollten: im Gebiet Wologda. Das war ein langer Weg, aber dort haben wir dann alle schnell gewusst, dass der Herbert Bleedsinn erzählt hat, denn Wologda liegt am anderen Ende des Landes. Keiner von uns hat unser Heimatdorf je wiedergesehen. Weischt, der Kopf hat's ja geahnt, aber das Herz wollt's nicht wahrhaben. Sie haben uns kurz vorm Wintereinbruch mitten im Wald ausgesetzt.

Wir sind mit zwei anderen Familien in einer Holzhütte untergekommen, in der es vor Kakerlaken nur so wimmelte. Im Herbst 1945 war die Elektrizität noch nicht bis dahin vorgedrungen. Die Siedlung, weder Stadt noch Dorf, hat aus drei oder vier Hütten mitten in der Einöde bestanden und keinen Namen gehabt. Nichts als Wald hat's dort gegeben. Später hab ich das Örtchen als ›einundvierzigster Abzweig‹ in den Unterlagen des Lespromchos notiert gesehen. Das war der dort ansässige Betrieb für Industrieholzwirtschaft, mit großem Bedarf an Arbeitskräften, und die hat man sich geholt wie und wo es gerade ging.

Richtig hell wurde es in unserer Hütte nie. Sie hat nur kleine Fenster gehabt, und ringsherum war dichter Wald. Hat man früh oder abends einen Kienspan angezündet, sind die Küchenschaben in alle Richtungen auseinandergestoben, doch es waren so viele, dass sie nicht alle in den Wandritzen verschwinden konnten. Aber mit der Zeit hat man sich an sie gewöhnt. Die Obrigkeit hat uns zu Verbannten auf Lebenszeit erklärt und uns alle Papiere abgenommen. Das Recht auf einen Sowjetpass hätten wir verwirkt. Ohne Papiere könnt ihr nirgendwohin, haben sie uns gesagt, und wer einen Fluchtversuch begeht und ohne Dokumente aufgegriffen wird, der wandert ins Lager. Alle 14 Tage mussten wir uns in der Kommandantur im kilometerweit entfernten Nachbardorf melden. Vaterlandsverräter haben sie uns genannt, denn wir hätten dem Sowjetreich den Rücken gekehrt, und für solche sei selbst der kürzeste Sommer noch zu lang und die härteste Arbeit zu leicht. So hat man uns in den Wald geschickt zum Bäumesägen.

Was war das für ein Wald. Weischt, manchmal hat man vor lauter Bäumen kaum ein Stückchen Himmel gesehen. Wie still es dort war, wenn man sich nicht bewegte und lauschte, bis es einem anfing in den Ohren zu sausen. Dann haben sich unsere Schritte im Schnee laut wie das Knattern von Maschinengewehren angehört. Die Stimmen der anderen, das kreischende Geräusch des Sägeblattes zwischen uns, Tag für Tag dieselben Bewegungen, Schwielen an den Händen, schnell so gut es ging die klammen Finger über dem heißen Wassertopf aufgewärmt… Und immer wieder ›Weitermachen‹! Bis zum Dunkelwerden haben wir gesägt und gesägt und die zersägten Stämme zum Abtransport gestapelt, solange bis wir unsere Pflicht für erfüllt gehalten haben. Jemand hat uns gezeigt, wie man bei der Abgabe der Sollmenge ein bisschen schummelt, anders wäre es nicht zu schaffen gewesen… Wir haben als Frauenbrigade gearbeitet, für die paar Kinder gab's keine Schule, und die zwei Männer aus unserer Hütte haben alters- und krankheitshalber nicht mehr viel helfen können. Gottlob sind wir keine streng bewachten Gefangenen gewesen, bloß Verbannte, da hat man es mit der Aufsicht nicht so genau genommen… Wohin sollten wir auch, wenn ringsum nur Schnee und Wald ist. Regelmäßig ist einer vom Lespromchos auf einem Schlitten vorbeigekommen, um uns die ›Norm‹ abzunehmen. Manchmal war er allein, manchmal haben ihn freie Arbeiter begleitet. Solche, die gutes Geld für ihre Arbeit bekommen haben. Keine Reichtümer, das nicht, aber auch keinen Bettellohn wie wir, der einen gerade so am Sterben gehindert hat.

Wenn die Obrigkeit kam, war das eine Abwechslung. Dann haben wir mal andere Menschen zu Gesicht bekommen. Sie haben das Holz begutachtet und etwas in ein Heftle geschrieben, einmal habe ich reingeguckt, da stand ›einundvierzigster Abzweig‹, das Datum und eine Zahl dahinter.

Ich hab oft dran gedacht, wenn mein Oskar bei mir wäre, hätte er mir das alles besser erklären können, und ich hätt dem Albert nicht immer verbieten müssen, Fragen zu stellen. Mutter, wann können wir wieder nach Hause? Mutter, haben wir den falschen Zug genommen? Mutter, wo bekommen wir mehr zu essen? Aber je hungriger der Junge wurde, desto weniger hat er gefragt. Das hat mich anfangs beruhigt. Jedenfalls so lange, bis mir klar wurde, dass wir bald verhungern würden. Holz kann man nicht essen, und täglich hat man nur 300 Gramm Brot gegen Verpflegungsmarken kaufen können. Wegen Kartoffeln bin ich kilometerweit im Schnee durch den Wald gestapft bis in die umliegenden Dörfer, um den Leuten das eine oder andere Kilo abzukaufen. Manchmal haben sie mir statt Kilos nur zwei oder drei einzelne gegeben. Wenn ich in einem Dorf kein Glück hatte, bin ich ins nächste gelaufen. Fleisch haben wir in jenen Jahren überhaupt keins gesehen, nicht mal einen Knochen für eine magere Suppe hat man irgendwo bekommen. Trotzdem haben wir 1946 irgendwie durchgehalten, im Sommer hat man sich mit Beeren und Pilzen aus dem Wald geholfen, und im Herbst habe ich bei den freien Arbeitern die feinen deutschen Lederanzüge aus Roßleben gegen Kartoffeln und Rüben eingetauscht. Mein bisschen Geld hat sie nicht gereizt. Sie hätten sich ja davon auch nichts kaufen können. So ein Lederanzug war wenigstens was

Handfestes und hat uns über ein paar Wochen gerettet. Aber ab Oktober wurde es immer schlimmer, und im November war Albert selbst dünn wie ein Kienspan, und ich konnte kaum die Säge halten. Es wäre bald zu Ende mit uns. Aber ich musste doch auf Oskar warten, ich durfte doch nicht so einfach vom Erdboden verschwinden! Ich habe nicht darauf vertraut, dass sie ihm unsere Todesbescheinigung schicken täten und woher sollte er dann erfahren, was aus uns geworden war?

Und so hab ich einen Entschluss gefasst, aber frag mich nicht, was Oskar dazu gesagt hätte! Ich hab alles gepackt, was mein Eigentum war, vor allem die Armeebettwäsche mit den Flicken drauf, zwei große Bündel sind draus geworden, hab den Albert an die Hand genommen und ihm gesagt, dass wir sowieso sterben, wenn wir bleiben. Wenn wir aber gehen, könnten wir seinen Vater finden. Gut, hat er mit seinen fast zwölf Jahren gesagt, gehen wir. Im Dezember 1946 haben wir uns auf den Weg gemacht, im tiefsten Winter, in der tiefsten Taiga, als flüchtige Verbannte ohne Papiere und mit einer Angst im Nacken, die mich lähmte und vorantrieb.

Einmal wäre unsere Reise fast zu Ende gewesen. Mein Gespartes hat bis Kirow gereicht. Dort mussten wir umsteigen, aber ich hab kein Geld mehr für die Fahrkarten gehabt. Auf dem Bahnhof herumzulungern und zu betteln, hab ich mich nicht getraut. Ich wollte zum Markt, um dort die Bettwäsche zu verkaufen. Hab Albert überredet, am Bahnhof bei unseren zwei Bündeln zu bleiben und auf mich zu warten, dachte, ich wäre schneller ohne ihn und das Gepäck. Ich bin meine Ware recht schnell losgeworden, war ja von guter Qualität und was Seltenes, bin mit dem Geld zurück und was sehe ich: Albert umringt von Milizmännern, die ihn ausfragen. Er gibt mir Handzeichen, weg, weg, da bin ich schnell in eine Seitenstraße eingebogen. Hab gedacht, das war's gewesen, sie nehmen meinen Jungen mit, und ich werd ihn nie wiedersehen. Aber dann haben sie ihn stehen lassen, und nach einer Weile ist er zu mir. Die Miliz habe ihn nach Papieren gefragt, und er habe gesagt, seine Mutter hätte die. Wo die denn sei, seine Mutter, haben sie ihn gefragt. Er habe zur Antwort etwas radebrecht, um die Uniformierten zu verwirren. Alberts Russisch war nach dem Jahr in Roßleben noch nicht so gut. Seine Mutter sei Brot kaufen und dass er sehr hungrig sei, habe er in Zeichensprache vervollständigt. Schließlich haben sie von ihm abgelassen und gesagt, wenn er in einer Stunde immer noch dort allein sitzen täte, würden sie ihn mitnehmen und in ein Waisenhaus stecken, weil er lüge.

Ich habe dann die Fahrkarten gekauft, im Zug vor Dankbarkeit geweint und die ganze Zeit Alberts Hand festgehalten.

Im Januar 1947 sind wir in Akmolinsk angekommen.

Als sie uns nach Wologda brachten, habe ich Leute reden gehört, dass ein anderer Transport nach Kasachstan gegangen war, um Familien aus den Schwarzmeergebieten voneinander zu trennen. Dorthin wollte ich, in dieses ferne Kasachstan, und mich dann in Akmolinsk, der ersten größeren Stadt, durchfragen. Denn die Schwiegermutter hat Reisenden nach Wologda einen Brief für mich mitgegeben, in dem ihre Adresse drinstand. Sie und etliche andere aus Oskars Familie hat es in eine Gemeinschaftsbaracke am Rande der Stadt verschlagen, wo sich Verbannte zu sechst ein Zimmer teilten. Dann bin ich mit Albert noch dazugekommen. Aber eigentlich war's eine Erdhütte gewesen, die Schwiegermutter hat nur gemeint, Baracke würde besser klingen. Schlafen haben wir nur in Schichten gekonnt, aber weischt, ich bin so froh gewesen, wieder bei meinen Leuten zu sein. Nur in Sicherheit war ich noch lange nicht. Bei jeder Passkontrolle hätt ich auffliegen können, und dann hätte man uns zurück nach Wologda geschickt, den Ort unserer Verbannung auf ewige Zeiten. Und wenn sie herausgefunden hätten, dass ich als Frau von einem verurteilten Volksfeind schon '37 im Gefängnis gesessen bin, da wär's noch weit schlimmer gekommen.

Das ist uns zum Glück erspart geblieben. Eine von Oskars Tanten hat in einem Lebensmittelladen ausgeholfen, in dem der Chef der Eisenbahnmiliz öfters einkaufte. Sie meinte, das sei jemand mit dem man vielleicht reden könne, das heißt, sie schätzte ihn als vertrauenswürdig oder bestechlich ein. Ich hab mich bei dem Herrn Natschalnik vorgestellt, hab gesagt, dass ich keine Papiere habe, aber unbedingt in der Stadt bleiben will. Der Natschalnik ist ein Mann um die fünfzig gewesen, mit Frau und zwei Kindern und in einer Stellung angekommen, in der es sich wohl gehörte, Personal zu beschäftigen. Ich solle ihm den Haushalt führen, hat er gesagt, und dann werde er sehen, was er für mich tun kann. Versprechen könne er mir nichts, aber solange ich in seinem Haus lebe, sei ich in Sicherheit.

So bin ich als Illegale zu einer festen Anstellung gekommen. Der Natschalnik hat von Amts wegen eine große Wohnung überlassen bekommen, jedes Kind hat ein eigenes Zimmer gehabt und seine Frau sogar ihre eigene Ankleide! Mir hat er ein Gästezimmer gegeben, denn zahlen wollte er nichts. Kost und Logis, mehr sei in meiner Lage nicht drin, hat er gesagt. Also habe ich die Wohnung geputzt, Essen gekocht, Wäsche gewaschen, alles gemacht, was in einem großen Haushalt anfällt. Gäste haben die Herrschaften oft gehabt, ein lautes Volk, das viel gegessen, noch mehr getrunken und Unmengen an schmutzigem Geschirr hinterlassen hat. Aber mir ist alles recht gewesen, wenn der Natschalnik mir nur bald Papiere hätte besorgen können.

Den Albert hab ich bei der Verwandtschaft lassen müssen. Eine Seele zum Durchfüttern reiche ihm, hat mein Natschalnik gesagt. Trotzdem hat er mir erlaubt, die Woche über Essensreste aus dem feinen Haushalt meiner Herrschaften zu sammeln und samstags aufs Dorf mitzunehmen. Manchmal war auch Mangelware darunter, dass meine Leute große Augen gemacht haben. Mit vollgepackten Taschen bin ich mit dem Bus rausgefahren zur Kolchose, wo die Schwiegermutter auf dem Feld arbeiten musste. Nach jedem Besuch habe ich gedacht, du hast es jetzt richtig gut, Erika Schmidt, geborene Sara Hönle, du als Dienstmagd mit eigenem Zimmer in einer feinen Stadtwohnung! Denn Oskars Familie hat nach wie vor sehr beengt gewohnt. Auch mussten sie sich alle 14 Tage bei der Kommandantur melden.

Ruhig leben konnte ich aber trotzdem nicht. Die Angst vor Entdeckung hat mich bis in die Träume verfolgt. Zwei Jahre hat es gedauert, bis der Milizchef mich abends in sein Arbeitszimmer gerufen, mir einen Pass ausgehändigt und gesagt hat, damit könne ich mir eine bessere Arbeit suchen. Das hab ich mir nicht zweimal sagen lassen. Ich hab ja bei ihm kein schlechtes Leben gehabt, genug zu essen und ein Dach überm Kopf, aber nur einen Tag in der Woche mein Kind sehen dürfen, das hat mir nicht gefallen.

Ich bin also zurück aufs Dorf, zu Albert, wo acht Leute in einer ausgebauten Scheune gehaust haben, und wollte mich umschauen nach einer neuen Arbeit. Oskars Tante hat zu der Zeit jeden Tag ihren Enkel in der Stadt vom Kindergarten abgeholt und mir erzählt, die Köchin dort habe gekündigt und die Leiterin suche nun eine neue, ich solle einfach mit meinen neuen Papieren hingehen. So bin ich Köchin im Kindergarten geworden, keine schlechte Arbeit, das Leben ist so nach und nach erträglicher geworden. Die Leiterin hat mir und Albert ein Zimmer zur Untermiete angeboten, da haben wir plötzlich viel Platz gehabt für uns zwei. Albert hat die Schule beendigt und eine Lehre angefangen. Lern was Gscheites, Junge, hab ich ihm gesagt, essen, trinken und sich anziehen müssen die Leute immer. Das Schneiderhandwerk hat er lernen wollen und Mützen genäht, abends bei Kerzenschein. Wir haben sparsam gelebt, aber Kerzen hab ich ihm gekauft, mein Sohn sollte sich nicht die Augen verderben in jungen Jahren ... Jede Kopeke haben wir gespart, und als der Albert fertig war, hat er in einer großen Bekleidungsfabrik eine Anstellung als Schneider gefunden. Eines Tages ist er nach Hause gekommen, wir haben immer noch bei der Kindergartenleiterin zur Untermiete gewohnt, und hat gesagt, Mutter, wir können uns ein Haus kaufen. Wie das, hab ich gesagt, das Geld reicht doch nur für eine Hundehütte! Da hat er mir ein Papier gezeigt. Die Fabrik hat ihm über etliche tausend Rubel zinslosen Kredit gegeben. Er ist gleich losgezogen, Häuser angucken. Mindestens drei Zimmer sollte es haben, eins für mich, eins für ihn und seine Frau und eins für die künftigen Kinder.

Und dann hab ich wieder in einem eigenen Haus gewohnt, mit Garten und mit Hund, fast wie früher.

Nur ohne Oskar.«

19

Bianca sagte, sie müsse sich setzen. Sie ließ sich mit ange-
winkelten Beinen auf meinem Küchenboden nieder, den
sie wegen der abgeschabten Holzdielen schon bei der
Erstbesichtigung irgendwie schick gefunden hatte. Sie
legte ihre Ellbogen auf den Knien ab und verschränkte
die Hände in der Mitte. »Was sagst du?«, fragte sie mit
einem Blick, der an mir vorbei zum Fenster ging.

»Ich weiß nicht. Abhauen klingt irgendwie nicht gut.«
Selbst auf die Gefahr hin, meine Freundin an das Jenseits-
der-Grenze zu verlieren, war es mir nicht gelungen, etwas
weniger Abwartendes zu sagen.

»Dann nennen wir es halt: Die Lücke im System nutzen, bevor sie geschlossen wird. Nun, was ist?«

»Meinst du, jetzt gleich, so ganz ohne Gepäck?«

Bianca verdrehte die Augen, sagte aber nichts.

»Weißt du, ich glaube, wir sind zu spät dran. Wenn,
dann hätten wir schon im Juni oder Juli, wie die anderen,
verstehst du… Aber so wie es aussieht, haben wir den
richtigen Moment verpasst, und bis wir soweit sind, ist
alles längst wieder dicht…«

»Bis wir soweit sind?! Du willst also vorher fristgerecht
kündigen und Umzugskisten packen?«

Während sie sprach, begannen sich in Biancas Gesicht
die von ihr gefürchteten roten Flecke auszubreiten.

»Ich muss darüber nachdenken«, beschwichtigte ich.
»Gib mir einen Tag Bedenkzeit oder besser zwei, okay?«

Ich stellte Bianca noch ein Glas Wasser hin. Ohne mich
anzusehen, deutete sie ein Nicken an.

In den folgenden Wochen versuchte ich, Bianca aus dem Weg zu gehen. Wie habe ich mich dafür gehasst. Ich hoffte, sie würde mir aus ihrem neuen Leben eine Postkarte schicken, um mich daran teilhaben zu lassen. Tagelang schlich ich voller Angst zum Briefkasten. Als Bianca sich wieder meldete, war der Sommer jäh vorbei, und sie wohnte immer noch in Dresden Striesen. Wir sprachen das Thema nicht mehr an.

Im Herbst 1989 gingen wir zusammen essen und wurden aus dem Fenster eines Restaurants in der Dresdner Innenstadt Zeugen einer Montagsdemo. Trotz der vielen Kerzen in der Abenddämmerung und einer plötzlich erhabenen Stimmung um mich herum wollte sich bei mir kein besonderes Gefühl einstellen, als ich die Leute unter uns vorbeiziehen sah. Das Glas zwischen uns war wie eine trennende Wand. Irgendetwas hinderte mich daran, die Seiten zu wechseln.

Bianca jedoch stürzte sich mit Begeisterung ins Ungewisse. Zeitweise gab es in den Geschäften keine Kerzen mehr zu kaufen. Ich lieh Bianca die letzten zwei, die ich für Fälle von Stromausfall aufbewahrte. Ihr Gemütszustand, der zwischen Euphorie und Zukunftsangst schwankte, gab mir Anlass zur Sorge.

Dennoch ließ ich mich von Bianca überreden, folgte ihr in die überfüllte Versöhnungskirche und wunderte mich beim gemeinsamen Gebet über große breitschultrige Männer, die Gott um Kraft und Zuversicht anflehten, um all das zu überstehen, was außerhalb der Kirchenmauern geschah.

Bianca organisierte unsere erste Reise nach Westberlin. Sie hatte noch ihre Freundin Christine mitgenommen, zu dritt quetschten wir uns auf dem Dresdner Hauptbahnhof in einen überfüllten Sonderzug. In Berlin angekommen, gingen wir zum nächsten Grenzübergang. Bianca und Christine zeigten ihre blauen Personalausweise und wurden durchgewinkt. Meiner war rot, mit einer unbefristeten Aufenthaltserlaubnis für die Deutsche Demokratische Republik. Der Grenzer blätterte minutenlang darin und gab mir das Dokument mit den Worten zurück: »Sie können hier nicht rüber. Ausländer müssen zum Grenzübergang Friedrichstraße.«

Lange Gesichter bei Bianca und Christine. »Was heißt denn das jetzt?«

Leute drängelten an uns vorbei, wir standen anderen im Weg. Der Grenzer wies uns an, beiseite zu gehen. Ich fühlte mich ein wenig außer Atem. »Das heißt, ich komme nicht mit. Ihr müsst euch ohne mich Berlin anschauen.«

»Unsinn«, sagte Bianca, aber es klang nicht sehr überzeugt.

Christine schlug halbherzig vor, dass wir alle gemeinsam zur Friedrichstraße fahren. Doch ich wollte nicht, dass sie wegen mir so viel Zeit verloren. Schließlich einigten wir uns darauf, dass ich allein zum Grenzübergang für Ausländer fahren sollte und wir uns auf der anderen Seite in Westberlin treffen würden. Als Treffpunkt machten wir die Siegessäule aus.

Ich erinnerte mich nicht mehr an die Einzelheiten dieser kurzen Reise, nur noch daran, dass ich die wenigen U-Bahnstationen in eigenartiger Stimmung zurücklegte. Am Ende gelangte ich ohne weitere Probleme nach Westberlin. So viel anders sah es dort auch nicht aus. Auf dem Weg zur Siegessäule verirrte ich mich in einem weitläufigen Park. Minutenlang kam mir kein Mensch entgegen, das war fast unheimlich. Instinktiv presste ich meine Handtasche fester an mich, irgendwo im Hinterkopf hatte sich unbewusst, dafür um so tiefer verankert: Der Westen war gefährlich. Hinter jedem hübsch gestutzten Busch konnte ein Gewalttäter lauern. In leichter Panik holte ich meinen Stadtplan hervor, um mich zu orientieren. Eine Westberlinerin, die mit Hund vorbeijoggte, blieb stehen und fragte mich freundlich, ob sie mir helfen könne. Bevor ich reagieren konnte, begann sie bereitwillig zu erzählen, dass wir uns vor dem Schloss Bellevue befanden, dem zweiten Amtssitz des Bundespräsidenten und dass die Fahne nicht gehisst war, weil der Bundespräsident gerade nicht in Berlin weilte. Ich nickte dankend und vergaß, nach dem Weg zur Siegessäule zu fragen.

Abends fuhren wir nach Dresden zurück, Bianca und Christine noch im Besitz der Reste ihres nichtaufgebrauchten Begrüßungsgeldes, todmüde von den Eindrücken des Tages. Auf der Hinfahrt hatten sie mir erzählt, ich könne meinen Teil an jeder Ecke bekommen. Ausweis vorlegen und kassieren.

Die Dame am Schalter konnte mit meinem Ausweis nichts anfangen und verwies mich ans Rathaus Wilmersdorf am Fehrbelliner Platz. Dort würden Sonderfälle bearbeitet; auch solche wie ich.

Als ich mit leeren Händen herauskam, fragten Bianca und Christine, was denn schon wieder los sei. Ich sagte, das Rathaus Wilmersdorf soll ein architektonisch besonders schöner und interessanter Bau sein, ob wir uns den noch anschauen könnten?

Das war natürlich unfair, denn als wir dort ankamen, hatte das Rathaus bereits geschlossen, und Bianca musste für mich die Rückfahrt auslegen.

Ende 1990 hörten Ignacio und Manuel auf, mir abwechselnd Komplimente über das Blau meiner Augen zu machen und gingen zu Heiratsanträgen über, die ich höflich abwies. Dann hatte sich das Thema Kuba ganz schnell erledigt, sowohl bei Bianca als auch bei ihren Kubanern. Sie und José gingen wieder getrennte Wege.

Unvereinbare Lebenspläne gab sie als Grund dafür an. Bianca stillte ihr Fernweh vorübergehend auf der Felsenbühne Rathen, wo sie bei Winnetou-Aufführungen für das Wegräumen von Pferdemist zuständig war. Gewiss, das war nur ein kleiner Anfang, aber einmal in der Nähe einer Bühne, hoffte sie, irgendwann Einfluss auf deren Gestaltung nehmen zu können, als Bühnenbildnerin etwa.

An dem Abend, als ich Rudi kennen lernte, war Bianca dabei. Ich bezog inzwischen mein Westgeld vom Arbeitsamt. Ein Jahr nach Abschluss meiner Ausbildung war meine Stelle der sozialen Auswahl zum Opfer gefallen: Ich war jung, ledig und kinderlos, und die neue Firmenleitung, eine westdeutsche Forschungsgesellschaft, im Gegensatz zu meiner Mutter der Meinung, dass aus mir durchaus etwas werden könnte, aber eben woanders.

Es war reiner Zufall, dass wir nicht in einem Studentenclub gelandet waren, sondern in einer Diskothek. Rudi ging nie in Studentenclubs. Es war Biancas Idee gewesen, hierher zu kommen; sie versuchte, ihrem Ex-Kubaner auszuweichen, der nach wie vor gerne in Studentenclubs ging. Sie wollte ihm auf keinen Fall begegnen und wenn doch, würde sie ihn nicht grüßen wollen, weshalb eine solche Situation von vornherein zu vermeiden sei. Und das, obwohl sie mir vor nicht allzu langer Zeit erzählt hatte, mit José den besten Sex ihres Lebens gehabt zu haben. Ich fand, man schulde demjenigen, mit dem man den besten Sex seines Lebens gehabt hatte, wenigstens so viel Dankbarkeit, ihn bei einem Zufallstreffen zu grüßen, aber Bianca war da anderer Meinung.

Als ich nach dem Tanzen zu »James Brown is dead« mit Rudi an der Bar saß, von dem ich zu dem Zeitpunkt gerade mal den Vornamen wusste, merkte ich, wie Bianca ihn mit Blicken verschlang. Das brachte mich dazu, mir ihn genauer anzuschauen.

Bianca unterbrach unser Gespräch und sagte, sie müsse sich ein wenig frisch machen, ob ich sie begleiten wolle? Ich entschuldigte mich bei Rudi und folgte meiner Freundin. Beim Händewaschen auf der Damentoilette fragte sie beiläufig: »Wie findest du ihn?«

»Keine Ahnung«, sagte ich. »Ich kenne ihn doch gerade erst seit ein paar Minuten.«

»Manchmal reicht ein einziger Blick. Er sieht aus wie ein griechischer Gott.« Bianca frischte vor dem Spiegel ihre Wimperntusche auf, und ich verstand immer noch nicht, worauf sie hinaus wollte.

»Hm«, sagte ich und fand insgeheim, dass Bianca maßlos übertrieb.

»Setz deine Brille wieder auf. Siehst du denn nicht: Er ist das vollkommene Modell! Ich würde ihn gern malen!«

Ich kannte Bianca gut genug, um mich zu fragen, warum sie das Pferd von hinten aufsattelte. Sie war nicht nur die talentiertere von uns beiden, sondern auch die hübschere und ich daran gewöhnt, dass männliches Interesse mehr ihr als mir galt. Sie musste mir auf diesem Gebiet nun wirklich nichts vormachen und ihren Jagdtrieb als Liebe zur Kunst tarnen.

Vielleicht fiel meine Antwort deshalb etwas schnippischer aus als gewollt.

»Frag ihn doch. Es wird ihm sicher schmeicheln. Und wenn du dich daneben stellst, male ich ein Doppelporträt von Venus und Adonis!«

Bianca sah mich verständnislos an. Dann dämmerte es ihr.

»Was du wieder denkst! Nein, diese Rolle überlasse ich gerne dir, mein Interesse ist rein künstlerischer Natur, verstehst du?«

»Ja, nein«, sagte ich nörgelig. Warum erzählte sie mir das? Ich hatte Lust, nach Hause zu gehen.

Bianca packte ihre Wimperntusche wieder ein. »Dann denk doch, was du willst. Du hast ja bereits aufgegeben und malst lieber Ellipsen und Kreise statt lebendiger Menschen!«

Ich wollte ansetzen, dass ich im Moment gar nichts malte, weil ich mich in einer wichtigen Orientierungsphase befand, was mein weiteres Leben betraf, und sie als beste Freundin das wissen sollte, aber Bianca fasste mich mit einer Hand am Oberarm, damit ich mich ihr voll zuwandte und schnitt mir das Wort ab.

»Ich würde ihn ja fragen. Wenn du es nicht tust.«

Ich zuckte ratlos mit den Schultern. Sie nahm es als Bestätigung und ging mir voraus. Eigentlich hatte ich das Feld ihr überlassen wollen, ja ich hatte es schon so gut wie beschlossen, aber als ich diesen David namens Rudi noch auf dem Barhocker, wo ich ihn zurückgelassen hatte, sitzen sah, fand ich, dass Bianca nicht unrecht hatte. Wenn man ihn im Profil betrachtete, hatte er etwas von einem Cäsarenkopf. Da war etwas in seinen Zügen, das selbst mich an Pinsel und Bleistift denken ließ, um es auf Papier festzuhalten. Vielleicht lag darin die Inspiration, auf die ich schon so lange vergeblich wartete?

Ich setzte mich wieder zu ihm und schob seine Hand auf mein Knie. Das erforderte weniger Mut, als mit ihm zu reden. Ich hatte zuerst Bedenken, er würde nicht sofort verstehen, doch jede weitere Frage erübrigte sich.

Rudi besaß eine eigene Wohnung. Sogar mit Balkon. Stolz zeigte er mir seine zwei Zimmer und das Bad mit Badewanne und Badeofen. Ich war beeindruckt, obwohl mich die kalte Innenluft um sechs Uhr morgens frösteln ließ. Rudi entschuldigte sich, dass die Wohnung ungeheizt sei, er hielte sich hier zu selten auf, und selbst wenn er jetzt ein Feuer machte, würde es Stunden dauern, bis wir in den ausgekühlten Räumen einen spürbaren Effekt davon hätten. Dafür habe er ein warmes Bett. Zumindest das hoffte ich, denn der Rest der Möblierung machte einen eher kargen Eindruck. Ich konnte keine Spuren einer weiblichen Mitbewohnerin entdecken.

Rudis Bett war in der Tat vorgewärmt. Ich fand noch die Zeit, mich darüber zu wundern, bevor ich unter mir das gewundene Kabel einer Heizdecke spürte, die Rudi verschämt zur Seite schob. Später hörte ich, wie sie aus dem Bett fiel.

Es war Zeit zu gehen. Rudi hielt mich im Schlaf mit einer Hand an der Schulter fest, und ich hatte angenehm warme Füße. Beides machte mich träge. Statt aufzustehen und meine Sachen einzusammeln, begann ich zu überlegen, ob ich in meinem Kalender zusätzlich zu den Namen meiner Liebhaber eine Personenbeschreibung einführen sollte, ein paar Worte zu jedem, irgendein Detail als Erinnerungsstütze, denn allein von den Namen würde der Kalender niemals voll werden, vor allem nicht, wenn sie so kurz waren wie der von Rudi. Es würde mir helfen, später nicht den Überblick zu verlieren.

Doch statt zum nächsten Namen überzugehen, war ich bald bei Rudi eingezogen und schleppte während seiner Abwesenheit Eimer mit Braunkohlebriketts aus dem Keller in die Wohnung. Ich schrieb Bewerbungen und hatte wieder mit Kohlezeichnen angefangen…

Bis auf den Umstand, dass neben einem Mann auch das Arbeitsamt in mein Leben getreten war, vernahm Mutter entzückt die Neuigkeiten und nannte meine Verhältnisse »endlich geordnet«. Ich hatte mich gegen Zahlung einer Bearbeitungsgebühr in Höhe meines letzten Monatsgehalts in Westmark aus der sowjetischen Staatsangehörigkeit freigekauft. Den Ärger darüber, dass ich dieselbe Dienstleistung wenige Monate zuvor noch viel billiger und in Ostmark hätte haben können, erlaubte ich mir nur kurz. Kein Blick zurück. Die deutsche Einbürgerungsurkunde war auf dünnes Papier gedruckt und sah grün aus.

Über Rudi lernten Bianca und ich seine Freunde kennen. Die waren ganz anders als Biancas kubanische Studentenclique.

In Samstagnächten nahmen sie uns mit in stillgelegte Fabriken, wo der Putz von den Mauern bröckelte und die eingeschlagenen Fensterscheiben gegen das Tageslicht mit schwarzen Tüchern verhüllt waren. In den durchtanzten Stunden zwischen Samstag und Sonntag, wenn die Bässe auf den Brustkorb drückten, fühlte ich mich Rudi besonders nahe und beinahe verliebt. Wozu den himmelblauen Umschlag noch länger in der Schublade liegen lassen. Ich holte ihn heraus und las noch einmal den Vers des Catull, den ich vor Jahren aus einem Reclam-Heftchen abgeschrieben und hineingelegt hatte. Die paar Zeilen, in denen ihm beim Anblick seiner Geliebten die Zunge den Dienst versagt und ihn wie einen Trottel dastehen lässt. Das muss Liebe sein, hatte ich damals gedacht, und jetzt wusste ich es immer noch nicht besser. Beim erneuten Lesen fiel mir nur auf, dass meine Handschrift inzwischen nicht mehr so kindlich rund war wie zu der Zeit, als mir diese Strophe als die Offenbarung der Liebe vorgekommen war.

Ich überreichte den Umschlag Rudi, bevor er auf die nächste größere Tour ging. Rudi gab mir gerührt einen Kuss und meinte, wir sollten vor der Abfahrt nach alter russischer Tradition eine Minute schweigend zusammensitzen. Ich kam mir dabei komisch vor. Als ich ihn verstohlen beobachtete, sah es aus, als ob er betete. Dann sagte er, er würde meinen Brief immer bei sich führen, und ich schaute zu, wie er ihn hinter die Sonnenblende seines Autos steckte.

Schon am Tag unseres Kennenlernens hatte ich mich insgeheim über Rudis Namen gewundert. Das war kein gewöhnlicher Vorname für einen durchschnittlichen DDR-Bürger seines Alters. Erst später erfuhr ich, dass Rudis Stammlokal, in das Bianca und ich uns verirrt hatten, als »Russendisko« bekannt war. Und dass Rudis Eltern aus Surgut stammten, einer Stadt in Sibirien, die seit Jahrhunderten als Verbannungsort diente und wo in den umliegenden Mooren Moosbeeren wuchsen. Rudis Vater hieß Fritz, und das war der Grund, warum die Familie bereits in den siebziger Jahren in die DDR ausgereist war. Kein guter Name für einen anständigen Sowjetbürger, aber Fritz hatte sich zeitlebens geweigert, ihn ändern zu lassen. Seine Frau Swetlana rief ihn zu Hause Filja, und sie war die einzige, der er das erlaubte, sogar vor Fremden.

Am Anfang nahm ich in Rudis Welt den Außenposten einer Unbeteiligten ein. Im Schaukasten vor mir tummelte sich ein buntes Völkchen. Unter den Angehörigen der Sowjettruppen fanden sich ehemalige Soldaten, zivile Mitarbeiter, volljährige Kinder hoher Offiziere, die ihr halbes Leben in der DDR verbracht hatten und auf keinen Fall in die unbekannte Heimat ihrer Eltern zurückwollten. Ich achtete darauf, dass die unsichtbare Abdeckung zwischen uns geschlossen blieb, aber das auf Dauer durchzuhalten, war unmöglich.

Die Suche nach der Musik, die uns gefiel, führte uns in verlassene Kuhställe und verfallene Bahnhöfe. Dorthin, wo sich keine glitzernde Discokugel über den Köpfen drehte und niemand sie vermisste. Wo verschwitzte Leiber, vor deren Berührung ich zusammenzuckte, unter dem Beschuss von Nebelmaschine und Stroboskop nichts weniger als *the beginning of a new era* feierten. Ich begriff schnell: Samstagnacht beginnt das richtige Leben. Montag bis Freitag sind nur Vorbereitung darauf.

Die Menschen hinter dem Schaufensterglas boten sich gegenseitig Dinge an, von denen sie sich etwas Besonderes versprachen. Wenn man sechs Tage nur für eine Nacht lebte, musste sie wenigstens lang genug sein und maximalen Lustgewinn bringen. Das Angebot war groß, für jeden etwas Passendes dabei. Magst es als Pille, in Pulverform oder auf Papier? Ich fand, im Dunkeln sah alles gleich grau aus.

»Na, warum so zögerlich?«, fragte mich einer von Rudis Freunden, Mischa Chimik – Chemiker, das war sein Spitzname, und während er mit mir sprach, ahnte ich, dass die Glaswand gefährlich durchlässig geworden war.

Mischa Chimik erinnerte mich manchmal an meinen Vater, obwohl sie nichts gemeinsam hatten außer einer chronischen Gastritis. Die plage ihn schon lange, erzählte Mischa, und dass es keinesfalls an seinem exzessiven Konsum verschiedener chemischer Substanzen liegen könne, sondern an seinem Dienst in der Sowjetarmee. Dort habe man die Soldaten dauerhaft falsch ernährt und mit Magengeschwüren ausgestattet. Einmal sei er mit Verdacht auf einen Magendurchbruch nur knapp einer Notoperation entkommen. Das erzählte Mischa nicht ohne Stolz. Dieses noch nicht lange zurückliegende Erlebnis hinderte ihn aber nicht daran, weiterhin Vitamin-C-Kapseln aus der Apotheke zweckzuentfremden, indem er deren Inhalt mit Pulvern illegaler Herkunft vermischte und seinem Magen zumutete. Da er der Erfinder und Tester seiner Rezepte in einer Person war, bekam sein Umfeld die Versuchsergebnisse umgehend detailgetreu geschildert.

Seine gesundheitlichen Probleme führte Mischa auf den einseitigen Speiseplan bei den Sowjettruppen zurück, obwohl er nicht in Sibirien hinter dem Polarkreis stationiert gewesen war, sondern in einer Dresdner Kaserne. Tagaus tagein hatte es dort *Fleisch des Polarbären* gegeben – so bezeichnete man truppenintern die hauseigenen Schweine. Keine Massentierhaltung, nur glückliche Schweine im Stall, die mit den Resten vom Vortag gefüttert wurden. Ein Müllschluckerdasein, gewiss, aber das war nun mal Schweineschicksal – nicht nur für die Schweine der Sowjetarmee. Wenn man ihn, Mischa, frage, war das eigentliche Übel das Fett, das man für die warmen Mahlzeiten der Soldaten verwendete… und nicht die tägliche Portion Polarbär. Alles wurde mit dem berüchtigten *Kombifett* zubereitet, weil dieses zusammengepresste Gemisch aus minderwertigen tierischen Fetten konkurrenzlos billig war. Ganz selten gab es Sonnenblumenöl. Nur bei hohem Besuch aus Moskau. Das über mehrere Jahre – welcher Magen hielt das aus? Seiner jedenfalls nicht, obwohl er, Mischa, sonst keine Mimose war.

Während seines Wehrdienstes hatte Mischa als Heizer gearbeitet (offenbar eine verbreitete Tätigkeit und eine weitere Übereinstimmung mit Vater), wenig geschlafen und, nachdem er dem Fleisch des Polarbären abgeschworen hatte und unfreiwillig Vegetarier geworden war, auch wenig gegessen. Entsprechend dunkel und hager sah er aus. Groß war er auch. Man sagte ihm mehrere dramatische Liebesgeschichten nach. Die Letzte hatte er mit einer sieben Jahre älteren Offiziersgattin. Als es herauskam, hatte der Offizier mächtig gepoltert und Mischa mit unehrenhafter Entlassung aus der Sowjetarmee gedroht. Zu dieser Zeit war bereits alles im Umbruch begriffen (um nicht zu sagen: in Zersetzung), der Abzug der Truppen beschlossene Sache und das Gepolter eines gehörnten Gatten interessierte niemanden mehr. Außerdem stritt Mischa alles ab. Er hätte lediglich dienstliche Kontakte wegen einer Kohlelieferung zu der betreffenden Dame gehabt.

Diese hatte sich, schwer enttäuscht von ihrem Liebhaber, wieder ihrem Offiziersgatten zugewandt, war diesem in die alte Heimat gefolgt und Mischa von nun an frei für eine neue Beziehung mit ernsten Absichten. Vorausgesetzt, die Kandidatin hatte einen deutschen Pass und konnte gut kochen. Wobei Letzteres verhandelbar war.

Mischas Auge fiel auf Bianca.

Saschas auch.

Sascha Tarassow war der Sohn eines Oberarztes im Militärkrankenhaus der Sowjettruppen. Über seinen Vater hatte er Zugang zum Arzneimittelschrank der Station und im Laufe der Jahre einen nicht unerheblichen Vorrat an verschreibungspflichtigen Medikamenten angehäuft. Damit konnte Sascha sich eine Zeit lang über Wasser halten, nachdem sein Vater Anfang der Neunziger den Dienst quittiert und Deutschland verlassen hatte, während der Sohn beschloss, sein bisher privilegiertes Leben unter Daddys Fittichen zugunsten eines unsicheren Daseins im Untergrund aufzugeben.

Saschas illegaler Handel mit Arzneimitteln und anderen Substanzen florierte, aber es gab ein Problem: Er und Mischa, zusammen ein wahres Duo infernale, stellten sich bald als die zuverlässigsten Abnehmer der eigenen Ware heraus. Der Geschäftssinn stumpfte ab, der Bestand ging zur Neige, neue Quellen taten sich nicht auf. Das Geld wurde knapp, und die Jungs waren wegen Mietschulden gezwungen, oft den Wohnort zu wechseln. In den Schoß der Familie wollten aber beide auf keinen Fall zurück, und so schlugen sie sich mit Gelegenheitsjobs durch und blieben wachsam.

Ich entwickelte schnell eine Abneigung gegen zusammengerollte Geldscheine, von denen man nicht wusste, durch welche Nasen sie bereits gegangen waren. Ich ging zur Bank und ließ mir einen 50-Mark-Schein auszahlen, von dem die Kassiererin versicherte, dass er frisch aus der Bundesdruckerei komme.

Rudi war viel beschäftigt mit Dingen, die nichts mit mir zu tun hatten. Er rief oft von unterwegs an, im Hintergrund hörte man immer Stimmengewirr oder Musik. Wenn ich fragte, wo er gerade sei, sagte er, »an einer Autobahnraststätte« oder »in einem Restaurant«. Er erzählte mir, dass noch »ein-zwei Termine« dazugekommen seien und er »wichtige Leute zum Geschäftsessen« treffen müsse, sogar am Freitagabend. Rudis Notizblock war voll mit Nummern wichtiger Leute. Wenn ich fragte, in welcher Branche sie tätig seien, sagte er, es sei besser, wenn ich das nicht wisse. Am Ende sagte er, dass er mich liebe. Vielleicht konnte er das nur mit einem Telefonhörer in der Hand. Ich konnte es gar nicht. Ich kaute ein bisschen auf meiner Unterlippe herum, sagte »Bis bald« und meinte »Bis Samstag«.

Von Montag bis Freitag war ich arbeitssuchend. Das Wichtigste bei der Arbeitssuche, hatte uns eine vom Arbeitsamt bezahlte Bewerbungstrainerin erklärt, sei das Knüpfen von Kontakten. Ein gutes Netzwerk verhelfe einem eher zu einem Job als das tollste Abschlusszeugnis und der Massenversand von Bewerbungsschreiben zusammengenommen. Bianca meinte, wir sollten in dieser Hinsicht aktiver werden. Sie trommelte ein paar Leute mit freier Zeiteinteilung zusammen, damit wir Gelegenheit hätten, Kontakte zu knüpfen. Wir trafen uns in wechselnden Kneipen. Geschäftsabende, nannte das Bianca. Und lud sogar Rudis Freunde dazu ein. Mischa Chimik, Sascha Tarassow und Boris Wakulenko.

Boris gab sein Alter geheimnisvoll mit »über dreißig« an. Er war für seine nostalgischen Anwandlungen berüchtigt, vor allem nachdem er sich und anderen aus einer reingeschmuggelten Flasche Wodka unter dem Tisch ausgeschenkt hatte. Sein Lieblingsthema war »die Gefahr aus dem Westen«, vor der er nicht müde wurde zu warnen, auch wenn es dazu – wie er zugeben müsse – nun leider zu spät sei. Er, Boris Wakulenko, sei weit herumgekommen im Ostblock, aber die DDR sei immer sein Lieblingsland gewesen. Die schönsten Jahre seines Lebens habe er in der DDR verbracht. So ein kleiner ordentlicher sauberer Staat, in dem man sich jederzeit wohl und sicher fühlen konnte. Das vermisse er jetzt. Denn was sei in den letzten paar Jahren aus seinem Lieblingsland geworden? Man brauche sich nur umzugucken. Der ganze Dreck sei aus dem Westen rübergeschwappt. Nutten, Pornos, Dealer, Drogen. Als ob man das hier gebraucht hätte.

Früher, erzählte Wakulenko, sei er als ziviler Angestellter beim Fahrdienst für die Sowjettruppen tätig gewesen. Ein solider Job, mit Auslandszulagen und überhaupt, man habe da viele wichtige und interessante Leute kennen lernen können. Er sei ein kontaktfreudiger Mensch und liebe Geselligkeit. Regelmäßig sei er zu Konzerten nach Hellerau gegangen, wenn Künstler aus der Heimat ein Gastspiel in Dresden gaben. Man habe den Offizieren und dem Fußvolk viel Kultur geboten. Kultur sei wichtig. Richtig große Bühnenstars aus Moskau und Leningrad habe man nach Dresden eingeladen. Und sie seien gekommen. Es sei ja auch für sie eine Ehre gewesen, vor den sowjetischen Auslandstruppen aufzutreten. Um die Moral zu heben und das Heimweh zu lindern und überhaupt, der Kultur wegen.

Langweilig sei ihm nie gewesen, seine Arbeit habe er immer gern gemacht, auch in Schichten und am Wochenende. Er habe einen Auftrag bekommen und sei losgefahren. Ob es hieß, ein hohes Tier nach Wünsdorf zu bringen oder ein paar Jungs aus der Villa in der Angelikastraße Nummer 4 abzuholen, bitte, alles kein Problem für

Boris Wakulenko. Da falle ihm ein, merkwürdige Leute hätten in dieser Villa gearbeitet. Hätten geheim getan, sogar vor ihm, als habe nicht sowieso jeder gewusst, wer dort saß. An einen könne er sich noch gut erinnern, Wladimir irgendwie, ach ja, Putin. Der sei damals sein Fahrgast gewesen. Mit dem habe man während der Fahrt aber auch keinen Plausch halten können. Habe sich geheimnisvoll und zugeknöpft bis in die Socken gegeben. Na ja, man kenne ja die Sorte.

Nach der Arbeit käme bei ihm gleich die Kultur, fuhr Boris mit bedeutungsschwerer Stimme fort. Kultur sei wichtig. Wichtiger als Frauen. Frauen, vor allem russische, da verriete er ja nichts Neues, wollen immer gleich geheiratet werden, vor allem wenn der Kandidat einen soliden Job vorweisen kann. Ansonsten kommen und gehen sie, heute da, morgen fort. Aber Kultur – das sei was für immer.

Boris verstummte mit einem Seufzer und starrte gedankenverloren die gegenüberliegende Wand an. Ich wartete höflich. Die Pause schien von Dauer zu werden. Über mich wollte Wakulenko nichts wissen, ebenso wenig schien er von mir Antworten zu erwarten. Das gefiel mir an ihm. Er war keiner von diesen jungen hitzköpfigen Typen, die dafür bekannt waren, »überall Probleme zu machen«, wie Wakulenko es nannte. Im Grunde war er ein netter Kerl, der nicht in jedem Satz meine Mutter ficken wollte. Ein kultivierter Mann »über dreißig«, dem ich gerne noch länger zugehört hätte, aber ich fühlte mich zunehmend von Durst geplagt.

Da uns seit längerem keine Kellnerin mehr beachtet hatte, schlich ich mich unauffällig zur Bar.

Ich hatte noch nichts bestellt als mich von der Seite ein anzugtragender Mann ansprach. »Bist du öfters hier?«, fragte er. An seinen weißen Hemdsärmeln trug er Manschettenknöpfe. Außer meinem Vater kannte ich niemanden, der Manschettenknöpfe benutzte. Mein Vater besaß sogar die 1980er Sonderedition aus Anlass der Olympischen Spiele in Moskau: Manschettenknöpfe in Form der fünf olympischen Ringe, aus Silber gefertigt. Mutter hatte sie gefunden, als sie vor Jahren den Schrank mit Vaters Sachen ausräumte, und mir gegeben, für Rudi.

»Mal so, mal so«, sagte ich, ohne dem Mann ins Gesicht zu sehen. Er sagte etwas davon, dass er mit ein paar Freunden zufällig hier gelandet sei. Die Freunde seien inzwischen nach Hause gegangen, wegen Frau, Familie, Kindern und so weiter, ich wisse schon, er sei geblieben. Schicke Bar, oder nicht?

Ich nickte zustimmend. Der Mann war sorgfältig, aber unpassend gekleidet. Er fiel hier auf. Ein Banker oder Versicherungsvertreter auf Dienstreise. Ich wünschte, wieder bei Boris Wakulenko zu sitzen.

»Und was machste so?«

»Was meinst du?«

»Na beruflich.«

»Bin arbeitslos.«

»Na, bestimmt nicht lange – bei deinen schönen blauen Augen.«

»Danke sehr«, sagte ich. Ich wollte gerade ohne Drink zurück zum Tisch gehen als mir wieder die Worte unserer Bewerbungstrainerin einfielen. Die Barfrau stellte einen Gin Tonic vor mich hin.

»Den habe ich doch gar nicht bestellt!«

Mein neuer Bekannter winkte ab. »Der geht auf mich. Was haste denn gelernt? Vielleicht kann ich dir helfen. Wir suchen immer gutes Personal.«

»Technische Zeichnerin«, sagte ich, während ich mir ziemlich sicher war, dass diese Qualifikation nicht in sein Profil passte. »Suchst du zufällig eine?«

»Oh, nicht direkt«, sagte er erwartungsgemäß. »Ich habe mehr an Kellnerin gedacht. Weißt du, ich habe ein kleines Hotel-Restaurant. Die Arbeit ist nicht schwer, ein bisschen Champagner austragen und dabei nett lächeln. Wir haben ein solventes internationales Publikum. Du würdest da gut reinpassen.«

Ich fragte mich gerade, was an mir international sein könnte, und suchte gleichzeitig den Raum mit den Augen nach jemandem ab, der mir beistehen könnte. Bianca sah ich nicht, und der Gedanke an den eigentlichen Zweck unserer Geschäftsabende ließ mich dann doch auf dem Barhocker sitzen bleiben.

»Ist das ein Vorstellungsgespräch?«, fragte ich mein Gegenüber und versuchte, nett zu lächeln, während ich an meinem Longdrink nippte und an die Erweiterung unseres Netzwerks dachte.

»Das liegt ganz an dir. Wohnen könntest du auch gleich dort. Wir haben günstige Personalzimmer.«

»Danke, aber ich suche Arbeit, keine Wohnung.«

»Na ja, unser Haus liegt ein wenig außerhalb. Hast du Lust, es dir anzuschauen?«

Ich stellte innerlich fest, dass ich eigentlich gar kein Gin Tonic mochte und auch keinerlei Lust hatte, mir mitten in der Nacht irgendwelche Hotels »außerhalb« anzuschauen. Aber mir klang noch die strenge Stimme der Bewerbungstrainerin im Ohr, dass unsere berufliche Zukunft allein von der Eigeninitiative des Einzelnen abhänge. Ich erinnerte mich an meine Sachbearbeiterin beim Arbeitsamt, die anfallartig aus ihrem Büro auf den Flur gestürmt kam und den wartenden Arbeitssuchenden, darunter mir, den hoffnungsfrohen Satz entgegen schleuderte: »Ihr werdet doch alle nie einen Job finden!« Sie hatte ein wenig Ähnlichkeit mit meiner Mutter. Und natürlich wollte ich ihr genauso wie Mutter beweisen, dass sie beide unrecht hatten.

»Vielleicht vereinbaren wir lieber mal einen Termin tagsüber?«

»Klar, kein Problem. Gib mir deine Adresse und ich hole dich ab. Übrigens, ich bin Maik.«

»Angenehm… A… Alexandra.«

»Fein. Bei uns würdest du natürlich einen anderen Namen bekommen.«

»Wegen des internationalen Flairs?«

Maik lachte. Seine Zähne erschienen mir nicht so gepflegt wie sein sonstiges Äußeres. »Alle unsere Mädchen tragen Künstlernamen.« Er beugte sich zu mir herüber und flüsterte mir ins Ohr, wie schade es sei, dass ich heute nicht mitkommen wolle. An diesem Abend seien nämlich wichtige Leute da, denen er mich schon mal hätte vorstellen können. Es sei wirklich ein leichter Job. Ich müsse nur möglichst viele Kunden dazu bringen, möglichst viel Champagner zu bestellen. Auch wenn jemand mein Zimmer sehen wolle, hätte ich nicht viel zu tun. Denn selbst wenn dieser Jemand für »oral« bezahle, bekäme er natürlich nur »Handbetrieb«.

»Ach so ist das«, sagte ich.

Ja, so laufe das Geschäft eben, sagte er. Die anderen Mädchen würden mir alles Nötige zeigen, und er, Maik, sei sich sicher, dass ich es ganz schnell lernen würde.

Aus den Augenwinkeln sah ich endlich Bianca in Richtung Tresen gehen. Ich wartete, bis sie in meine Nähe kam und tippte ihr an die Schulter, damit sie mich nicht verfehlte.

Sie freute sich, mich gefunden zu haben, und gesellte sich bereitwillig zu uns. Ich nahm das unterbrochene Gespräch wieder auf.

»Hör mal, Maik, ich glaube, ich bringe nicht die richtigen Voraussetzungen für dein Stellenangebot mit. Aber hier, meine Freundin Bianca hat vielleicht Interesse…«

Ich schob Bianca auf meinen Platz, nickte ihr und dem Herrn mit den Manschettenknöpfen freundlich zu und machte mich auf die Suche nach Boris Wakulenko.

Als ich wiederkam (ohne Anschluss an Boris gefunden zu haben, denn mein Platz war schon von einer anderen besetzt), waren beide nicht mehr da. Ich machte mir ein wenig Sorgen. Bianca traf ich auf der Damentoilette, wo sie ihr Gesicht so gut es ging im Waschbecken unter kaltes Wasser hielt. Ihr sei heiß, und das war für lange Zeit der letzte Satz, den ich von ihr hörte.

Die Zeit von Montag bis Freitag konnte unerträglich lang werden. Ich versuchte, mich mit Dingen zu beschäftigen, die mit Rudi zu tun hatten, um ihm nahe zu sein. Manchmal hatten sie Vornamen. Ein oder zwei fanden Eingang in meinen Kalender.

Mischa Chimik wollte von mir wissen, warum Bianca seit neuestem unsere Geschäftsabende mied. Bei der Erörterung dieser Frage kamen sich unsere Köpfe näher als sonst, seine Haare streiften mein Gesicht, und ich roch sein Parfüm. Kein Rotes Moskau. Mischa bedauerte die Sache mit Bianca, ich sagte, ach, das wird schon wieder. »Meinst du?«, fragte Mischa hoffnungsvoll. Wir unterhielten uns noch ein wenig über Biancas Verhalten, das ich übertrieben empfindlich und Mischa sehr sensibel fand. Dann wechselten wir zur Kunst, und es stellte sich heraus, dass Mischa auch »ein bisschen malte«. Selbstentworfene Kinoplakate, aber Kinoplakatmaler sei ja kein Beruf mehr, mit dem man Geld verdienen könne, seit das Zeug als Massenware aus der Druckerei kommt. Nein, er müsse sich schon irgendwie anders durchschlagen.

Ich nickte verständnisvoll. Mit den Träumen sei das so eine Sache. Meistens käme bei ihrer Erfüllung etwas dazwischen.

Manchmal sei das besser so, sagte Mischa.

Wir schlitterten unversehens in eine von einer gewissen Melancholie geprägte Stimmung hinein.

Nach dem dritten Longdrink und längerem Schweigen fragte ich: »Morgen um neun?«

Mischa hob den Kopf und sah auf seine Uhr.

»Warum nicht heute um acht?«

Ich sagte, okay.

Rudi stand am Küchentisch und schmierte sich ein Butterbrot. Er trug das Oberteil, das ich ihm zum letzten Geburtstag geschenkt hatte, ein reduziertes Stück von Armani, im Sommerschlussverkauf erstanden. Leider war es nur noch in Größe XL zu haben gewesen und umspielte einen Tick zu leger Rudis Oberkörper. Ich trat von hinten an ihn heran, fuhr mit der Hand unter sein T-Shirt, küsste ihn auf die rechte Schulter. Rudi belegte das Brot mit Käse, einem Salatblatt, einer Tomatenscheibe und gab darüber einen Klecks Sandwichcreme. Ich schob sein T-Shirt hoch, wanderte mit den Lippen tiefer, quer über seinen Rücken, der frisch geduscht roch, bis ich am Hosenbund angelangt war. Ich ließ Rudi nicht in seine Schnitte beißen, drehte ihn an den Hüften zu mir herum und machte mich an seinem Hosenknopf zu schaffen. Am Anfang unserer Bekanntschaft hatte ich das eine oder andere Mal Schwierigkeiten mit dem Öffnen seiner Gürtelschnalle gehabt, die über einen originellen Verschluss verfügte. Rudi wechselte daraufhin das Modell, das ich inzwischen im Schlaf mit einem Handgriff beherrschte. Für den Knopf brauchte ich immer noch beide Hände.

Vom harten Küchenboden begannen bald meine Knie zu schmerzen. Ich hatte ohnehin Probleme mit den Knien, was laut der Diagnose meines Orthopäden an einer angeborenen Fehlstellung liegen sollte. Dagegen könne man außer Fahrradfahren nicht viel tun. Langes Knien sei Gift für den Gelenkknorpel und daher zu vermeiden, erinnerte ich mich an weitere ärztliche Ratschläge, aber Rudi bat mich, nicht aufzuhören. Ich fand den Gedanken daran, dass vor wenigen Stunden Mischa Chimik an derselben Stelle gestanden hatte, unerwartet erregend.

Auf einer der letzten gemeinsamen Fahrten mit Rudi war mir der Name auf einem Autobahnschild aufgefallen. Wir befanden uns auf dem Rückweg nach Hause. Ausfahrt Roßleben, las ich. Das klang vertraut, das hatte ich schon irgendwo einmal gehört. In einer spontanen Eingebung bat ich Rudi, doch bitte die nächste Ausfahrt zu nehmen, ich müsse mir diesen Ort kurz ansehen.

»Wozu, was soll das denn?«, fluchte er, setzte aber den Blinker und trat auf die Bremse.

Schönewerda, Bottendorf, las ich die Namen der Orte, die uns auf der Landstraße begegneten; rechts und links davon vereinzelte Bauernhöfe und windschiefe abrissreife Hütten. Am Ortseingang von Roßleben stand eine verlassene Fabrik mit eingeschlagenen Fenstern.

»Wohin jetzt?«, fragte Rudi genervt. Ich ließ ihn neben einer Kirche halten. »Warte hier, ich bin gleich zu-rück!«

Ich wollte nur einen kurzen Blick auf den Marktplatz werfen, er konnte nicht weit sein, da wo die Kirche stand, vermutete ich auch die Stadtmitte. Ich lief an einer Mauer entlang, die mir bis zur Schulter reichte, dahinter erstreckte sich ein weitläufiger Park mit Teich, kein Mensch nirgends. *Klosterschule Roßleben* verriet mir ein Schild. Kirchplatz, Schulplatz, Ernst-Thälmann-Straße, kein Marktplatz. Überall dicht aneinandergedrängte schmale Häuser, die Innenhöfe sichtgeschützt mit Toren aus Metall oder Holz. Ein Friseur, eine Drogerie, Nieselregen, niemand auf der Straße, den ich hätte fragen können.

Ich lief auf der anderen Straßenseite zurück. Rudi las im Auto Zeitung.

»Wohin jetzt?«, fragte er.

»Nach Hause«, sagte ich.

Ein paar Wochen später zog ich aus Rudis Wohnung aus. Erstaunlich, wie viel Kram sich in drei Jahren ansammeln kann. Ich brauchte mehrere Dutzend Umzugskartons und einen Miet-Transporter, um alles zu verstauen. Den Entschluss, nach Berlin zu gehen, hatte ich unserer Bewerbungstrainerin zu verdanken, die Arbeitssuchenden neben viel Eigeninitiative vor allem Mobilität und Flexibilität abverlangte. Und natürlich nicht zuletzt der Zusage einer halben Stelle als technische Zeichnerin im Architekturbüro Grehling und Partner. Ich führte Buch über meine Bewerbungen, das war die Nummer 37. Gar nicht schlecht, sagte meine Bewerbungstrainerin, andere schrieben 200 – erfolglos.

Bei meinem ersten Anruf aus Berlin erzählte ich Rudi, dass ich gut zurechtkäme. Die Wohnung sei klein, aber ausreichend, der Job entwicklungsfähig, das Gehalt naja. Aber ich sei in Berlin, hier gebe es jeden Tag Party. Das ganze Leben eine Party. Bunker, Tresor, E-Werk. Ich tat, als sei ich schon überall gewesen. Dann fragte ich, wie es ihm gehe. Wir hatten vereinbart, gute Freunde zu bleiben, vielleicht mit einer klitzekleinen Option auf seinen Nachzug. Berlin war nicht das schlechteste Pflaster für Unternehmer.

Rudi sagte, dass er sein Auto verkauft habe.

»Schön«, sagte ich, »hast du jetzt ein neues?«

Nein, sagte er, er wolle sich etwas Ruhe gönnen und nicht mehr so viel unterwegs sein. Vielleicht fliege er für einen Monat in den Süden, Tapetenwechsel und so, soll ja manchmal helfen.

»Allein?«, fragte ich.

Mal sehen, sagte er.

»Urlaub ist immer ne gute Idee«, sagte ich. Da war doch noch etwas, ich musste länger überlegen, bis es mir einfiel. Der himmelblaue Umschlag mit dem Catull-Vers.

Ach der. Den habe er wohl hinter der Sonnenblende vergessen und zusammen mit dem Auto verkauft.

»Hast du noch die Nummer vom Käufer?«, fragte ich.

Die würde mir nichts nützen, sagte Rudi, denn er habe das Auto einem Import/Export-Händler übergeben und der hätte es sicher schon längst nach Russland weiterverkauft.

Ich legte auf.

20

Kurz vor meinem Umzug nach Berlin hatte ich bei Oma
Erika vorbeigeschaut, um mich zu verabschieden. Sie verließ kaum noch ihre Wohnung. Sie bekam mittags ihr
Essen auf Rädern und verwechselte mich an schlechten
Tagen mit Menschen, die ich nicht kannte. Ihren Besteckkasten vermachte sie abwechselnd mir, Irma oder
unserem Vater, und einmal geriet sie in Panik, weil sie
ihre Schatzkiste verlegt hatte und erst nach einem halben Tag Suchen im Kleiderschrank wiederfinden konnte.
Der Kasten befand sich in einem Koffer, wie er dahin
geraten war, konnte Erika nicht erklären, sie habe doch
gar keine Reise vor, jedenfalls keine, für die man Gepäck
brauchte.

Bei meinem letzten Besuch präsentierte sie mir eine
Schwarzwälder Torte, die sie über einen Lieferdienst hatte
kommen lassen. Es schien sich um einen guten Tag zu
handeln, also sparte ich es mir für später auf, sie an ihre
Blutzuckerwerte zu erinnern.

Kaffee und Kuchen hatten auf Erika eine anregende
Wirkung. Sie erinnerte sich sogar an Rudi und unsere
Trennung. Wer hätte das gedacht, dass das einmal ohne
Hochzeit enden würde, wo der Rudi doch so ein guter
Junge gewesen sei und »einer von uns«. Ihr Albert sei
auch ein guter Junge gewesen, aber mit Flausen im Kopf.
Davon sei manches Unglück gekommen, das sie nicht
habe verhindern können. Vielleicht der Oskar, ihr Oskar
sei ja ein »Gebildeter« gewesen, sei aber – bevor sie ihn

habe um Rat fragen können – an der Politik zugrunde gegangen.

»Weischt, Alina, ich hab ja lange Zeit keinen Menschen außer Albert gehabt, denn was aus Florentine und Isaac geworden ist, das hab ich ja nicht gewusst. Sie sind mit einem anderen Flüchtlingstransport weggebracht worden. Und meinen Bruder Isaac hätt ich nicht fragen wollen, selbst wenn er der letzte Mensch auf Erden gewesen wär! Er hat schließlich den Oskar da mit reingezogen und ihn angesteckt mit seinen politischen Ideen, und unser Großvater selig hat schon immer gesagt, Schuster, bleib bei deinen Leisten. Aber den Isaac haben sie nur kurz verhaftet und wieder freigelassen, meinen Oskar nicht. Wer sagt mir, warum.

Wir sind gemeinsam aufgewachsen. Der Oskar hat mich noch mit Kleidchen und zerschlagenen Knien gekannt. Und ich ihn mit Zahnlücke und kurzen Hosen. Wir haben im Sommer auf der Straße gespielt bis in die Nacht. Sind verbotenerweise in den Kirchturm geklettert. Nur nebenbei haben wir aus Gesprächen der Erwachsenen aufgeschnappt, dass die Angst vor dem Bürgerkrieg umging. Ich weiß noch, dass ich Großvater gefragt habe, was ist Bürgerkrieg? Und er gesagt hat, spielt weiter, aber bleibt im Hof. Auch die Jungs wollten bald alle Bürgerkrieg spielen. Ich durfte nur zusehen. Oskar, der zwei Jahre ältere, hat mir erklärt, wer gegen wen kämpft und dass da kein Platz für Mädchen sei. Oskar hat über alles Bescheid gewusst. Sein Vater und Großvater hatten eine Bürgerwehr im Dorf gegründet, in die alle erwachsenen Männer eingetreten waren. Sie wollten uns vor Überfällen durch die Roten und die Weißen beschützen, die abwechselnd durchs Land zogen und Dörfer plünderten. Oskar hat seinen Vater für einen Helden gehalten.

Wenn ich zurückdenke, kommt's mir vor, als hätten wir irgendwie wenig Zeit gehabt, Kinder zu sein. Niemand hat uns beschützen können. Die kräftigsten Männer im Dorf, bewaffnet mit Heugabeln und Spitzhacken, haben ja doch nichts ausrichten können. Welt krieg, der erste, Revolution, Bürgerkrieg, Enteignung, Zwangskollektivierung, Hungersnot. So ging das in einem fort. Keine Zeit für ein normales Leben, weischt. Zwischendurch sind wir ein paar Mal freitags zum Dorftanz gegangen. Da war es schon klar gewesen, dass Oskar und ich zusammengehören. Er, der Buchhalter, und ich, die Erntehelferin, so stand's in meinem Arbeitsbuch. Oskar hat mir im Dunkeln hinter der Tanzbühne einen Antrag gemacht. Ich habe ja gesagt. Wir wollten mit dem Heiraten auf bessere Zeiten warten, man muss ja den Leuten etwas auf den Tisch stellen können, wenn man zur Hochzeit ruft. 1932 war jedenfalls nicht daran zu denken. Bevor das Vieh verhungert ist, haben es die Bauern geschlachtet, und als das Saatgut fürs nächste Jahr aufgegessen war, hat man die Rinde von den Bäumen geschält. Unsere Katzen und Hunde waren schon dürre, aber weiter im Landesinneren soll es gar keine mehr gegeben haben. Stell dir das mal vor, was sind das für Dörfer ohne Katzen und Hunde! Jagd auf Spatzen haben die Leute gemacht, und als nach Katzen und Hunden die Spatzen weggeblieben sind, hat man den Kindern verboten, vors Haus zu gehen. Manches Kind sei schon im Kochtopf gelandet, haben die Bauern erzählt, um den Kleinen Angst zu machen. Alle Kinder bekommen Geschichten erzählt, die ihnen Angst machen sollen. Kannst du dich an Fedka den Säufer erinnern, Alina? Unseren ehemaligen Nachbarn von gegenüber? Mit dem haben wir dir immer gedroht, wenn du abends nicht ins Bett wolltest. Der würde dich holen, wenn du nicht folgst. Der Fedka, der ist bekannt gewesen als Kinderschreck in der ganzen Straße. Dabei war er ein harmloser Kerl, hat nur in seiner Jugend ein paar Mal über die Stränge geschlagen und im Suff seine Frau verprügelt, bis ihr das Trommelfell geplatzt war. Danach hat sie ihn nicht mehr ins Haus gelassen, wenn er getrunken hatte, und er schlief in der Sommerküche seinen Rausch aus. Fremde hat er nicht angerührt. Mit dem Alter ist er immer friedlicher geworden, zuletzt hat sich keiner mehr vor dem ›Fedka holt dich‹ gefürchtet, aber bei dir, Alina, hat es noch gewirkt.

Von Dorf zu Dorf gingen die Geschichten, eine unglaublicher als die andere. Verhungernde würden Verhungerte essen. Einige habe man dabei beobachtet, wie sie Toten auf der Straße Gliedmaßen abhackten, um daraus Suppe zu machen. Und manche Kinder habe es nicht gerettet, dass sie nicht vors Haus gegangen sind. Im Haus hat sie der Kochtopf ereilt. Die eigenen Eltern, habt ihr das gehört… Damit die Bauern nicht in die besser versorgten Städte strömen konnten, habe die Miliz ganze Dörfer abgeriegelt. Sie sollten unter sich sterben und ihre Geschichten mit ins Grab nehmen. Manche Ortschaften sollen sämtlich ausgestorben sein.

Ach, wer hat da an eine Hochzeit gedacht? Niemand, auch wenn es unser Dorf nicht ganz so schlimm erwischt hat. Dank der Weinberge ringsherum. Im Keller haben wir Fässer mit Wein für unseren Eigenbedarf eingelagert, das war von der Kolchose erlaubt. Und Rosinen haben wir gehabt, Großvater hat uns jeden Tag eine Handvoll gegeben, esst Traubenzucker, Kinder, hat er gesagt, der gibt euch Kraft. Rosinen waren in jenem Winter mehr als Gold wert. Und die Riebelesuppe. Seit mehr als hundert Jahren hat man sie im Dorf gekocht, wie man es aus dem

Schwabenland kannte. Solange ich Kind war, hat Großmutter die Riebele aus Mehl und Eiern gemacht und sie
in kochende Rinderbrühe fallen lassen.

1932 haben wir die Riebele aus nassem Mehl gemacht
und sie ins kochende Wasser geworfen. Wir haben die
schleimige Mehlsuppe gelöffelt und gesagt, oh, schmecken die gut, deine Riebele, Großmutter!

Als es mit dem Brot wieder etwas besser geworden war,
haben wir mitangesehen, wie 1933 der Kirchturm abge-
tragen und unser Gotteshaus in ›Haus der Kultur‹ umbe-
nannt wurde. Deswegen haben der Oskar und ich nicht in
der Kirche heiraten können. Im Haus der Kultur hat man
freitags wieder zum Dorftanz geladen, aber wir sind nicht
mehr hingegangen. Am Ende sei die Hoffnung auf bessere Zeiten eine tote Madam, auf die er nichts wette, hat
Oskar gesagt, lassen wir sie also sausen, kein Wort mehr
davon, noch länger zu warten, er wolle Kinder haben,
bevor er ein alter Mann sei. Der Pfarrer hat uns heimlich
getraut. Das ist 1934 gewesen. Erst danach sind wir zum
Standesamt. Von da an habe ich mit Sara Schmidt unter-
schrieben und bin in das Haus meiner Schwiegereltern
gezogen.

Ich bin schnell schwanger geworden, aber die Geburt
war schwer. Hat mir ja keiner gesagt, wie das ist. Keine
Mutter, keine Großmutter, keine Tante. Ganz allein habe
ich mich gefühlt und danach noch lange schwach. Nicht
wie eine richtige Bauersfrau. Die steht ja sofort auf und
geht aufs Feld arbeiten. Aber es war Winter, die ersten
Monate habe ich mich nur im Haus bewegt, bis zur Wiege
und zurück. Und so abweisend habe ich gewirkt, hat der
Oskar gesagt, dass er gar nicht gewusst hätt, wie er mit
mir reden soll. Ich will keine Kinder mehr, hab ich zu
Oskar gesagt. Und er hat gesagt, das wird schon wieder,
Sara, krakeele net! Da kommt noch ein ganzes Dutzend!

Oskar hat zu der Zeit viel gearbeitet. Frau und Kind wollen ernährt werden, hat er gescherzt, wenn ich gefragt hab, wohin es ihn schon wieder treibt. Als Kassierer ist er oft nach Odessa gefahren, hat manchmal auch Isaac, meinen Nichtsnutz von Bruder, mitgenommen. Was der wohl in der Stadt gesucht hat. Es gebe viel zu tun, da sei doch klar, dass alle aus der Familie mit anpacken. Der Isaac helfe aus mit dem Wein, den Fässern, dem Transport. Das haben sie mir immer gesagt und sich gegenseitig auf die Schultern geklopft wie die besten Freunde. Oder gar Brüder. Bruder Isaac! Bruder Oskar!

Dabei war mein Oskar so ein besonnener vernünftiger Mann. Die Uhr hätte man nach ihm stellen können. Der Isaac dagegen: ein ewiger Lausbub mit Hummeln im Hintern. Der ist einmal an einem Traktor vorbeigegangen, schon hat's Sabotage geheißen, und weg war er. Verhaftet wegen konterrevolutionärer Umtriebe.

Die Großeltern haben sich erst um den Enkel gegrämt, so ein lebenslustiger Bursche sei der Isaac und noch nicht unter der Haube, und man höre doch, dass viele gar nicht wiederkämen. Was für ein Unglück! Für Isaac, seine Braut, für uns alle. Ganz vorsichtig sind wir geworden. Kein falsches Wort, kein falscher Blick, keine Frage zu viel, ja nicht auffallen!

Dann haben sie ihn freigelassen. Er ist nicht ganz bei sich gewesen, als er zurückkam. Wir haben auf ihn Rücksicht genommen, dachten, wird schon wieder, bis er anfing, wirre Geschichten zu erzählen. Er hätt diesen verdammichten Traktor anzünden wollen, weil er eine selbstgedrehte Papirossa in der Hand gehalten hat. Ein aufmerksamer Sowjetbürger habe ihn auf frischer Tat ertappt, und das sei der Beweis, dass er, Isaac Hönle, ein Schädling sei, ein übler Saboteur, der es auf sowjetisches Volkseigentum abgesehen hätte. Das habe ihm der Kommissar vom NKWD beim Verhör gesagt. Und Isaac habe geantwortet, dass es ein Fehler sein muss, denn er rauche gar nicht. Daraufhin sei der Kommissar sehr böse geworden und habe eine Schimpfkanonade losgelassen und angedroht, dass er auch Parasiten das Singen beibringen könne. Dann ließ er Isaac wieder zurück in die Zelle bringen. Mein Bruder ist arg verstört gewesen, er habe viele Laster, aber rauchen tät er wirklich net, kein Mensch hat verstanden, was vor sich geht. Dann hat man ihn noch zwei Mal zum Verhör geholt und nach einigen Monaten ohne Erklärungen entlassen.

Der Isaac war wieder daheim, aber er hat meinen Oskar da mit reingezogen. Wir haben ein kleines Päckchen gehütet, da sind die Eheringe unserer Eltern drin gewesen, ein paar Ohrringe unserer Mutter, aus Gold zwar, gleichwohl nicht sonderlich wertvoll, schlichter Bauernschmuck. Unser Erbe. Das Einzige, was von den Eltern übrig war. Damit das Päckchen nicht Fremden in die Hände falle und beschlagnahmt werde, hat Isaac Oskar vorgeschlagen, es im Garten zu verstecken. Als Notgroschen für schlimmere Zeiten. Weiß ja keiner, was morgen sein wird. Das sei ihm so recht im Gefängnis klar geworden. Dass wir nur kleine nutzlose Flöhe im Getriebe eines mächtigen Traktors sind. Solchen Unsinn hat er geredet und für sein Mädchen hat er sich auch nicht mehr interessiert.

Dann haben sie lang getuschelt an dem Abend, mein Oskar und der Isaac, ich hab nicht recht hingehört, weil der Albert ins Bett gebracht werden wollte. Später ist Oskar raus, nachts allein im Regen, um den Schatz zu vergraben. Vielleicht hat ihn jemand dabei beobachtet. Vielleicht ist das eine Falle gewesen. Ich weiß es nicht. Ich hab so viel darüber nachgedacht, aber ich weiß es auch heute noch nicht.

Oskar haben sie wie üblich eine Stunde vor Mitternacht von zu Hause abgeholt. Er ist schweigend mitgegangen. Hat mich gedrückt zum Abschied. Ich hab nichts erfahren.

Vielleicht habe ich zu viel erfahren.

Das eine früher, das andere später. 25 Jahre wollte ich auf ihn warten. Bis 1962. Und so ist es gekommen. Stück für Stück habe ich mir Gewissheit verschafft, die Ämter haben mich von einem zum anderen geschickt, ich habe ihnen Erkenntnisse entlockt, die sie nicht herausgeben wollten.

Gewartet habe ich, um zu erfahren, dass ich seit 25 Jahren Witwe war.

Gewartet habe ich, um zu erfahren, dass man meinen Oskar beschuldigt hat, Mitglied einer konterrevolutionären Vereinigung gewesen zu sein. Weischt, als solche hat man die Bürgerwehr aus den Bürgerkriegsjahren eingestuft und dass diese längst aufgelöst und Oskar damals acht Jahre alt gewesen ist, was hat das schon zu sagen, das bewies gar nichts, schon gar nicht seine Unschuld. Man habe ihn einer Verschwörung gegen den Sowjetstaat überführt. Ach was, als Achtjähriger kann er gar nichts damit zu tun gehabt haben? Ich solle einen Rehabilitierungsantrag stellen. Gut möglich, dass eine Verwechslung vorgelegen hat, damals. Waren stürmische Zeiten für einen jungen Staat, der seinen inneren Feinden entschieden entgegentreten musste. Und schließlich hat Oskar genauso wie sein Vater geheißen. Da könne man ein Versehen nicht ausschließen. Die Namenslisten waren lang, wie schnell ist man da in der Zeile verrutscht. Lieber einen Feind zu viel erledigt als einen zu wenig, denn: Wie der Vater so der Sohn … Am 27. Oktober 1937 hat man Oskar Schmidt mit Genickschuss hingerichtet, so stand's in ihren Büchern.

Ich weiß nicht mehr, was ich an diesem Tag gemacht habe, ob ich was gespürt, ob ich irgendwann innegehalten habe. 25 Jahre später habe ich nachgeschaut, was für ein Tag das war, dieser 27. Oktober. Ein Mittwoch. Was habe ich an diesem Mittwoch im Herbst 1937 gemacht? Wahrscheinlich mich um die Weinernte gekümmert, Essen gekocht, Wäsche gewaschen, mit Albert gespielt, an Oskar gedacht, das Übliche halt.

Später habe ich in meinen Träumen den Schuss gehört.

Und dann, als ich von alldem noch nichts gewusst habe, das Getuschel im Dorf. Ein paar Wochen ist Oskar erst weg gewesen und ich noch voller Hoffnung.

Dass du nichts gemerkt hast, Sara! Bist ja nur mit deinem Kind beschäftigt. Den Oskar, den haben wir schon etliche Male aus dem Haus der Dressler Adele kommen sehen. Pass auf, dass er net ganz bei ihr einzieht!

Ach, diese wohlmeinenden Nachbarn! Hab nicht viel mit der Adele zu tun gehabt, weiß nur, das ist doch die gewesen, deren Mann schon im Sommer abgeholt worden ist, direkt vom Feld, nicht so wie üblich nachts.

Ich habe schon manches vergessen, aber ihren Namen nicht. Hab Oskar nicht mehr fragen können nach dieser Adele Dressler, und er hat mir nicht sagen können, was wahr ist und was falsch ist. Was habe ich drüber nachgedacht, ob ich zur Adele gehen und sie selbst fragen soll, so beschäftigt bin ich gewesen mit diesen Gedanken, dass ich ganz überrascht war, als sie mich verhaften kamen. Habe ihnen selber die Tür geöffnet. Warum? Was habe ich denn getan? Hab mich noch umgesehen, als ob mir jemand anderes hätte helfen können.

Der Schwiegervater war unten im Weinkeller, Albert schon im Bett, die Schwiegermutter an dem Tag außer Haus. Im Dorf hat man sich erzählt, dass die Festgenommenen zuerst in Untersuchungshaft nach Odessa gebracht wurden. Deshalb war die Schwiegermutter nach Odessa gefahren, um nachzufragen, ob sie ihrem Sohn zumindest frische Wäsche bringen könne. Da lag er schon verscharrt im Wald, aber sie haben ihr kein Wort gesagt. Haben ihr den Bittbrief abgenommen und sie wieder nach Hause geschickt. In der Zeit haben sie Albert ins Waisenhaus gesteckt und mich als Angehörige eines Volksfeinds ins Frauengefängnis nach Odessa überführt. Untersuchungshaft! Volle Zellen überall. Dort habe ich mein Haar verloren. Sie haben es mir abgeschnitten, wegen der Läuse. Drei Monate haben sie mich ausgefragt, ob ich etwas über die konterrevolutionäre Vereinigung wüsste, bei der mein Mann Mitglied gewesen sein soll. Läuse bekam ich am Ende trotzdem, das Haar war schon nachgewachsen, und ich bin mit einem Papier entlassen worden. Aber nicht in die Freiheit. Es hat drin gestanden, dass es mir nicht erlaubt ist, mein Heimatdorf je wieder zu betreten. Ausgewiesen wäre ich, mit der Auflage, in Odessa zu bleiben und keinen Schritt weiter! Jeder Versuch, die Stadt zu verlassen, wäre illegal und strafbar. So eine wie ich habe alle Bürgerrechte verwirkt. Auch den Albert durfte ich nicht zurück haben, der war ja in einem städtischen Waisenhaus untergebracht und sollte dort bis auf Weiteres bleiben.

Ich habe ihn erst ein Jahr später wiedergesehen. Die Schwiegermutter hat es geschafft, ihn aus dem Waisenhaus zu sich zu holen. Verlaust und schmutzig soll er gewesen sein, aber sie hat ihn wieder aufgepäppelt. Er war ja noch ganz klein und hat sich in der Zwischenzeit der Mutter entwöhnt. Er hat geweint und wollte nicht zu mir. Bin illegal aufs Dorf raus, um ihn zu sehen. Und mein Sohn hat nicht zu mir gewollt. Beim zweiten Mal hat er geweint, als ich wieder hab gehen müssen.

Vier Jahre habe ich in Odessa als Dienstmagd bei einem Arzt gelebt und bin in dieser Zeit zweimal daheim gewesen. Fahrn Sie, gute Frau, hat mein Hausherr gesagt, von mir wird keiner was erfahren! Ist kein schlechter Mensch gewesen, der Doktor.

Bei meinem letzten Besuch, im Spätsommer 41, waren noch die Rumänen im Dorf. Als im September die Deutschen einmarschiert sind, bin ich aus Odessa zurück in unser Haus. Das war nun besetzt von Funksoldaten der Wehrmacht, fünf Leute mussten wir aufnehmen, sie haben unseren Wein getrunken, aus unseren Töpfen gegessen und abends auf der Straße in den Himmel geschossen, solange kein Offizier in der Nähe war. Die Deutschen haben jedem Bauern wieder eigenes Land zugewiesen, das die Sowjetmacht uns vorher genommen hat. Auch neue Papiere haben wir bekommen, dort stand noch Sara Schmidt drin, obwohl der Mann, der sie ausgestellt hat, schon darüber die Nase gerümpft hat, aber vielleicht war es mir auch nur so vorgekommen. Fromme Namen seien das, hat ihm der Isaac erklärt, von frommen Menschen an ihre frommen Kinder vergeben. Und dass Pietisten aus dem Württembergischen und Mennoniten aus dem Norddeutschen gar nicht so weit auseinanderliegen, bei unseren Dörfern seien das nur wenige Kilometer, da vermische sich über die Zeit einiges und solange wir keine Katholischen in der Familie hätten, sei doch alles gut und gottgewollt. Mein Bruder hat es sich nicht nehmen lassen, dem verblüfften Offizier, einem Jüngelchen aus Berlin, einem von denen, die in ein warmes Federbett geboren wurden und es gegen ein Feldbett in der Steppe eintauschen mussten, von der großen Fahrt zu erzählen, die unser Urahn Hönle 1814 begonnen hat als er mit seinen Leuten in eine Ulmer Schachtel gestiegen ist mit dem Ziel, die Donau hinabzuschippern von Ulm bis zum Schwarzen Meer. Weil er kein Knecht habe sein wollen, sondern sein eigener Herr mit einem Stück Land, das ihm gehört, frei vom Militärdienst für Napoleons Württembergische Handlanger, und wegen des Glaubens, vor allem deswegen. Von der versprochenen Freiheit haben sie sich wie von einem süßen Gesang locken lassen, er und die anderen. Wie sie in den ersten Tagen der Reise, noch gesund und voller Kräfte, nicht weit hinter Ulm in einem hübschen sauberen Städtchen Rast machten, das ihnen so gut gefiel, dass sie davon zu reden begannen, nach der Ankunft auf dem ihnen von Zar Alexander I. geschenkten Boden eine Ortschaft nach dem Abbild dieses malerischen Städtchens zu gründen. Doch beim Anblick des Landstrichs, den sie nach monatelanger Fahrt erreichten, geschwächt, abgemagert, gezeichnet von Krankheiten, habe keiner mehr daran gedacht. Das Kronland des Zaren war eine Ödnis, bewachsen mit stachligen Sträuchern und Heidekraut. Die russische Krone habe ihnen ein Kolonistendorf im Kreis Akkerman, früher von tatarischen Nomaden besiedelt, zugewiesen. Das Dorf habe nur auf dem Reißbrett bestanden. Die Neuankömmlinge haben Rat gehalten und die Namen derjenigen aus den Einwandererlisten gestrichen, die es nicht bis dahin geschafft haben. Es waren viele. Die meisten sind an Seuchen zugrunde gegangen, am Typhus und an der Ruhr. Man habe gemeinsam für sie gebetet. Dann habe Urvater Hönle gleichzeitig mit dem Bau der Dorfkirche begonnen und die ersten Erdhütten angelegt, um Frauen und Kindern Schlafplätze zu sichern. Der erste Hönle war Zimmermann gewesen. Er und die seinen vertrauten auf Gott. Später, als die Gemeinde größer wurde und haushohe Akazienbäume die Hauptstraße säumten, zog einer seiner Söhne, auch Zimmermann, in ein Nachbardorf. Dieses hier, in dem Isaac und ich aufgewachsen waren. Die Hönles sind eine große und angesehene Familie gewesen. Der später abgetragene Turm unserer Kirche war das Werk eines Hönle, das solle sich jeder merken, der auf ehrbare gottesfürchtige Landwirte herabsieht.

Was habe ich gestaunt, dass mein windiger Bruder sich so gut damit auskennt, was früher gewesen ist. Der Isaac hat gar nicht mehr aufhören wollen mit unserem Dorf und seinen Geschichten, bis der Offizier ihm knapp zugenickt hat, ja, Beten sei immer gut. Wir sollten beten für den Sieg des Führers.

Zu essen gab es in der Zeit und ein paar gute Weinjahrgänge sorgten für Auskommen, nur der Schwiegervater ist schon altersschwach gewesen, und ohne Mann im Haus hat er große Sorge um den Hof gehabt. Den Isaac wolle er an Sohnesstatt, der solle sich um die Weinberge kümmern. Und ich hab gesagt, der Isaac kommt mir net ins Haus, der hat den Oskar auf dem Gewissen. Ohne Isaac wäre Oskar noch bei uns gewesen, nichts anderes habe ich glauben wollen. Darüber haben wir uns heillos zerstritten, und ich hab fast vier Jahrzehnte meinem Bruder nicht verzeihen können, geschweige denn mit ihm reden. Wollt's nicht wissen, wo er steckt, was er macht, wer seine Kinder sind. Jedes Jahr hat er dem Albert Geburtstagskarten aus der DDR geschickt, ich hab sie alle in den Ofen geworfen. Erst als seine Frau, das wiischte Weibsbild, gestorben war, hab ich es gut sein lassen. Alles vorbei, niemand kann es zurückholen.

Wer hat schon gerne Soldaten im Haus, aber solange sie dem Albert Lieder vorgesungen und ihm Ausdrücke beigebracht haben, die bei uns im Dorf keiner kannte, hat sich's nicht wie Krieg angefühlt. Was haben sich die Jungs über unsere Sprache lustig gemacht, die der schwäbischen Kolonisten aus dem 19. Jahrhundert, die in der Fremde ein neues, frommes Leben beginnen wollten auf eigenem Acker. Komisch klinge sie, wie aus einer anderen Zeit und von der Berliner Mode hätten unsere Dorfmädchen auch keine Ahnung. Dabei waren manche von den Funkern selber echte Landeier. Von uns haben sie sich die Geschichten erzählen lassen, wie das war am Anfang, als die ersten den Tod hatten, die zweiten die Not und die dritten das Brot. Davon hat mir als Kind die Großmutter berichtet, und ich hab wissen wollen, was mit den vierten und fünften gewesen sei, und sie hat gesagt, das würden wir schon noch am eigenen Leib erfahren. Am 20. März 1944 hat man uns evakuiert. Zuerst in den Warthegau und dann, je näher die Front kam, immer weiter, bis nach Roßleben an der Unstrut.

Das war Weltkrieg, der zweite, und als er zu Ende war, ging es weiter mit Verbannung, Flucht und Verstecken. Ach, was rede ich. Kindchen, gib mir noch ein Stück Kuchen.«

Erika zeigte auf die Tortenplatte.

»Denk an deinen Diabetes«, sagte ich. Sie reagierte nicht darauf, hielt mir ihren Teller hin, und ich packte ein großes Stück Schwarzwälder Kirsch drauf.

21

Am ersten Wochenende nach Irmas Ankunft fuhren wir zu dritt nach Dresden, um Mutter zu besuchen. Willi hatte seine Teilnahme am »Familientreffen« aus dienstlichen Gründen abgesagt. Er reiste durch das Land, um irgendwelche technischen Anlagen in Hotels zu warten, bekam mitunter auch Aufträge aus dem Ausland und befand sich gerade in der Schweiz.

In den drei Monaten, seit ich nach Berlin gezogen war, war ich nicht wieder bei Mutter gewesen. Die kurze Zeit hatte ausgereicht, um mich jetzt wie ein Gast zu fühlen. Anfang der neunziger Jahre, als Altbauwohnungen mit Stuckdecke plötzlich heiß begehrt waren, war sie in eine ferngeheizte Zweiraumwohnung in einer Plattenbausiedlung in Dresden Prohlis gezogen. In ihrer kleinen Küche war kaum Platz für eine Person, Mutter wollte für alle kochen und lehnte jegliche Hilfe ab.

Sie hatte mich zur Begrüßung umarmt, ich erinnerte mich nicht, wann sie das zuletzt gemacht hatte. Bei Irma verweilte sie länger und drückte ihr einen Kuss auf die Stirn. Marina bekam Schmatzer auf beide Wangen, bis sie scheu vor der unbekannten Großmutter zurückwich. »Das Kind hat gar nichts von uns«, flüsterte Mutter uns zu, als Marina mit einem Bilderbuch beschäftigt war, das auf einem Stapel mit Geschenken für sie bereitlag.

Seit Mutter nur noch stundenweise arbeiten konnte, sah sie viel fern. Sie kam mir kleiner vor und mit Bestürzung stellte ich fest, dass sie während meiner Abwesenheit gealtert war. Sie fragte uns nach Nichtigkeiten aus, wie geht es, wie war die Fahrt, habt ihr schon Hunger, und ich hatte nur Augen für ihre grauen Haarsträhnen und die gebeugte Körperhaltung. Ob ich vorhätte, auf diese Loveparade zu gehen, fragte sie, sie habe im Fernsehen davon gehört und könne mir nur abraten, wenn sie an die vielen tausend Leute und die Sanitäter vom Malteser Hilfsdienst denke, werde ihr schon ganz schlecht. Ich sagte, sie solle sich nicht unnötig Sorgen machen, da gehe es meistens um Kreislaufschwäche, und ich hätte meinen Kreislauf unter Kontrolle. Weitere Empfehlungen blieben aus. Mit Irma hatte ich mich vorher geeinigt, das Thema Vater zu meiden, und mir vorgenommen, Fragen nach meiner Kunst geduldig zu beantworten, aber sie kamen nicht.

Irma und ich deckten den Tisch, während Mutter uns darauf aufmerksam machte, dass die Pakete darauf unsere Geschenke waren. Sie habe für jeden etwas besorgt, einfach so, kleine Willkommensgaben, wir sollten die jeweiligen Namenskärtchen beachten. Ich legte mein Päckchen beiseite, Irma ihres auch. Das hatte später Zeit.

Es gab Eintopf statt Drei-Gänge-Menü, Marina wollte nicht aufessen und verzog sich alsbald wieder in ihre Spielecke. Wir blieben am Tisch sitzen. Mutter stellte eine Kanne mit heißem Tee und eine Pralinenschachtel hin und entschuldigte sich. Für das einfache Essen, den einfallslosen Nachtisch, das stockende Gespräch, alles falle ihr schwer.

»Mutter, lass das bitte!«, sagte ich. Sie verschränkte ihre Hände trotzig auf dem Schoß.

»Wisst ihr, ich habe es weder zu einer Soldaten- noch zu einer Heroinwitwe gebracht«, sagte Irma plötzlich. Ich war mir nicht sicher, die Ironie in ihrer Stimme richtig gedeutet zu haben. »Das wollt ihr doch hören, oder? Sergej und ich waren ja schon geschieden, als der Anruf aus dem

Krankenhaus kam. Sie wollten mir am Telefon nichts genaues sagen. Warum riefen sie mich dann überhaupt an? Auf Sergejs Wunsch? Könnt ihr euch denken, was diese Vorstellung in mir ausgelöst hat? Sofort haben mich diese blödsinnigen Hoffnungen, die ich sonst ganz gut im Griff hatte, wieder überfallen und für wirre Gedanken gesorgt. So etwas wie: War das die Chance, ihn auf Entzug zu schicken? Würde er – einmal bei klarem Verstand – endlich die Erlaubnis geben, seine, unsere Tochter ausreisen zu lassen? Glaubt mir, die Frage nach dem Warum spielte für mich in dem Moment keine Rolle! Vielleicht war er – und wenn unfreiwillig – in eine Situation gekommen, die ihn endlich zur Besinnung gebracht hatte?

Das alles raste durch meinen Kopf, als ich losfuhr. Marina war zum Glück noch in der Schule. Die Krankenschwester auf der Intensivstation wies mich ab. Es sei zu spät, sagte sie. Ich begriff nicht. Wie zu spät? Es war doch gerade erst Vormittag!

›Ihr Mann ist tot‹, erklärte die Krankenschwester.

›Wir sind geschieden‹, sagte ich automatisch.

›Na, das ist ja jetzt auch egal. Man hat ihn heute Nacht gebracht, in einem erbärmlichen Zustand. War nichts mehr zu machen.‹ Die Krankenschwester zuckte mit den Schultern und ließ mich stehen. Ich bin davon ausgegangen, dass es eine Überdosis gewesen sein muss. Was hätte ich anderes denken sollen? Sergej, seine jahrelange Sucht, ein Mitbringsel aus Afghanistan, am Ende die Klinik. Er hat es zu weit getrieben, die Sache war klar. Das letzte Mal war ein Mal zu viel. Und dann, beim Ausfüllen von dem ganzen Papierkram, sagt mir der Arzt: ›Wir haben den Fall der Polizei gemeldet. Man wird sie natürlich nicht finden, aber der Form halber müssen wir eine Anzeige machen.‹

›Was für eine Anzeige‹, habe ich gefragt. ›Gegen Unbekannt‹, bekam ich zur Antwort. Schließlich sei Sergej in der Nacht zuvor in eine Straßenschlägerei verwickelt gewesen. Eine ziemlich üble Schlägerei, wenn auch nichts Außergewöhnliches – aus seiner oder polizeilicher Sicht. So etwas passiere tagtäglich. Betrunkene, Bekiffte, Bedröhnte, was auch immer, es laufe stets auf dasselbe hinaus. Wer kennt das nicht. Ein Blick zu viel, ein Wort gibt das andere, und schon hat jemand deine Mutter ins Spiel gebracht. Das kann niemand auf sich sitzen lassen. Verteidigung der Männerehre und so ein Scheiß. Wir wissen ja, wie das ist. Oder weißt du es nicht, Alina? Warst ja noch ein Kind damals.

Meistens gehe es glimpflich aus, hat mir der Arzt gesagt. Ein paar gebrochene Rippen, kaputte Nasen, Blutergüsse, auch mal eine Gehirnerschütterung. Aber manchmal eben nicht. Man dürfe sich halt nicht mit den falschen Leuten anlegen, ihr versteht? ›Ihr Mann hätte vielleicht überleben können, wenn man ihn eher zu uns gebracht hätte. Er war bewusstlos und schon unterkühlt. Schauen Sie, wir haben Februar, in Bodennähe war sogar noch Nachtfrost angesagt. Haben Sie keinen Wetterbericht gehört?‹ Ich hätte fragen sollen, wo man ihn gefunden hat, was er wohl dort zu suchen hatte, wer bei ihm war, obwohl mich das alles längst nicht mehr interessierte, aber statt dessen sagte ich, nein, wozu brauche ich den Wetterbericht, und dachte für mich, was redet dieser Arzt nur für Unsinn, warum sagt er nicht, was Sache ist.

›Ihr Mann ist an seinen inneren Verletzungen gestorben, wussten Sie das nicht?‹

Nein, woher denn, niemand hat es mir gesagt…

Und da erst wurde mir klar: Ich brauche Sergejs Erlaubnis nicht mehr. Ich kann Marina mitnehmen, wohin ich will.«

Irmas Blick ruhte auf der Tasse, in der ihr Tee unangerührt abkühlte.

Ich verspürte den Wunsch, sie zu umarmen, ihr zu sagen, wie froh ich war, dass sie endlich da war, ich fand, dass das einmal gesagt werden musste, aber bevor ich mich dazu entschließen konnte, erhob sich Mutter vom Stuhl und sagte betont fröhlich: »Jetzt packt doch endlich eure Geschenke aus!«

Ich nahm das längliche Paket in die Hand, schnitt die Schleife durch, entfernte das bunte Geschenkpapier.

Mutter sah mich erwartungsvoll an. Vor mir lag ein Sortiment an »gebrauchsfertigen Schulmalfarben in der Megabox«. Für einen Moment hatte ich das Gefühl, mein Päckchen sei mit dem von Marina verwechselt worden, aber Mutters Gesicht zeigte keine Spur von Zweifel.

»Danke!«, sagte ich.

22

Am Montag bat mich Herr Grehling in sein Büro. Das tat er manchmal, um die Wochenplanung zu besprechen. Mein Chef, Mitte fünfzig, hatte vor Jahren mal einen Architekturpreis bekommen und hoffte immer noch auf den Auftrag seines Lebens, der ihn berühmt machen würde. Herr Grehling träumte von einem Opernhaus, Entwürfe lagerten – ich wusste nicht, wie lange schon – in seinem abschließbaren Büroschrank. Doch Opernhäuser wurden selten gebaut, die Alltagsprojekte waren anderer Art. Man musste nehmen was kommt. Zur Zeit arbeiteten wir an einer Einkaufspassage und einigen Wohngebäuden für private Auftraggeber.

»Kaffee?«, fragte Herr Grehling.

»Nein, danke.«

Herr Grehling bediente sich an einer bereitstehenden Thermosflasche, warf zwei Stück Würfelzucker in seinen Kaffee, dass ein Spritzer daraus auf einem Aktendeckel landete. Die Akten auf Herrn Grehlings Schreibtisch zeigten viele solcher Flecke.

»Frau Schmidt, lassen Sie uns über Ihre Zukunft in unserer Firma sprechen. Ihre Probezeit neigt sich dem Ende zu.«

Ich nickte. Mein Chef rührte mit einem Löffel in seiner Tasse und sah zum Fenster hinaus, auf die Krone der japanischen Kirsche im Hof unseres Bürogebäudes. Ich hätte nicht gewusst, dass es sich dabei um eine japanische Kirsche handelte. Ulrike, die Sekretärin, hatte mich darüber aufgeklärt und von der Blütenpracht des Baumes im vergangenen Mai geschwärmt, die sie auf einem Foto über ihrem Schreibtisch festgehalten hatte. Jetzt im März war noch nichts davon zu spüren.

»Frau Schmidt, wir waren mit Ihren Leistungen stets zufrieden.« Herr Grehling machte eine Pause. Ich wartete.

»Die schlechte Auftragslage zwingt uns jedoch, von den beiden zeitgleich besetzten Stellen nur eine zu behalten. Das heißt … Es hat nichts mit Ihnen zu tun.«

Herr Grehling faltete die Hände und betrachtete seine Fingernägel. Ich sah anderen Menschen ungern in die Augen, eher ein Stück tiefer, auf den Mund und wenn dieser sich öffnete, auf die Zähne.

»Niemand von Ihnen beiden ist besser als der andere. Einzig soziale Gründe haben uns bewogen, uns für Herrn Reinsch zu entscheiden. Er hat Familie, zwei Kinder, braucht eine volle Stelle, Sie verstehen.«

Mir fiel ein, dass die Kündigungsfrist in der Probezeit laut meinem Vertrag zwei Wochen betrug. Ich würde die japanische Kirsche nicht mehr in voller Blüte erleben.

Herr Grehling sagte nichts mehr, und ich erhob mich. Als ich an der Tür war, rief er mich zurück. Ich drehte mich noch einmal um.

»Übrigens, jemand hat sich nach Ihren Bildern erkundigt. Fragen Sie Ulrike, sie hat sich alles aufgeschrieben.«

Ich nickte wortlos und verließ das Zimmer. Im Sekretariat bat ich Ulrike, meine Bilder abzuhängen, ich würde sie bei nächster Gelegenheit abholen. Ulrike zog erstaunt die Augenbrauen hoch, versprach aber, sich darum zu kümmern.

Die Unterschriften auf dem Laufzettel, den Irma im Aufnahmelager Marienfelde bekommen hatte, waren noch nicht getrocknet als sie verkündete, eine Arbeit gefunden zu haben. Sie würde abends ab sofort stundenweise als Kellnerin in einer russischen Kneipe arbeiten.

»Aber das kannst du doch gar nicht...«, sagte ich.

»Was?«

»Du kennst dich damit nicht aus und überhaupt... Das geht viel zu schnell...«

Irma wischte meine Einwände mit einer Handbewegung weg. Sie erklärte mir, dass besagte Kneipe kaum zwei Häuserblocks entfernt sei, aber ich hörte zum ersten Mal von deren Existenz. Vielleicht war sie ganz neu?

»Deshalb musst du unbedingt vorbeikommen, um das Ambiente auszutesten«, sagte Irma.

»Aber ich muss arbeiten«, sagte ich, »es ist mein letzter Tag heute, und danach habe ich mich in einem Atelier eingemietet, um diesen Aquarellzyklus fertigzustellen, Flusslandschaften in Europa...«

»Komm einfach nach sobald du kannst. Hier ist die Adresse.«

Irma drückte mir einen Zettel in die Hand.

Ich konnte mich schlecht konzentrieren. Entgegen der Abmachung war der Hauptmieter des Ateliers ebenfalls anwesend, statt mir nur den Schlüssel zu geben und mich allein zu lassen. Er guckte mir über die Schulter, plapperte unentwegt von seiner letzten Ausstellung und fragte mich dreimal, in welchem Semester ich sei. Ich ertappte mich dabei, dass ich mich auf den Abend zu freuen begann.

Bianca hatte ich seit einem Jahr nicht gesehen. Sie war nach Hannover gegangen, um Kunst zu studieren. Dort hatte sie die Aufnahmeprüfung im ersten Anlauf bestanden. Wir telefonierten am Anfang regelmäßig, später einmal im Monat, das letzte Mal vor sechs Wochen. Sie nannte Namen, die mir nichts sagten, hatte neue Freunde, mit denen sie über die ungerechte Bewertung irgendeines Professors diskutierte, über deren Witze sie lachte, wenn sie mit ihnen durch Studentenklubs tingelte. Sie erzählte mir von Filmen, die ich nicht gesehen hatte, und hörte Musik, die wir einst für tot erklärt hatten.

Sascha Tarassow hatte wunschgemäß geheiratet (allerdings nicht Bianca) und legalen Aufenthalt in der Bundesrepublik erlangt. Boris Wakulenko war nach Kiew zurückgekehrt, hatte eine Anstellung im »kulturellen Bereich« gefunden und verweigerte sich auch mit weit »über vierzig« (seinem wahren Alter) noch standhaft den Heiratswünschen seiner Landsfrauen. Aufgrund seiner in der DDR erworbenen Deutschkenntnisse war er insbesondere für Stadtführungen mit deutschen Touristen zuständig. Er hatte mir neulich eine Ansichtskarte an meine alte Dresdner Adresse geschickt, die mir mein Nachmieter freundlicherweise nach Berlin weitergeleitet hatte. Darin fragte mich Wakulenko, ob er bei mir übernachten könne, wenn er mal wieder in Dresden sei – der Kultur wegen.

Mischa Chimik saß in der JVA Chemnitz in Untersuchungshaft und hatte über Rudi ausrichten lassen, das Essen sei gut.

Neulich war mir aufgefallen, dass meine Samstage sich kaum noch von den Montagen unterschieden.

Als ich die Kneipe betrat, schlug mir Stimmengewirr und ein Schwall verbrauchter Luft entgegen. Irma sah aus, als hätte sie in ihrem Leben nichts anderes gemacht, als Bestellwünsche zu notieren, Tabletts zu balancieren und »wer bekommt ein Helles?« zu fragen.

Ich wartete am Eingang, bis sie mich bemerkte. Sie sagte, sie habe mir einen Platz freigehalten und führte mich zu einem Zweiertisch, an dem schon jemand saß. Der Mann vom Bahnhof. Der mit den Rosen. Sie hatte ihn tatsächlich angerufen und hierher bestellt. Und er war da.

Er sagte Hallo, und ich nickte ihm zu. Der Lärmpegel war hoch. Mein flüchtiger Bekannter schob mir die Getränkekarte zu. Ich versuchte mich an den Namen zu erinnern, der auf seiner Karte gestanden hatte.

»Haben sich die Rosen gut gehalten?«, fragte er.

»Nein«, sagte ich, »sie waren schon am nächsten Tag verwelkt.«

»Oh, das ist schade.«

Sein Name wollte mir nicht einfallen. Ich blätterte in der Getränkekarte herum, ohne mich für etwas entscheiden zu können. Schließlich bestellte ich einen Espresso, um von Irma zu erfahren, dass sie mir nur einen Kaffee anbieten könne, die Espressomaschine sei kaputt. Ich stimmte zu. Irma beugte sich herunter und flüsterte mir ins Ohr: »Er heißt Thomas.«

Ich lehnte mich beruhigt zurück. »Nette Kneipe«, sagte ich.

»Nette Schwester«, sagte er mit einem Nicken in Irmas Richtung.

Seine Bemerkung irritierte mich, ihn wohl auch. »Sie hat mich eingeladen. Das fand ich nett. Bin sonst nie in dieser Gegend.«

Ich betrachtete seinen Mund während er sprach. Die Lippen bildeten eine Wellenlinie, wenn sie zusammenkamen, keinen Strich. Das gefiel mir. Ich dachte an die leeren Spalten in meinem Kalender.

»Für wen waren die Blumen eigentlich? Für Ihre Freundin?«

»Nein. Für einen Gast aus Warschau. Eine Geschäftspartnerin.«

»Ach, rote Rosen für eine Geschäftspartnerin?«

»Nein, nein, sie waren nicht rot, sondern purpurn, hat jedenfalls die Blumenverkäuferin gesagt, andere gab's an dem Tag nicht. Und die Kollegin hat den Zug verpasst, na ja, passiert.«

Ich kam bei Tagesanbruch nach Hause. So lange war ich um diese Zeit nicht mehr draußen gewesen, dass ich nicht mehr gewusst hatte, wie der Morgen riecht. Fand mit Mühe das Schlüsselloch, machte Licht im Flur. Mein Radiowecker war schon vor einer halben Stunde angegangen. Aus dem Wohnzimmer, wo ich seit Irmas Ankunft auf der Couch schlief, dröhnte die Stimme von James Brown. Ich erkannte den Song schon an der ersten Zeile: Fellas, I'm ready to get up and do my thing.

Ich stellte den Ton ab. Etwas im Raum kam mir verändert vor. Ich brauchte einen Moment, um zu registrieren, was es war. Irma hatte aufgeräumt. Das Zimmer schien heller geworden zu sein. Das Fenster, dachte ich unangenehm berührt, sie hatte das Fenster geputzt. Als ob das nötig gewesen wäre. Es ließ sich schon seit längerem nicht mehr öffnen, weil ich das Fensterbrett als Regal und Ablageplatz für alles Mögliche benutzte, aber das war doch kein Grund …

Mein Unbehagen nahm zu. Es war alles weg. Der Stapel alter Zeitungen. Angefangene, nie zu Ende gelesene Bücher, Schere, Zettelchen mit Telefonnummern, CDs ohne Hülle und sonstige Dinge, an die ich mich nicht genau erinnerte. Abgeräumt, nicht mal Spuren im Staub waren geblieben. Es war auch kein Staub mehr da.

Statt dessen hatte Irma irgendwo den Gipsabdruck der Venus von Milo, den ich vor Jahren für eine Projektarbeit zum Thema »antike Kunst« auf einem Flohmarkt gekauft hatte, herausgekramt und auf das Fensterbrett gestellt.

Ruth Johanna Benrath

Rosa Gott, wir loben dich

Roman, 176 Seiten, Hardcover mit Schutzumschlag

*

Maries Welt gerät ins Wanken: Die religiöse Strenge, mit der ihr Vater die Familie mehr schlecht als recht zusammenzuhalten versucht, wird dem Mädchen immer suspekter. Sie findet eine aufregende neue Freundin, nur um zu erleben, wie sich diese schon bald einer anderen zuwendet. Der erste Schwarm verdreht ihr den Kopf, und ihr Körper hat plötzlich unheimlich schöne Bedürfnisse, die mit Kaubonbons nicht mehr zu befriedigen sind.

Mitten in den achtziger Jahren entdeckt ein Mädchen die Liebe – die zu Ravi, einem Jungen aus ihrer Theatergruppe, aber auch die Liebe zur Mutter und die zur Literatur. Ein ungewöhnlicher Roman vom Weg zum eigenen Ich.

Steidl Verlag · Düstere Straße 4 · 37073 Göttingen
www.steidl.de

Sarah Kirsch

Sommerhütchen

Mit 23 Zeichnungen von Dieter Goltzsche
176 Seiten, Halbleinen

*

Was für ein herrlicher Sommer! Ein ganz normaler
nämlich, scheinbar unspektakulärer. Die Schwalben
schlüpfen, die Katze geht auf Tour, die Dichterin
schreibt ihre Tagesrationen in den Laptop. Im CD-
Spieler Scarlatti, im Fernsehen Irakkrieg, Fußball-
Europameisterschaft und »Kommissar«, im Herzen
viel Freude an der Abgeschiedenheit des Seins und
den kleinen Sensationen der Natur. Niemand faßt
die Beobachtung des Unscheinbaren in eine so lako-
nisch-poetische Sprache wie Sarah Kirsch. An ihrem
69. Geburtstag im April beginnt sie mit den Notaten
dieses Buchs. Und freut sich ihres Lebens: »Oh ich
schwänze so gern! Und mache was ich will.«

Steidl Verlag · Düstere Straße 4 · 37073 Göttingen
www.steidl.de

CHRISTINE ZUPPINGER

Schwalbennester
Zwei ledige Bäuerinnen erzählen

136 Seiten mit 12 Fotografien, Hardcover mit
Schutzumschlag

*

Maria und Zenzi gehört ein Hof im Bayerischen
Wald. Die ledigen Schwestern sind ganz normale
Leute – und etwas sehr Besonderes. Die Bäuerinnen
sind etwa siebzig Jahre alt, als Christine Zuppinger
sie kennenlernt und wiederholt besuchen wird. Sie
stecken voller Erinnerungen und sind zugleich ganz
der Gegenwart zugewandt. Ein kleiner Hof als Uni-
versum, die »Welt von gestern« in einer Nußschale –
in faszinierend knapper, fast wie Musik klingender
Sprache hat Christine Zuppinger das Leben und die
Erzählungen von Maria und Zenzi aufgezeichnet.

Steidl Verlag · Düstere Straße 4 · 37073 Göttingen
www.steidl.de

M O L L Y   M c C L O S K E Y

Schöne Veränderungen

Roman

Aus dem Englischen von Hans-Christian Oeser
192 Seiten, Leineneinband mit Schutzumschlag

*

Jude hat eine Verabredung mit ihrer Vergangenheit – sie wird ihren Vater Henry wiedertreffen, der seiner Familie vor langer Zeit den Rücken gekehrt hat. Sie wird nach Oregon reisen und sich dabei Zeit lassen, Zeit, um sich erinnernd zu ihrem Vater und zu ihrer Kindheit zurückzutasten. Jude hat die Abwesenheit ihres Vaters nie verwunden, und Henry erprobt gerade sein neues, nüchternes Leben. *Schöne Veränderungen* handelt von Abhängigkeiten, doch Molly McCloskey meidet jede falsche Sentimentalität. Ihr ist das berührende, intime Porträt eines Trinkers gelungen, eine doppelte Perspektive auf einen Gescheiterten, für den es in letzter Minute doch noch so etwas wie Hoffnung gibt.

Steidl Verlag · Düstere Straße 4 · 37073 Göttingen
www.steidl.de

Maeve Brennan

Der Morgen nach dem großen Feuer

Erzählungen
Aus dem Englischen von Hans-Christian Oeser
160 Seiten, Hardcover mit Schutzumschlag

*

Am Morgen nach dem großen Feuer hat die kleine
Maeve ihren großen Auftritt: Aufgeregt schwirrt sie
los und gibt in der Nachbarschaft zum Besten, was
sie über den Brand in der Autowerkstatt aufgeschnappt hat. Das Mädchen genießt den kurzen
Ruhm und – vielleicht zum ersten Mal – das Glück,
eine Geschichte erzählen zu können. – Maeve Brennan war schon eine erfolgreiche Autorin beim legen-
dären Magazin *The New Yorker,* als sie in ihren Geschichten nach Irland zurückkehrte. Genüßlich
nimmt sie ihre Mitmenschen aufs Korn: die un-
willige Braut, die ihr Leben vergeudet, die macht-
hungrige Toilettenfrau, die unversehens in ihre
Schranken gewiesen wird, die Möchtegern-Künstler,
die wider alle Vernunft an ihren Träumen festhalten.

Steidl Verlag · Düstere Straße 4 · 37073 Göttingen
www.steidl.de